Zwischen allen Wolken

Michael Gantenberg

Zwischen allen Wolken

Roman

Scherz

www.fischerverlage.de

Erste Auflage 2010,
erschienen bei Scherz,
einem Verlag der S. Fischer Verlag GmbH, Frankfurt am Main

Satz: MedienTeam Berger, Ellwangen
Druck und Bindung: Bercker Graphische Betriebe, Kevelaer
Printed in Germany

ISBN 978-3-502-11063-7

Einmal mehr für meine Frau Suse und unsere Liebe,
und weil sie wusste,
dass diese Geschichte richtig ist und sie mit ihrer Hilfe und
Unterstützung auch fertig wurde.
Für Lena und Jan, die mir noch immer zeigen,
dass es auf der Welt nichts gibt,
das einen Bruder oder eine Schwester ersetzen kann,
und die das auch nie vergessen sollten.

1

»Weißt du, dass der Tod das Tor zum Leben ist?«

»Keine Ahnung.«

»Ist so, Schwesterchen.«

»Nenn mich nicht immer Schwesterchen. Ich bin neunzehn, kein Baby mehr. Außerdem will ich jetzt nicht darüber sprechen.«

»Sonst willst du immer.«

»Jetzt aber nicht.«

»Gesa?«

»Ja.«

»Vermisst du mich eigentlich?«

»Doofe Frage.«

»Für mich nicht. Also?«

»Manchmal.«

»Manchmal?«

»Oft!«

Die Antwort schien ihm zu gefallen, wir schwiegen, ohne dass es gleich peinlich wurde. Er nahm mich in den Arm, und es war fast schon wieder so wie früher. Doch dann unterbrach er das Schweigen.

»Der Tod ist das Tor zum Leben, Gesa. Echt.«

»Wilko? Du redest so geschwollen wie mein Lateinlehrer.«

»Ich red' nicht geschwollen, ich red' wie immer.«

»Eben! Geschwollen!«

»Von mir aus, red' ich eben geschwollen. Fakt ist – der Tod ist das Tor zum Leben.«

»Okay, wenn du es sagst. Ich glaub's nicht. Der Tod ist das

Ende, hundertpro. Die Liebe ist das Tor zum Leben. Die Liebe, ganz sicher. Hoffe ich …«

»Wenn du meinst?«

Wilko stand auf und jagte davon, ungestüm, federnd, schnell, wie immer.

»Wer zuerst an den Dünen ist!«

Ich hatte es aufgeben, ihn im Wettlauf zu den Dünen besiegen zu wollen. Früher waren es nur die drei Jahre Altersunterschied und eine Menge Muskeln, die Wilko an Stellen hatte, die bei mir nur für zukünftige Hautdellen vorgesehen waren. Jetzt war es was anderes. Vielleicht was Metaphysisches, ganz sicher war ich mir nicht.

Wilko lag schon auf dem Rücken und starrte in den knallblauen Himmel, während die Insel durch die Sirene der ankommenden Fähre lautstark auf neue Gäste vorbereitet wurde. Ich schmiss mich neben ihn, noch völlig außer Atem, und fragte mich, wie er es schaffen konnte, schon wieder so entspannt im Sand zu liegen, während ich noch keuchend und nach Luft schnappend den völlig untrainierten Dünenstürmer gab.

»Erster!«, prahlte Wilko grinsend mit einem leicht arroganten Zug um die Lippen.

»Ja, toll, super.«

»Sei mal still.«

»Was?«

»Hörst du's?«

Wilko legte sein rechtes Ohr auf den maiwarmen Sandboden und hob dabei den Zeigefinger, als ob es dann für alle leichter wäre zu hören, was er zu hören vorgab.

»Wilko, was?«

»Das Lachen. Man hört es. Das Lachen der Sandflöhe. Ganz deutlich.«

Nur um ihm einen Gefallen zu tun, legte auch ich mein Ohr auf den Sandboden. Das Lachen der Sandflöhe hörte ich nicht.

»Ich hör' nix.«

»Doch, du musst dich konzentrieren.«

»Ich hör' nix.«

»Das wirst du noch lernen, Schwesterchen.«

»Nenn mich nicht immer …«

Bevor ich den Satz beenden konnte, war Wilko wieder verschwunden.

2

Ich heiße Gesa Petersen und lebe auf Nördrum. Noch immer. Das war nicht geplant, ganz bestimmt nicht. Ein ganzer Sommer ist vergangen, seitdem mein Bruder gestorben ist, und jetzt kann ich endlich darüber reden. Ich habe über vieles nachgedacht. Über die Umstände, die zu seinem Tod führten, über Zeichen und Hinweise, die vielleicht wichtig waren, vielleicht aber auch nicht. Manche Menschen glauben, dass es ihnen besser geht, wenn sie alles wissen und die letzten Fragen und Zweifel geklärt haben. Ich glaube, manchmal ist es besser, wenn man nicht alles weiß. Mir geht es jetzt jedenfalls kein bisschen besser. Einiges hätte ich lieber nicht erfahren.

Manche Dinge sieht man klarer, wenn man sie aus der Distanz betrachtet. Wenn sich die Trauer abgewaschen hat. Wenn die dunklen Gedanken endlich mal wieder ein bisschen Licht vertragen. Wenn der Soundtrack des Lebens von Moll auf Dur wechselt.

Ich habe beschlossen alles aufzuschreiben. Die Rätsel, die Geheimnisse, die Vermutungen, die Irrungen und Wirrungen und wie sich alles um mich herum verändert hat. Meine Eltern, meine Oma, meine Tante und ihr Mann, Piet und all die anderen, die in diesem Sommer eine große Rolle spielten.

Mein Leben hat sich radikal gedreht. Unfassbar. Unerwartet. Eigentlich wollte ich diese Insel verlassen. Für immer, direkt nach dem Abitur, aber ich sitze noch immer hier in meinem Zimmer, das ich bewohne, seit ich denken kann. Ein gemütlicher Mix aus Schwedenmöbeln und den ausrangierten Klassikern meiner unmittelbaren Verwandtschaft. Ein abgewetztes Cordsofa, Rattantischchen, diese Richtung. Komisch, das hier ist das einzige Zimmer im ganzen Haus, in dem sich nichts verändert hat. Muss wohl so sein.

Der Blick zum Meer ist einzigartig, aber wenn man ihn schon hat, seit man aus dem Fenster schauen kann, verliert auch so was irgendwann an Faszination. Das Meer halt – mal ist es da, mal nicht. Ebbe und Flut sind auch nichts, was einen täglich hinter dem Ofen hervorholt.

Mein Zimmer liegt im ersten Stock und ist wirklich passabel, auch wenn links und rechts von mir die Pensionszimmer liegen. Früher waren hier nur die älteren Urlauber untergebracht oder kinderlose Paare, das hielt den Geräuschpegel auf einem sehr erträglichen Maß. Alte Menschen machen keinen Krach, sie regen sich nur drüber auf. Und die Jüngeren, die zu uns kamen, waren ziemlich verzweifelt. Wer verzweifelt ist, ist selten laut.

Unsere Pension heißt Möwennest und unsere Insel Nördrum – liegt zwischen Norderney und Baltrum, kennt kaum einer. Mich stört das nicht, kommen noch genug Touristen. Am Anfang des Sommers sogar immer mehr, seit meine Oma diese *Sache* da fast schon professionell machte. Ein Jahr vor Wilkos Tod hat sie einem kinderlosen Paar aus einem Kaff auf dem Festland Nachkommen versprochen, wenn sie mit ihr eine sehr »spezielle« Wattwanderung machen. Und es hat geklappt. Seitdem kommen ständig neue Paare mit dem gleichen Wunsch. Oma gibt ihr Bestes, vor allem, seit sie im Mittelpunkt einer kleinen Fernsehreportage stand, die sie sich mindestens einmal am Tag auf einem steinalten Videorekorder anschaut.

Für Nördrumer Verhältnisse war Oma zwischenzeitlich ein

richtiger Star. Bekannt in der ganzen Republik, zumindest bei kinderlosen Paaren, die sich ein Ticket nach Nördrum gekauft haben. Merkwürdig, dass ich ausgerechnet jetzt erst nur über meine Oma spreche. Obwohl – liegt bestimmt daran, dass ich sie am leichtesten verstanden habe von allen.

Seit Wilkos Tod hatte Oma Insa mehr zu tun als je zuvor. Rein geschäftlich war sie sogar richtig aufgeblüht und ohne ihre kompromisslos schwarze Trauerkleidung, die sie nur zum Fernsehen ablegte, wirkte sie beinahe schon wieder lebensfroh. Oma Insa schaute nur in ihrem Bademantel mit dem schrecklichen Rautenmuster und dem seit Kriegsende ausgefransten Saum fern, während sie ihre Füße in einem alten Schmorbratentopf badete. Den Bademantel trug sie nicht etwa aus Gründen der Bequemlichkeit, sondern weil sie der Meinung war, dass es die im Fernseher nichts angehe, wie sie ordentlich angezogen aussieht, und dass ihre Trauerkleidung erst recht nur für die Insulaner und ihre Gäste bestimmt sei und eben nicht für die Veranstalter dieses fürchterlichen Abendprogramms. Ab acht Uhr abends verpasste meine Oma seltsamerweise keine Sekunde dieses fürchterlichen Abendprogramms, und zwar nur um einen Grund zu haben, sich darüber aufzuregen. Konsequentes Handeln war ihr so fremd wie Grunge, überteuerte Skaterklamotten oder der regelmäßige Besuch beim Gynäkologen auf dem Festland. Ärzte waren ihr generell suspekt, selbst Tante Nele, die immerhin ihre eigene Tochter ist, durfte ihr ärztliches Wissen nicht an ihr anwenden. Einmal in ihrem Leben hatte ein Arzt meine Oma falsch behandelt und damit den Grundstein für ihren generellen Ärzteboykott gelegt. Als ich vier oder fünf Jahre alt war, konnte ich durch das kleine Küchenfenster beobachten, wie meine Oma mit einem kleinen Handbohrer und einem noch kleineren Handspiegel versuchte, ein kariöses Loch in einem ihrer noch vorhandenen Backenzähne so aufzubohren, dass eine erbsengroße, frisch vermengte, feucht glänzende Gipskugel darin Platz finden konnte. Wenn ich heute darüber nachdenke, bin ich mir aber nicht mehr sicher, ob ich das wirklich so gesehen habe oder einfach nur sehen wollte. Erzählt habe ich es auf jeden Fall allen und bei den meisten meiner interessierten Zuhörer mächtig Respekt für meine Oma geerntet. Enkelin einer solchen Frau zu sein bedeutete auf Nördrum einiges. Vor allem bei den Vier- oder Fünfjährigen, die meistens nur über ganz normale Großeltern verfügten.

Ich kann gar nicht aufhören, über Oma Insa zu schreiben, ich hab so viel mit ihr erlebt. Sie hat mich so oft überrascht, und sie hat die ersten Geheimnisse des Lebens für mich gelüftet, bevor es andere tun konnten. Aber ich muss mich jetzt zwingen, alles der Reihe nach zu erzählen. Es fällt mir schwer, aber danach wird's mir besser gehen.

3

Mitte April lebte mein Bruder noch. Alles war völlig normal, und nichts deutete darauf hin, dass sich daran etwas ändern sollte. Nördrum erwachte mit jedem Tag mehr aus dem Winterschlaf und schrie nach Kosmetik. Die eisigen Winde der letzten Monate und der ungewöhnlich starke Schneefall hatten das wenige Grün mit tiefen Narben verziert, und die Betonpoller am Strand, zum Schutz gegen Flutwellen, sahen mit ihrem braunen Algenbesatz nun noch hässlicher aus als sonst.

Zu dieser Zeit gehörte die Insel noch den Schippenlosen. Den Urlaubern, die ohne schulpflichtige Kinder urlaubten und statt in kleine Schaufeln und das ganze andere Strandzeugs ihr Geld lieber in die überteuerte Gastronomie investierten. Ich mochte die Schippenlosen nie besonders. Das sind Menschen, die sich nicht um kleine Kinder kümmern wollen. Wollen! Ich rede nicht von denen, die sich nicht um kleine Kinder kümmern können. Das ist ein anderes Thema. Die Schippenlosen wollen einfach nicht. Dahinter steckt eine Haltung. So! Diese Schippenlosen wollen sich aus vielerlei Gründen nicht mit Menschen beschäftigen, die sich bereits am Frühstückstisch zum ersten Mal übergeben oder mindestens einen gescheiten Heulkrampf bekommen, der die komplette Seenotrettungsstaffel zum Auslaufen animiert. Man kann das verstehen. Ich tue es nicht. Obwohl, verstehen tue ich es schon, aber ich kann es einfach nicht akzeptieren.

Meine Mutter Karla aber mochte die Schippenlosen lieber als die Buggys und Strandtaschenschlepper, die morgens mindestens eine Stunde nach dem Frühstück damit verbringen, das Nötigste für einen Tag am Strand zu packen. Also alles. Inklusive zehn Brötchen plus Aufschnitt und diversen Joghurtbechern vom Büfett, weil die Sachen am Strand alle so teuer sind, und man spart ja, wo man kann.

Kurz bevor das mit meinem Bruder passierte, war unsere Pension voll mit Schippenlosen, die am Frühstücksbuffet eifrig in ihre Handys simsten, wie unfassbar schön Nördrum außerhalb der Schulferien ist – und vor allem, wie billig.

Strandkorb pro Tag 5 Euro, super, oder? Vorsaison! – nächste Woche kostet es das Doppelte, gemein, oder?

Als Mutter von schulpflichtigen Kindern hätte ich gnadenlos zurückgesimst: Danke, sobald meine Kinder deine Rente finanziert haben, mach' ich auch mal um diese Zeit Urlaub. Super, du Schippenloser!

»Einen Kaffee noch!«

Dem dicken Schippenlosen aus dem Ruhrgebiet, der mit seiner Frau in unserer Pension urlaubte und Urs hieß, was in meinen Augen die gerechte Strafe war für einen Mann, dem Höflichkeitsfloskeln jeder Art fremd waren. Ich stellte mich taub und widmete mich mit provozierender Herzlichkeit und grenzenloser Geduld den Tischnachbarn. Aus dem Augenwinkel konnte ich beobachten, wie sich sein blauweißes T-Shirt mit dem albernen Segelmotiv vor lauter arroganter Gockeligkeit zunehmend blähte.

»Und die Robben kann man heute Morgen auf jeden Fall sehen?«, fragte mich die ältere Dame von Tisch 12.

»Ganz sicher, die freuen sich über jeden Besuch.«

»Ist das süß, hast du gehört Richard, die Robben freuen sich.«

Richard nickte brav, um seiner Frau ebenfalls einen Grund zur Freude zu geben.

»Kaffee!«

Jetzt wurde die Stimme energischer. Ging langsam schon so in Richtung Kasernenhof. Jedenfalls, was ich mir so unter Kasernenhof vorstellte. Das T-Shirt bebte und blähte sich nun dem Platzen der Nähte entgegen. Während sich die Frau des Blähenden noch intensiver mit den Koffern beschäftigte. Sie ahnte wahrscheinlich längst, was kommen musste.

»Aber füttern dürfen wir die Robben nicht?«

»Nee, würde ich nicht machen, es sei denn, Sie wollen mit 'nem Eimer Heringe durchs Watt wandern.«

»Was meinst du Richard, wollen wir das?«

Richard wollte vieles, aber ganz bestimmt nicht mit toten Fischen und seiner Frau zu den Robben wandern. Er wollte sich erholen. Entspannt, ohne Robben, ohne Heringe, ohne Stress und vor allem ohne jeden Termin. Am Tisch nebenan wollte Urs Stress, und zwar mit mir. »Fräulein, Kaffee!«

So, mein Freund, das war einer zu viel. Fräulein darf mich auf dieser Welt nur einer nennen: der Klabautermann, und den gibt es nicht. Ich drehte mich ganz langsam um und gab dem unhöflichen Kaffeesüchtel erst mal Grund zur Annahme, dass ich diese Situation im Griff zu haben schien. Kleine Machtspielchen beherrschte ich wie keine andere.

»Bitte?«, säuselte ich betont süß und unschuldig.

»Kaffee!«

An guten Tagen gelingt mir in solchen Situationen ein Blick, der alles und jeden in die Knie zwingt. Dieser Tag war ein guter Tag. Ich fixierte den Mann. Und er? Er drehte sich sofort zu seiner Frau, um diese Bedrohung durch eine Neunzehnjährige nicht alleine aushalten zu müssen. Was für ein Schisser. Mir war natürlich nicht entgangen, dass seine Frau konsequent aus dem Fenster starrte, um auf der Straße die

Koffer zu beobachten, die auf ihre Abholung warteten. Von ihr hatte er keine Hilfe zu erwarten. Und so manch anderes auch nicht mehr. Sie hielt anscheinend alles da draußen für weitaus weniger peinlich als ihren Mann. Zu Recht. Sein nervöses Zucken um die Augen herum erfreute mich. Der Mann zeigte Schwächen. Ich zeigte meine Stärken. Damit stand es mindestens schon 1:0 für mich gegen den Schippenlosen. Leider vermasselte meine Mutter den absoluten Heimsieg ihrer Tochter.

»Kaffee? Gerne, selbstverständlich. Kann ich sonst noch etwas bringen?«

Das freundliche Lächeln meiner Mutter entspannte die Situation. Selbst die Frau des Schippenlosen trennte sich nun von ihrer Kofferstudie und antwortete.

»Nein, danke, nur ein bisschen Kaffee. Für meinen Mann. Bitte!«

»Gerne.«

Meine Mutter drehte sich um und lächelte nun auch mich an.

»Kommst du bitte mit, Gesa.«

Ihr Lächeln war nicht echt. Mein Lächeln war es auch nicht.

»Gerne, Mama.«

Was kommen musste, war klar. Eines dieser unzähligen Gespräche über unsere Gäste, meinen fehlenden Respekt und dass wir es uns nicht leisten können, auf Gäste jeglicher Art zu verzichten, jetzt wo Papa … Aber es kam zu keinem Gespräch, denn Wilko schneite durch die Pendeltür, die zur Küche führte.

»Wilko?!«

Die Art, wie meine Mutter den Namen ihres Erstgeborenen aussprach, hatte etwas Magisches. Es schien beinahe so, als könne sie es nach zweiundzwanzig Jahren immer noch nicht begreifen, dass es so etwas wie Wilko wirklich geben konnte. Und dass ausgerechnet sie es war, die dieses kleine Wunder möglich gemacht hatte. Mein Vater spielt in ihrer Vorstellung von Unfassbarem keine Rolle, was leider auch für andere Bereiche ihres Lebens galt.

»Morgen, Mama.«

»Wilko, guten Morgen.«

Erst nahm er Mama in den Arm, dann mich. Wilko konnte gar nicht anders. Er musste ständig alle in den Arm nehmen. ›Mal drücken‹, wie er immer sagte. Mal drücken – Gott, wie ich das vermisse. Meine Mutter hat sich nach seinem Tod von keinem mehr drücken lassen. So als hätte sie Angst, dass sich durch eine fremde Berührung jede Erinnerung an Wilko wegdrücken ließe.

»Na, Schwesterchen, wieder Scheiße gebaut?«

»Wilko?!«

Ich konnte seinen Namen wesentlich ungerührter aussprechen. Für mich war er kein Naturereignis, sondern nur der beste Bruder, den ich mir vorstellen konnte.

»Kannst es nicht lassen, Gesa?!«

Er gab mir eine kleine Kopfnuss, wie es nur große Brüder dürfen, und alles war wieder gut. Im Ernst, alles. Der miese Schippenlose goss seiner Frau den Kaffee ein, den er eigentlich nur für sich bestellt hatte. Er schenkte ihr mit dieser kleinen Geste wahrscheinlich mehr Aufmerksamkeit als während ihres gesamten bisherigen Aufenthaltes auf Nördrum.

Am Nachbartisch spürte Richard plötzlich die Hand seiner Frau an seiner Wange und die gut gemeinte Absicht dieser Geste und der gesamte Frühstücksraum des Möwennestes wurde schlagartig zu einem Zentrum der Harmonie. Kann man kaum glauben, war aber so. Ich war ja dabei. Und solche Situationen gab es oft mit Wilko. Kein Scheiß! Mein Bruder hatte dieses einmalige Talent. Er konnte total beiläufig und spielerisch die Spannung aus jeder Situation ziehen. Einer wie er hätte die Existenzberechtigung der UN-Vollversammlung in Frage gestellt, wenn sie ihn nur mal gelassen hätten. Wilko war einzigartig, ohne es zu wissen. Was ihn liebenswürdig machte und die drohende Arroganz an ihm vorbeiziehen ließ. Meine Mutter verzichtete auf das Gespräch mit mir und ging lächelnd den Kaffee holen. Diesmal war ihr Lächeln echt.

»Der Typ an Tisch elf, stimmt's?!«

»Stimmt, Wilko.«

»Fies, oder?«

»Hammerfies!«

Was die Bewertung von Gästen anging, dachten wir synchron, immer schon. Wir dachten überhaupt synchron. Na ja, bei den meisten Dingen, aber bei miesen Gästen ganz besonders.

»Ist Papa schon weg?«

»Keine Ahnung, frag Mama.«

»Die weiß es bestimmt noch weniger als du, Schwesterchen.«

Vor dem Fenster zur Hauptstraße winkte Piet unseren Gästen zu. Was unsere Gäste irgendwie wie immer total klasse fanden. Wahrscheinlich, weil es für Festlandmenschen nichts Größeres gibt als Insulaner, die ihnen morgens zuwinken. Weil Piet das wusste, winkte er täglich mehr als die Queen Mum bei einer offiziellen Parade. Sein Winken war nicht ehrlich gemeint, dafür wurde es aber gut bezahlt. Piet machte während der Saison mehr Trinkgeld mit seiner folkloristischen Winkerei im Fischerhemd als mit echter Arbeit.

Wilko verließ das Möwennest durch die Haupttür, warf Piet noch einen schnellen Blick unter Freunden zu und ging dann in Richtung Strand, um den Surfbrettverleih, der seit kurzem unserer Pension angeschlossen war, zu öffnen. Mit Kunden rechnete von uns niemand. Dafür war die Nordsee noch zu kalt, und die wenigen Surfer, die sich trotz der eisigen Temperaturen aufs Wasser wagten, waren Profis. Und die haben eigene Bretter. Egal, Wilko öffnete. Zuerst kommt der Service, und dann stirbt die Hoffnung.

Während Wilko so was wie einen Plan hatte, wusste ich nicht, was ich tun sollte. Nicht an diesem Morgen. Da lag das Übliche an. Ich meine, ich wusste generell nicht, was ich mit meinem Leben anstellen sollte. So was wie Surfbretter verleihen kam für mich nicht in Frage.

Bis auf die mündliche Prüfung hatte ich mein Abitur bestanden und nicht den Hauch einer Ahnung, was ich nun damit anfangen wollte. Nur eines wusste ich zu diesem Zeitpunkt genau: Ich wollte weg von Nördrum. Weg von dieser Inselidylle mit den angeblich garantierten 212 Sonnentagen, die genau so gelogen waren wie die leeren Versprechungen der Antifaltencremes, die meine Tante täglich an sich ausprobierte.

»Gesa? Was ist denn jetzt mit dem Möwennest?«

»Mama, das hatten wir doch schon.«

»Ich weiß, Gesa, aber du hast mir immer noch nicht geantwortet.«

»Ich weiß nicht, eigentlich …«

»Ein Jahr?! Dann kannst du doch immer noch aufs Festland. Studieren, oder was du willst, egal.«

»Ein Jahr? Nee, echt nicht. Geht nicht. Nicht böse sein, Mama. Hat nichts mir dir zu tun, aber … geht echt nicht. Kein Jahr.«

»Und Papa?«

»Mama!«

»Gut.«

»Bist du mir jetzt böse, Mama?«

»Nein. Sollte ich?«

Manchmal ist es wirklich gut, nicht zu wissen, was kommt. Man würde sich automatisch zu viele Gedanken machen.

4

Die Robben mussten an diesem Morgen ohne die Heringe unserer Gäste auskommen. Richard verbrachte mit seiner Frau einen ganzen Vormittag auf dem Zimmer im ersten Stock und bekam endlich die Erholung, die er sich so ersehnt hatte.

Ich war bei Tante Nele. Was einfach besser war, als den ganzen Tag Betten zu machen oder schlecht gelaunten Gästen bei ihrer Freizeitplanung oder dem ersten Inselkoller zu helfen. Anfang Mai wimmelt es auf Nördrum von schlecht gelaunten Gästen, weil die es gar nicht zu schätzen wissen, wie unfassbar privilegiert sie gegenüber den anderen sind, die nur fahren können, wie die Schulen es erlauben.

Tante Neles Praxis lag in unmittelbarer Nähe der Hafenmole und wurde nur selten von Einheimischen besucht. Als kleines Kind habe ich immer gedacht, das liegt an dem Fischgeruch, den die letzten beiden noch aktiven Krabbenkutter bei Westwind in die offenen Fenster der Praxis blasen. Wilko hat mir dann aber irgendwann mal erklärt, woran es wirklich liegt: an Nördrum. Hier hatte einfach keiner daran ein Interesse, sein Furunkel, Blinddarmgezwicke oder Krampfaderproblem zum Inselthema zu machen. Wer was hatte, fuhr lieber aufs Festland, um dort alle Diagnosen sicher und vor allem diskret zu parken. Außerdem, wer nicht zu Tante Nele ging, war automatisch eine prima Werbung für das gesundheitsfördernde Klima von Nördrum. Es hat eine Zeit gedauert, bis ich begriff, dass keiner der Einheimischen seine Krankenkassenchipkarte freiwillig bei meiner Tante abgab. Von da an sah ich so manchen Nachbarn, der mit der Fähre aufs Festland fuhr, mit anderen Augen. Ich stellte mir die dollsten Sachen vor, zum Beispiel, wie Meister Ludolf, Nördrums bester Bäcker, sich nach einer ambulanten Tumorentfernung in Emden mit letzter Kraft zur Fähre schleppt, um abends im Hornblower damit zu prahlen. Obwohl das Blut seit Stunden durch den alten Mull suppt.

Meine Tante hatte nie ein Problem damit, dass die Nördrumer sie mieden.

»Den Hintern, den ich morgens durchleuchte, muss ich abends wirklich nicht mehr sehen.«

Als sie mir das zum ersten Mal erklärte, dachte ich natürlich, dass sie von Onno, ihrem Mann, spricht. Sie meinte aber jeden Hintern der Insel.

Tante Nele hatte ihr Auskommen, seit sie sich auf die Touristen spezialisierte, auf die männlichen. Ihre Spezialisierung betrieb sie mit außergewöhnlicher Raffinesse. Die Krankheiten kamen nicht zu ihr. Tante Nele kam zu den Krankheiten. Sie entdeckte sie. Meistens ganz beiläufig, irgendwo auf der Insel. Dort, wo sich die Touristen aufhielten. Im Sommer am Strand und in den Dünen. Im Winter in den zahlreichen Cafés und Gaststätten. Gelegentlich auch im Thermalbad.

»Entschuldigung, nicht aufregen, aber Sie haben da einen komischen Fleck auf dem Rücken, darf ich mir den mal anschauen … ich bin Ärztin.«

In den kälteren Monaten fand sie ihre Kundschaft auch in der frisch renovierten Bücherei neben dem Kurhaus. Ein Kontakthof erster Güte. Und wer sich da zu sehr in die ausgelegten Zeitungen vertiefte und dabei auch noch einigermaßen attraktiv aussah, hatte kurze Zeit später meine Tante am Hals.

»Haben Sie eigentlich schon mal Ihren Augendruck gemessen, ich hab Sie gerade beobachtet, ich glaube, da sollten Sie mal einen Arzt konsultieren. Möglichst bald!«

Obwohl meine Tante keinerlei Möglichkeiten hatte, den Augendruck zu messen, nahm sie die besorgten Patienten gerne auf.

»Eine Ärztin darf auch die Nachfrage schaffen, wenn das Angebot stimmt.«

Wenn ich bloß schon damals gewusste hätte, welches Angebot Tante Nele damit meinte – aber ich schwamm jahrelang im Trüben wie ein Zwieback in entrahmter Milch.

Meine Familie war froh, dass Tante Nele ihr Auskommen hatte, denn noch jemanden hätten wir nicht durchziehen können. Dafür war das Möwennest zu klein. Und seit Onno keinen Cent mehr verdiente, wäre es erst recht nicht gegangen.

Mein Onkel kommt vom Festland. Aus Jemdüm, einem Dorf in der Nähe von Bingüm. Er ist Bestattungsfachwirt und führte jahrelang einen eigenen Betrieb, den er von seinem Vater geerbt hatte. Die Discountbestatter aus dem Ostblock haben ihm irgendwann den Rang abgelaufen und sein Verhältnis zur Kreissparkasse im Norden empfindlich gestört. So viel ich weiß, zahlt Onkel Onno noch heute irgendeinen Kredit ab. Alles, was ihm von damals geblieben ist, sind vier Eichensärge, ein Dutzend »Engelhemden« und ein paar längst abgelaufene Einbalsamierungscremes. Das ganze Zeug steht bei uns im Schuppen, neben den Surfbrettern, die Wilko in den Wellen geschrottet hat.

»Und, hast du Schiss?«

»Vorm Abi? Nee, ist doch nur noch mündlich.«

»Wie, die Klausuren hast du schon geschrieben?«

»Klar, hab ich doch erzählt.«

»Stimmt. Hast du.«

Tante Neles Liebe zu den Patienten war mindestens so groß wie ihr natürliches Talent, alles zu vergessen. Das hatte nichts mit ihrem Alter zu tun. Mit 45 muss man noch durchaus fit sein, besonders geistig. Auch wenn das für eine Neunzehnjährige wie mich ein Alter ist, das nach Bingonachmittagen und betreutem Wandern riecht. Tante Nele war schon immer sehr vergesslich. Ich habe mir mehr als einmal die Frage gestellt, wie sie mit diesem Memoryleck überhaupt ihr Studium geschafft hat. Eine Zeit lang habe ich sogar geglaubt, dass sie gar nicht studiert hatte und all die Jahre auf dem Festland mit studienfernen Dingen verbracht hatte. Oder anatomischen Feldversuchen, die mit Medizin nur im weitesten Sinne zu tun hatten.

»Du schaffst das schon, Gesa.«

»Klar.«

»Und dann?«

»Bitte, jetzt fang du nicht auch noch damit an.«

»Womit?«

Die Frage war überflüssig, sie wusste genau, was ich meinte.

»Ich mach jetzt noch meine Prüfung, und dann bin ich weg.«

»Ja, natürlich, hast du gesagt. Hast du eigentlich einen Freund?«

»Nein.«

»Warum nicht?«

»Keine Ahnung! Warum ist die Sonne nicht blau?«

»Weil sie … na ja, mach erst mal deine Prüfung, dann kannst du immer noch einen Freund haben.«

»Ja. Vielleicht.«

»Vielleicht? Jeder braucht einen Freund, einen zum Liebhaben und vielleicht auch noch einen zum Quatschen, im Idealfall findest du einen für beides.«

»Okay, ich kümmer' mich drum. Vielleicht.«

Ein Mann betrat das Sprechzimmer, das an diesem Morgen nicht nach Fisch roch, weil der Wind aus Osten kam.

»Wir haben uns gestern im Hornblower gesehen. Sie meinten, ich sollte mal wegen dem Zucken kommen. Obwohl, heute Morgen, da ...«

»Wegen des Zuckens.«

»Was?«

»Es heißt wegen des Zuckens.«

»Oder so, von mir aus, was ist denn jetzt wegen dem Zucken.«

»Das schaue ich mir jetzt mal genauer an.«

»Jau.«

»Schön, dass Sie gekommen sind. Bei dem Wetter lohnt es sich ja auch gar nicht, zum Strand zu gehen. So, dann legen Sie doch bitte Ihre Sachen ab, und einmal den Oberkörper frei machen.«

»Es zuckt doch nur am Mund.«

»Das sagen Sie!«

Es war unfassbar, wie Tante Nele ihren Beruf ausübte, aber es machte sie glücklich. So oder so.

»Petri Heil, Tante Nele!«

»Wie meinst du das?«

Ich schüttelte nur den Kopf und überließ das Zucken des Touristen den kundigen Händen meiner Tante.

Draußen schien die Sonne wie schon lange nicht mehr. Wirklich kein Wetter, um an den Strand zu gehen.

»Gesa, kannst du Onno was bringen?«

»Klar, was denn?«

»Egal. Irgendwas, was ihn beschäftigt.«

Sie machte mich zu einer Mittäterin, und ich wusste nicht, was schlimmer war, dass ich ihr an diesem Tag wieder einmal dabei half, ihrer Obsession nachzugehen, oder dass ich Onkel Onno davor bewahrte, Dinge zu sehen, die er bestimmt nicht sehen wollte.

5

Ich brachte Onkel Onno einen kaputten Gartenstuhl in seine kleine Gartenwerkstatt. Und ich brachte es sogar fertig, ihn anzulügen, ohne rot zu werden.

»Die Lehne ist kaputt, und wenn heute Gäste kommen, wär's super, wenn wir ihn wieder hätten.«

Onno musterte den Stuhl und hielt den Kopf schief.

»Oh … da ist aber nicht mehr viel dran.«

»Nee, aber du kannst doch bestimmt …«

Er hielt den Kopf noch schiefer. »Oh oh … heute noch?«

»Wenn es geht?!«

»Muss wohl, oder?«

»Danke, Onkel Onno.«

Er war beschäftigt, das war mal klar, und dass der Stuhl an diesem Tag fertig werden würde, auch.

Nur um mein schlechtes Gewissen ein bisschen zu beruhigen, blieb ich anstandshalber ein wenig länger bei ihm, als es nötig gewesen wäre.

»Eines Tages, Gesa, eines Tages, dann hab' ich das alles nicht mehr nötig, dann bin ich fertig damit.«

»Ich weiß nicht, ich würd' mich da nicht so drauf versteifen.«

»Ich find' den Schatz.«

»Is' irgendwie cool, dass du da so dran glaubst, Onkel Onno.«

Onkel Onno nickte und begann die Lehne des Stuhls abzuschrauben.

Seit einigen Jahren hatte er diese fixe Idee, den Schatz eines berüchtigten Inselpiraten zu finden. Vor zweihundert Jahren oder noch mehr gab es hier angeblich den Kruden Uden, einen Freibeuter, der mit seinen Männern jedes Schiff, das unsere Insel passierte, auf das berühmte Bürdümer Kliff lockte, um es direkt nach der Havarie auszurauben. Natürlich erst nachdem er die Kliffkrabben mit dem Fleisch der überfallenen Besatzung gefüttert hatte. Der Legende nach gibt es noch heute die fettesten Krabben rund um das Bürdümer Kliff.

Dass Onkel Onno für die Mission Schatzsuche das Konto seiner Frau plünderte, beobachtete Tante Nele, ohne mit der Wimper zu zucken.

»Morgen kommt mein Arrett 250, Gesa.«

»Ah ja, super!«

»Du weißt gar nicht, was das ist.«

»Stimmt.«

»Der Arrett 250 mit Performance Package ist der Porsche unter den Metalldetektoren. Er hat wesentlich mehr Diskriminatorstufen als der 150er und eine Suchleistungseinstellung.«

»Cool.«

»Und der 250er hat eine Suchtiefe, die man sonst nur bei wesentlich teureren Detektoren findet. Vier Tiefensuchleistungsstufen, mikroprozessorgesteuerte Elektronik. Wahnsinn, oder?«

»Unglaublich.«

»Es interessiert dich nicht die Bohne, stimmt's?«

»Ehrlich?«

Onkel Onno winkte ab. Er tat mir leid, denn er war ganz eindeutig auf der Suche nach jemandem, mit dem er die Vorfreude auf diesen Detektor teilen konnte. Dass er es ausgerechnet bei mir versuchte, machte seine Verzweiflung umso deutlicher. Wahrscheinlich gibt es auf der ganzen Welt niemanden, der sich noch weniger für Metalldetektoren interessiert als ich. Onkel Onno musste das wissen.

Tante Nele heuchelte auch kein Interesse. War aber wahrscheinlich froh, dass ihr Mann noch etwas hatte, auf das er sich freuen konnte. Und das hielt ihn auch davon ab, auf Gedanken zu kommen, die sich mit ihren Patienten beschäftigten. Die Gedanken hätten ihn früher oder später in die Praxis geführt. Auf der Suche nach einer Wahrheit, die weder ihm noch Tante Nele gefallen hätte.

»Ich geh' dann mal.«

»Ja, tu das, Gesa, und bestell' Wilko 'n schönen Gruß.«

»Mach' ich.«

Ich drehte mich um und war schon fast aus der Werkstatt, als Onno mich noch um etwas bat.

»Wenn du Nele siehst, sag ihr, dass ich zu tun habe.«

Ich schluckte. Das schlechte Gewissen schoss durch jede Pore meines Körpers.

»Wollte ja eigentlich auf einen Tee in die Praxis kommen. Na ja, geht ja nun nicht. Wenn der Stuhl heute noch fertig werden soll …«

Die Röte in meinem Gesicht sah Onkel Onno nicht, aber ich bin mir sicher, dass er sie ahnte.

6

Während Wilko sein Leben in die Hände des Zufalls, Glücks, Schicksals oder sonst einer Macht legte, zermarterte ich mir das Hirn. Eine Entscheidung stand an. Mist! Warum muss man sich eigentlich immer entscheiden, was man als Nächstes tun soll, wenn man irgendwas gerade erst zu Ende gebracht hat? Ich finde es nervig. Unangebracht und sinnlos. Was man isst, was man trinkt, wann man auf die Toilette geht, okay, macht Sinn, das kann man kurzfristig planen. Aber gleich das ganze Leben? Sich entscheiden, was man den ganzen verdammten Rest seiner Zeit machen wird? Macht überhaupt keinen Sinn. Wenn man eine Kristallkugel hätte, die einem genau sagt, was kommt und, vor allem, wie lange da noch was kommt, gut, dann könnte man vielleicht mal darüber nachdenken, das eine oder andere zu planen. Allein schon wegen der Endlichkeit und so. Aber keiner hat so ein Teil, das uns die Zukunft so präzise zeigt wie ein Quarzwecker, keiner.

Ich wusste damals noch nicht mal, was ich überhaupt auf dem Festland wollte. Ich wollte wirklich einfach nur weg. Es war kein richtiger Fluchtgedanke, es gab nichts Konkretes, vor dem ich hätte fliehen müssen. Kein richtiger Stress mit den Eltern oder so was in der Richtung. Gut, die normalen Stresspunkte hatten wir natürlich auch, aber nichts, was völlig aus dem Rahmen geknallt wäre. Es gab auch außerhalb der Möwennestidylle keine konkreten Anlässe. Keine unglückliche Liebe, kein Mobbing, kein Nichts. Irgendwas in mir hatte einfach mal diesen instinktiven Marschbefehl gesetzt. So wie die Vögel irgendwann nach Süden ziehen. Die haben ja auch keinen Wecker, der bimmelt und ihnen dann sagt, so jetzt aber mal in die Flügel gespuckt und los! Und irgendeinen anderen Grund haben die erst recht nicht. Aber es ist richtig, was die Vögel tun. Richtig! Nur das zählt. Und deshalb war ich auch davon überzeugt, dass es richtig sein musste, nach neunzehn Jahren diese Insel zu verlassen. In meinem Fall nach Osten. Süden ist was für Vögel oder Sonnenhungrige. Der Osten klang schon immer mehr nach Herausforderung und Abenteuer.

Irgendwas mit Kunst machen wollte ich, vielleicht sogar studieren. Kunst war immer schon ein Thema für mich. Natürlich nicht diese Möwenmalerei mit Kuttermotiven, die bei uns zahlungsfreudige Touristen mit echter Kunst verwechseln. Ich war da immer schon anders. Kunst, die was auslöst – das war mein Thema. Kunst muss im Bauch anfangen. Wenn sie im Kopf beginnt, ist sie nur noch Handwerk.

Ich hatte mir schon früh vorgenommen, für den Fall meiner späten Berühmtheit die richtigen schlauen Sätze auf die üblichen Fragen parat zu haben. Es ist immer besser, sich rechtzeitig mit so etwas zu beschäftigen, um der Peinlichkeit der Spontaneität zu entgehen. Wer vorbereitet ist, labert keinen Mist. Und ich war vorbereitet. Schon Jahre vor dem Ruhm. Die Frage nach der Inspiration meines Schaffens, die künstlerische Urknallfrage, hatte ich längst beantwortet.

›Gab es etwas oder jemanden in Ihrem Leben, von dem Sie sagen, das war die Initialzündung?‹

›Lassen Sie mich einen Moment nachdenken. Ich glaube, es war Jack Goldstein. Ja, Jack Goldstein, ganz klar.‹

Jack Goldstein war ein irrer Vogel aus den 70ern, der sich im Rahmen einer Kunstaktion auf einem Hügel am Rande von Los Angeles bestatten ließ. Die Zuschauer sahen nur eine blinkende Lampe, die im Rhythmus seines Herzschlags in der Nacht zu erkennen war. Ich hatte den Bericht dazu in einem Sender gesehen, der keine Klingeltöne bewirbt. Hat mich umgehauen. Meine Familie fand die Installation grauenhaft. Mich hat sie begeistert. Da hat einer mit dem Bauch gedacht. Die pure Emotion, ohne den ganzen Ballast komplizierten Denkens. Klasse.

Aber Nördrum ist nicht der Ort, an dem man ganz automatisch an Installationen denkt. Eine Insel, die eine betonierte Strandpromenade besitzt, ist ja schon irgendwie an sich eine Installation. Was soll da noch kommen? Die Flut? Mal abgesehen davon, dass es auf Nördrum auch keinen einzigen gescheiten Hügel gibt, der sich für eine Bestattungsaktion oder ähnliches eignet.

Als ich zwölf war und die Inspiration für das komplette Lebensprogramm fast nur aus den Hormonen kam, habe ich meinen ersten nackten Mann an die Westseite des alten Hühnerschuppens gemalt. Mitten im Winter. Realistisch, mit allen Details. Ein Schock für meine Mutter. Woher hatte ihre unschuldige Kleine nur dieses Wissen? Oh Mama, wenn du das gewusst hättest. Damals glaubte sie, alles über mich zu wissen. Was für ein Fehler. Wilko war ihr Sohn, ich war ihr Schatz. Ein Schatz, der nun nackte Männer malte. So was kann sämtliche Erziehungskoordinaten total durcheinanderwirbeln. Meiner Mutter fehlten erst die Worte, dann die passenden Erklärungen und am Ende ein unschuldiger kleiner Schatz.

Nur Tante Nele fand das Bild irgendwie gut, bedauerte aber, dass man es nicht irgendwo aufhängen konnte. Wie auch, war ja direkt auf die verwitterten Holzlatten gemalt. Das Bild hing nicht lange: Mein Vater gab mir wortlos einen

Schwamm mit einer Alkohollösung, und eine Stunde später war der nackte Mann am Hühnerschuppen nur noch ein Kapitel abgewaschener Kunstgeschichte. Damals ahnte niemand, was aus mir werden sollte. Vielleicht besser so. Wer weiß, was mit dem Schuppen passiert wäre.

7 Mein Vater Harald spielte bis jetzt noch gar keine Rolle. Aus gutem Grund. Ich habe Schwierigkeiten, über ihn zu schreiben. Nicht, weil ich eine zu große Distanz zu ihm habe, ich will ihm einfach nur gerecht werden, und das ist verdammt schwer, bei einem, der so wenig von sich preisgab, wie er.

Mein Vater stellte kaum Fragen und gab noch weniger Antworten. Wenn man einen Menschen beschreiben soll, der kaum Zitierfähiges von sich gab, scheitert der beste Chronist.

»Papa, warum lachen die Menschen eigentlich?«

»Gute Frage.«

»Warum haben dich Oma und Opa eigentlich Harald genannt, das klingt so alt.«

»Eben.«

Mein Vater war bis zu Wilkos Tod ein Orchestermusiker. Oboe. So ein Instrument braucht auf Nördrum niemand. Ein Akkordeon wäre okay gewesen, eine Trompete vielleicht auch noch, aber eine Oboe? Er wurde nicht nur durch seine Instrumentenwahl zu einem Außenseiter. Auch seine ständigen Ausflüge aufs Festland wurden argwöhnisch beobachtet. Richtige Nördrumer verlassen die Insel nur, um wichtige Dinge zu erledigen. Oboe spielen gehört nicht dazu.

Dabei war mein Vater ein durchaus gefragter Oboist. In seinen Kreisen galt er als Koryphäe. Berlin, Paris, Rio, Tokio, New York – im Unterschied zu den meisten Inselbewohnern kannte mein Vater diese Städte nicht nur vom Kreuzworträtsel im *Inselkurier*. Meine Mutter sprach nicht oft über seinen

Beruf, aber wenn sie ihn verteidigen musste, schwärmte sie in den höchsten Tönen von ihrem Mann. Manchmal verschenkte sie auch demonstrativ eine der vielen CDs, auf denen mein Vater zu hören war. Eine CD mit einem Nördrumer Namen drauf hinterließ Eindruck, jedenfalls kurzfristig. Die Nördrumer Dünensinger hatten auch eine CD aufgenommen, die in einigen Souvenirshops zum Kauf angeboten wurde. Sie wurde selten gekauft, was außer den Mitgliedern des Chores niemand bereute.

Als ich das erste Mal Zweifel an der Wichtigkeit meines Vaters bekam, da war ich acht oder so und bereits mehrfach seinetwegen gehänselt worden.

»Dein Papa spielte Popo-e, Popo-e, immer mit dem Po-e!«

Das tat weh. Am meisten, weil ich nicht begriff, was an einem Vater, der einzigartig und toll war, so schlimm sein konnte, dass man mich damit hänseln musste. Damals war er für mich der König, der seine kleine Prinzessin über alles liebte und beschützte. Und auf gar keinen Fall ein Mann, der mit seinem Po Oboe spielt, oder sonst was. Jedes Mal, wenn er zur Fähre ging, mit seinem abgewetzten schwarzen Oboekasten und der ausgeleierten Reisetasche, habe ich Rotz und Wasser geheult. Manchmal so sehr, dass Tante Nele mir etwas geben musste.

Als es meine Mitschüler einmal besonders arg mit der Hänselei trieben, gab mir mein Vater einen Satz mit auf den Weg, den ich in den Hänselschlachten wie ein Schwert führte: »Die Oboe ist ein ganz besonderes Instrument. Wer das nicht weiß, hat keine Ahnung. Ihre Töne sind so klar, dass sie vor den Proben und den großen Aufführungen allen anderen Musikern im Orchester den Kammerton a gibt. Das kann nur die Oboe. Nur die, verstehst du?«

»Bist du ein Bestimmer?«

»Im Orchester bin ich das, mein Kind.«

»Und sonst?«

»Gute Frage.«

Während sich Nördrum immer hübscher machte für den erwarteten Ansturm der Touristen, erreichte meinen Vater eine Nachricht, die ihn sehr traurig machte. Wenige Tage vor seinem Aufbruch zu einer Tournee nach China wurde die gesamte Konzertreise abgesagt. Er hatte wochenlang vorher von nichts anderem gesprochen. Was bei ihm eine Menge bedeutete. Wenn er überhaupt über etwas sprach, dann war es ihm wichtig. Diese Reise ließ ihn regelrecht plappern, was besonders meine Mutter freute.

»Was ist passiert, Papa?«

Er reichte mir den Brief. Irgendein Dirigent, dessen Name mir nichts sagte, hatte während eines umjubelten Auftrittes in der MET einen Herzinfarkt erlitten.

»Kann man da nicht einen anderen Dirigenten nehmen?«, fragte ich meinen Vater, der regungslos vor mir stand mit traurigem Blick und hilflos wie ein kleines Kind. »Papa, sag doch was.«

Mein Vater schwieg und ging zum Fenster, als stünde die Antwort auf meine Frage wartend auf der Promenade.

»Papa?«

»Eine Oboe kannst du ersetzen, kein Problem. Aber einen Dirigenten? Nee, das geht nicht. Das geht einfach nicht.«

»Das stimmt doch nicht, das ist doch totaler Quatsch.«

Er war nicht mehr in der Lage, mit mir zu reden, und es war besser, ihn nicht weiter zu drängen.

Mein Vater faltete den Brief ordentlich zusammen und legte ihn dann in den Korb für das Altpapier. Für ihn hatte alles seine Ordnung, selbst die Entsorgung eines geplatzten Traumes. Dann lächelte er mich an, aber es war keine Freude in diesem Lächeln, kein schönes Gefühl, nichts. Es war ein Lächeln aus dem Nichts. Ein Lächeln ohne Hintergrund.

»Bin ich den Sommer über eben hier. Freust du dich, Gesa?«

»Klar freue ich mich.«

Er streichelte mir über den Kopf, was er schon lange nicht mehr getan hatte, und ging in den Garten. Ich schaute ihm nach, bis er hinter der alten Kastanie verschwunden war.

Mein Vater hat seitdem nie wieder ein Instrument in die Hand genommen.

8 Während ich seit Stunden vergeblich versuchte, mich davon zu überzeugen, dass der Prüfungsstoff Biologie eine spannende Sache sein kann, kreisten meine Gedanken immer wieder in andere Richtungen, und sie hatten nur wenig mit Lernen zu tun. Je mehr ich versuchte, mich damit anzufreunden, bald das Thema Schule für alle Zeit hinter mir zu haben, desto intensiver wurden mit einem Mal die Erinnerungen daran. Dabei hasse ich so was.

Das Kramen in der Vergangenheit macht mich wahnsinnig. Und am meisten macht es mich wahnsinnig, wenn ich feststellen muss, dass es auch noch Sinn macht, in der Vergangenheit zu kramen.

Man ist, wenn man weiß, was man war. Stimmt leider.

Es gab keinen Grund, so tief in die Vergangenheit einzutauchen, wie ich es tat. Weiß der Teufel, was mich geritten hat, aber plötzlich wollte ich Dinge wissen, die mich nie interessiert hatten. Die erste Schule auf Nördrum, wen interessiert das? Mich. Und in 2,3 Sekunden befriedigte eine Suchmaschine meinen Wissensdurst. Es gibt Schlimmeres, was man suchen lassen kann.

Die erste Schule auf Nördrum wurde 1702 gebaut. Aus reiner Not. Die wenigen Schüler der Insel wurden vorher beim Pfarrer unterrichtet, bis der dann keinen Platz mehr hatte und so genervt war von der bildungshungrigen Fischerbrut, dass er irgendeinem Grafen so lange mit dem Fegefeuer gedroht hat, bis der in sein Säckel griff, um in ein paar Steine und vergessene Strandhölzer auf Nördrum zu investieren. Ein größeres

Pfarrhaus oder ein entspannterer Pfarrer hätte vielleicht die erste Bildungsoffensive verhindert. Wäre gar nicht mal so schlecht gewesen.

Seit den schriftlichen Prüfungen musste ich nicht mehr zur Schule. Und bei dem Gedanken an meinen letzten Schultag an der Kooperativen Gesamtschule von Nördrum verspürte ich keinerlei Wehmut. Im Gegenteil, ich war so erleichtert, wie an dem Tag, als meine Tante mir nach meiner ersten Regel erklärte, dass ich nicht sterben müsse und dieses Thema mich von nun an einmal im Monat heimsuchen würde, ohne mich zu töten. Ich zweifelte damals stark an Tante Neles Diagnose, aber das legte sich nach knapp drei Monaten.

Das folkloristische Vorgeflenne meiner Jahrgangsstufenkollegen kurz vor den Prüfungen empfand ich als peinlich und unangemessen. Die schalen Abschiedsworte der meisten Lehrer und Lehrerinnen klangen schablonenhaft und jahrelang erprobt. Da wurden nur Jahreszahlen und Namen ausgetauscht, am Inhalt änderte sich vermutlich nie was. Warum auch. Die einen kommen, die anderen gehen, die Floskeln bleiben. Lehrer sind Bestandsschützer ihrer geistigen Festplatten, und weil sie selten einen Grund bekommen, etwas an ihrem Bestand ändern zu müssen, tun sie es so gut wie nie. Update? Was ist denn das?

Da ich nie zu den herausragenden Schülern dieser Schule gehörte, war ich mir sicher, dass keiner meiner Lehrkörper mir eine Träne nachweinen würde. Es gab nur eine Sache, die ich vermissen würde, den ziemlich grandiosen Blick vom Bio-Saal auf den Weststrand. Ich habe so oft meine Gedanken und Träume während des Unterrichtes über den weißen Sand laufen lassen, dass mir die Vorstellung, es bald nicht mehr tun zu können, sehr schmerzhaft vorkam.

Klingt alles schwer nach Einzelgängerin. Nach einer, die auf dem Schulhof verträumt zum Fahrradständer schaut, um überhaupt etwas zu haben, das sich anzuschauen lohnt, ohne lästige Fragen zu stellen. Stimmt aber nicht. Bei meinen Mitschülern war ich beliebt. Und wenn die Einladungsquote zu privaten Feiern ein Indikator für Beliebtheit ist, dann lag ich im oberen Mittelfeld. Deutlich unter den Sportassen, aber deutlich oberhalb der Mathefreaks, die auch auf Nördrum so aussahen wie Menschen aussehen, denen Mathe Spaß macht. Unter Durchschnitt. Ich behaupte, dass es auf der ganzen Welt keinen Menschen gibt, der sich leidenschaftlich und erfolgreich mit Stochastik, Geometrie und Analysis beschäftigt und gleichzeitig auch noch außergewöhnlich gut aussieht. Gibt es nicht, nirgendwo.

Mit Svenja verband mich so was wie eine Freundschaft. Wir teilten die üblichen Geheimnisse. Frust, Lust und ein paar andere Dinge. In den Augen der meisten Jungs war sie ein Schuss. Der Begriff ist selten dämlich, aber hilfreich, um zu verstehen, wie Svenja aussah. Abgesehen von den üblichen Attributen, die Männer brauchen, um von einer Frau zu sagen, dass sie ein Schuss ist, besaß Svenja auch das, was man Klasse nennt. Selbst die billigste Jeans sah an ihr besonders aus, und sogar Haarmoden Heisterkamp, der schlimmste Frisörsalon von ganz Nördrum, schaffte es nicht, ihre Frisur zu ruinieren. Svenja hätte auch nach einem Heckenscherenmassaker noch super ausgesehen. Was sie für mich einzigartig machte, war die Tatsache, dass sie sich auf all das nichts, aber auch gar nichts einbildete.

Männertechnisch waren wir bis zum letzten Tag unserer Freundschaft der gleichen Meinung – auf dieser Insel werden wir nichts finden. Und alles, was uns findet, werden wir ablehnen.

Mehr als ein bisschen Kuscheln und ein bisschen romantisches Leiden war bei uns nicht drin. Uns machte das nichts aus. Wir spürten kein Defizit, kein bisschen. Die Jungs schon. Sie waren mehr oder minder einfallsreich in ihren Bemühungen, uns zu gefallen, aber ohne jeden Erfolg. Wir wurden zu einer legendär uneinnehmbaren Festung.

Dass Svenja und ich auch mit den üblichen Verdächtigungen leben mussten, die junge Frauen zwangsläufig erfahren müssen, wenn sie sich nicht an junge Männer ketten und Sixpacks nicht wie Reliquienschreine verehren, sondern nur spitz belächeln, war klar. Wir hatten großen Spaß daran, händchenhaltend an der Kurpromenade spazieren zu gehen. Mitten durch die sonnenhungrige Meute von Urlaubern, durch Wolken von Nussbaumöl und billigem Après-Sun. Unser erster öffentlicher Kuss sorgte für richtigen Wirbel. Nicht zuletzt, weil Matjes-Günter vom kleinen Fisch-Imbiss an der Gotlandstraße sein Leben so langweilig fand, dass er über alles andere jedem Bericht erstatten musste. So wurde aus einem harmlosen Kuss unter jungen Frauen innerhalb von 24 Stunden eine heftige Knutschorgie mitten am Weststrand. Der Weststrand ist Nördrums Visitenkarte, die gute Sonnenstube der Insel, ihr ganzer Stolz, den wir entweiht und geschändet hatten. Danke, Günter. Im Vergleich zu Svenja waren die Konsequenzen bei mir überschaubar.

»Du magst doch eigentlich eher Jungs, oder?«, fragte meine Mutter mit nur schlecht überspielter Neutralität.

»Und wenn du wirklich so bist, mein Kind, ist nicht schlimm, so was gab's auch schon zu meiner Zeit«, ergänzte Oma Insa aufrichtig und im Vergleich zu meiner Mutter unberührt, was mich nicht verblüffte.

»Wie war die Schule?«, fragte Papa, der keinerlei Grund

sah, sich an Themen zu beteiligen, die von Matjes-Günter ausgingen.

Tante Nele und Wilko sagten nichts.

Bei Svenja aber brannte die Hütte. Svenjas Vater saß im Stadtrat für die Liberalen. Privat war er eher konservativ.

Svenja und ich trafen uns auch nach dieser Geschichte regelmäßig, zu einem Kuss kam es nie wieder.

»Weißt du, was das Beschissenste an Nördrum ist, Gesa?«

»Der Sand in den Jeans?«

»Gesa, im Ernst.«

»Keine Ahnung, sag.«

Wenn Svenja etwas sagen wollte, das ihr wirklich wichtig war, blähte sie ihr Nasenflügel zweimal und strich dabei ihre blonde Mähne demonstrativ nach hinten.

»Dass man nicht weg kann.«

»Oh.«

»Diese Enge, das macht einen doch bekloppt. Egal wo man hingeht, man ist nie weg.«

»Geh ins Watt, warte auf die Flut, dann biste weg. Für immer.«

»Danke, Gesa! Mach' ich.«

Die Art, wie sie beleidigt die Lippen hochzog, machte mir klar, was sie von meinem Vorschlag hielt.

Dann wehte der Wind, der wie so oft von Westen kam, ihre Mähne weg, wie jeden anderen sinnlosen Gedanken an diesem Tag.

9

»Hey Schwesterchen, Lernen macht doof!«

»Dann musst du aber viel gelernt haben.«

Wilko nahm mir den Ordner mit den Bio-Fragen aus der Hand und zog mich hoch.

»Du musst abschalten, wir gehen zum Strand.«

»Musst du nicht arbeiten?«

Wilko zuckte nur mit den Schultern.

»Kommt eh keiner und wenn … auch egal.«

»Nee, ich muss lernen.«

»Du lernst ständig, wenn du so weiter machst, bestehst du noch besser als ich. Geht nicht!«

»Wilko, lass mich, bitte!«

Er ließ nicht locker. Er ließ nie locker, wenn er etwas wollte. Während ich eher schnell aufgebe, sobald sich ein Ziel, ein Wunsch oder sonst etwas als unrealisierbar erweist, gab Wilko Vollgas bis zum Schluss.

»Schwesterchen, guck mich an, null Vorbereitung, Schnitt zwei Komma fünf, und dabei noch gelebt, jetzt du!«

Super, immer schön auf die Erinnerungsglocke, weil es so prima bimmelt. Wie hätte ich sein Abitur vergessen können. Seinen langen Schrei auf dem Leuchtturm, mit dem er die Freiheit begrüßen musste. Und die öffentliche Verbrennung seines Zeugnisses, was bei meinen Eltern blankes Entsetzen hervorrief. Wilko brauchte es nicht mehr, warum es dann nicht gleich verbrennen.

Ich kann mich an alles erinnern. An Oma Insa, die anstandshalber eine Träne vergoss, weil Wilko der erste Mann in unserer langen Ahnengalerie war, der sein Abitur machte. An Onkel Onno, der ihm zur Belohnung einen polnischen Hobel schenkte, der Wilko mehr erfreute als jedes andere Geschenk. Drittes Beispiel?!Ich weiß noch alles.

Ich war gerade in die 10. Klasse gekommen, Wilko war schon wieder fertig damit. Der ganze Stolz, endlich die Kindheit verlassen zu haben, verblasste durch Wilkos Abitur und seine Erledigung der Schulpflicht. Ich war noch Oberstufe, er war schon erwachsen. Ich fühlte mich einmal mehr wie das kleine Schwesterchen, das dem großen Bruder nur hinterherschauen konnte. Blöd, oder? War ja kein Rennen. Und ich hätte ihn auch gar nicht einholen können.

»Und, was meinste? Gehen wir wieder in den Dünenhof?«, wollte Wilko wissen.

»Keine Ahnung, denk' schon.«

»Was für eine Scheiße, oder?«

»Der Dünenhof?«

»Das ganze Gefege.«

»Ich find's schön, warum nicht?!«

Als Wilko sein Zeugnis bekam und er es noch nicht verbrannt hatte, sind wir mit der kompletten Familie zum Dünenhof gestiefelt. Zur Feier des Tages. Das Möwennest hatte geschlossen. Jedenfalls die Gastronomie. Die wenigen Schippenlosen und der kleine Doppelkopfverein aus Westfalen mussten sich selber verpflegen. Sie taten es, ohne zu murren. Immerhin hatte Wilko sein Abitur bestanden,das war für alle Grund genug, die kalte Küche zu akzeptieren.

Wir hatten einen Tisch im Dünenhof reserviert. Das war etwas Besonderes. Das mehrgängige Menü verschlang eine komplette Tageseinnahme unseres Möwennestes. Na ja, nicht ganz, aber ich stellte mir eine gigantische Summe vor, um mir dadurch allein zahlentechnisch die Größe dieses Ereignisses bewusstzumachen. Oma Insa trug ihr dunkelblaues Samtkleid mit dem weißen Spitzenkragen, das sie wirklich nur zu ganz besonderen Anlässen rausholte und sonst in einem schwarzen Plastiksack verstaute. Dazu hatte sie knallrote Pumps angezogen, die ihr regelmäßig blutunterlaufene Hacken bescherten, aber das war es ihr wert. An einem so großen Tag muss man sich selber auch groß machen, und wenn es nur die Absätze sind, dachte Oma Insa. Piet hatte sich ebenfalls schick gemacht, auch wenn der graue Dreireiher seine besten Tage längst hinter sich hatte. Die Absicht zählte. Tante Nele wirkte in ihrem schicken, cremefarbenen Hosenanzug wie eine Chefärztin vom Festland, und Onkel Onno war sichtlich stolz darauf, so eine Frau an seiner Seite zu haben. Rein äußerlich waren die beiden ein schickes Paar und mit ein bisschen Phantasie konnte man sich vorstellen, dass es Onnos stahlblaue Augen waren, die meine Tante schon immer in ihren Bann gezogen hatten. Damals waren Onnos Augen noch klar.

Was meine Eltern an diesem Tag trugen, weiß ich nicht mehr. Ich weiß nur noch, dass sie sich oft an den Händen hielten, was sie sonst nie taten. Jedenfalls nicht vor allen und schon gar nicht in fremder Umgebung.

Wilko und ich trugen, was wir immer trugen. Irgendwas mit Jeans und dem üblichen Oberteil. Nur das Wetter scherte sich nicht um die Wichtigkeit des Tages. Es goss in Strömen, und für die Jahreszeit war es viel zu kalt.

Irgendwann, als wir so satt waren, dass keiner von uns auch nur mehr papp sagen konnte, ließ mein Vater die Hand seiner Frau los, um eine kleine Rede zu halten.

»Oh Gott, jetzt geht's los.« Wilko verzog das Gesicht, und ich knuffte ihn in die Seite.

»Lass ihn, Papa ist so stolz.«

»Mein lieber Wilko. Liebe Familie. Ich bin kein Mann der großen Worte, und ich habe auch nichts vorbereitet …«

»Glück gehabt«, flüsterte Wilko mir zu.

»Pssst!«

»… Mama und ich sind sehr stolz auf dich. Und wir haben uns auf diesen Tag sehr gefreut. Was heißt gefreut? Wir sind richtig … also … Ich meine natürlich … was meine ich denn, was – … ach … Klara?«

Dieser aufrichtig hilfesuchende Blick, den er seiner Frau zuwarf, machte ihn für mich in diesem Moment zu einem Menschen, den man beschützen musste. Ich wusste nur nicht, wie.

Meine Mutter lächelte ihren Mann an und übernahm dann für ihn den Job, eine Rede zu halten.

»Ja, ja, vielleicht hätte Papa uns lieber etwas vorspielen sollen. Was, Harald?«

Für einen Moment lang schien er tatsächlich darüber nachzudenken.

»Reden halten ist wirklich nicht deine ganz große Stärke, mein Schatz.«

Sie sagte wirklich »mein Schatz«. Das sagte sie sonst nie.

Dann hielt sie eine Rede, an die ich mich nicht mehr genau erinnere. Papa hing an ihren Lippen, als wollte er dadurch den Eindruck erzeugen, dass alles, was sie da sagte, auch von ihm hätte stammen können. Aber wahrscheinlich war er einfach nur mächtig stolz auf seine Frau, die den Tag mit einer richtigen und wahrscheinlich auch angemessenen Rede adelte.

»So, und jetzt ein Schnaps. Fisch muss schwimmen.« Piet hatte ein Händchen dafür, die Dinge auf den Punkt zu bringen.

»Ich war noch nicht fertig, Piet!«

»Aber wo er recht hat, hat er recht. Wir brauchen jetzt alle einen Schnaps. Was, Wilko, du willst doch bestimmt auch einen, jetzt darfste ja.« Oma Insa streichelte ihrem Enkel über den Kopf. Für sie war er jetzt alt genug, um Schnaps zu trinken, aber noch jung genug, um ihn zu streicheln.

»Was willst du denn jetzt eigentlich machen?«, fragte Onno, der nebenbei die Frage des Kellners nach einem Glas Küstennebel mit einem eindeutigen Nicken beantwortete.

»Nun lass ihn doch erst mal genießen, Onno!«, tadelte Tante Nele.

»Wieso, der kann doch mal antworten. Also, wie sieht es aus, Wilko? Was hast du vor?«

Wilko überlegte nicht lange.

»Ich will der glücklichste Mensch der Welt werden.«

Meine Mutter lachte, das war eine Antwort nach ihrem Geschmack. Nur Papa zuckte leicht zusammen. Ich erinnere mich genau, wie er versuchte das Zucken in ein höfliches Lächeln zu verwandeln. Es gelang ihm nicht. Ich war die Einzige, die das beobachtete.

»Na, das klingt ja vielversprechend, der glücklichste Mensch der Welt … und wie wird man das?« Onkel Onno interessierte sich wirklich für eine Antwort.

»Man muss es wollen, Onkel Onno. Ganz einfach. Nur wollen. So, und jetzt trinken wir mal alle auf mich und …«, Wilko schaute sich um und fuhr dann fort, »auf das Glück, das ewige Glück oder das, was man dafür hält.«

Wir stießen alle an. Nur mein Vater nicht, er nippte an dem kleinen Schnapsglas und stellte es fast voll zurück auf den Tisch.

Dann nahm Wilko jeden Einzelnen von uns in den Arm,

sogar den Kellner. Wer sich dem hätte entziehen wollen, hätte keine Chance gehabt. Wen Wilko drücken wollte, den drückte er. Und die meisten ließen es auch gern geschehen. Sogar der Kellner, eine Saisonaushilfe aus Görlitz, ließ sich drücken.

»Sie bringen uns jetzt bitte noch eine Runde, solange wir noch können.«

Zum ersten Mal in meinem Leben sah ich in meinem Bruder einen Erwachsenen. Jetzt war er ein Mann, nicht mehr der kleine Junge mit den aufgeplatzten Knien und der Angst vor dem schwarzen Mann unter seinem Bett, den ich immer verjagen musste, obwohl ich jünger war. Das war nicht mehr der kleine Junge, der das erste Verliebtsein nur mit mir besprach und mit keinem anderen. Es war etwas geschehen. »Solange wir noch können«, sagt kein Kind, sondern nur ein Mensch, der bereits über die Dinge nachgedacht hat, die für Kinder nicht bestimmt sind.

Wilko war mir schon wieder voraus. Ich wusste nur noch nicht, wie weit.

»Was ist jetzt, gehen wir zum Strand oder nicht?« Mein Bruder ließ nicht locker.

»Du nervst.«

»Für dich mach' ich alles.«

»Zieh ab, okay?«

»Ich mach' wirklich alles für dich.«

Dann stand er am Fenster und lehnte sich raus. Viel zu weit, nur um zu provozieren.

»Lass den Scheiß!«

»Kommst du?«

»Mann, Wilko!« Ich schrie und rannte zu ihm. Wilko lachte nur.

»Schwesterchen, Schwesterchen. Du musst noch so viel lernen.«

Er schloss das Fenster und verließ mein Zimmer.

Wilko hatte recht. Ich musste noch sehr viel lernen.

10

Kurz nach Wilkos Abitur sorgte ein Filmteam für großes Interesse auf der Insel. Das Team hatte sich keinen guten Zeitpunkt ausgesucht. Ein Dauertief hatte sich über der Nordsee festgesetzt und ließ die Grenzen zwischen Tag und Nacht nur durch einen Wechsel der Grautöne erkennen. Die Insel litt. Mit ihr litten die Menschen vom Film, die Gäste und wir, die wir von allen leben wollten.

Wenn die Sonne auf Nördrum selbst die renovierungsbedürftigen Jugendstilvillen im Stadtzentrum erhaben und zeitlos schön aussehen lässt, gibt es nichts, was ein Urlauber verändern möchte. Vielleicht die Preise in den Lokalen, aber sonst? Wenn aber die Sonnenintervalle jeden Strandspaziergang in ein unkalkulierbares Risiko verwandeln, steigt der Nörgelfaktor mit jedem neuen Regenguss.

Seit zwei Wochen war das wenige Grün auf unserer Insel so saftig wie in den Reklamespots für irische Margarine. Niemand konnte sich dafür begeistern, denn der Grund dafür war ein Niederschlag, der nur die beiden Nördrumer Ladenbesitzer glücklich machte, die sich auf den Verkauf von regenfester Kleidung spezialisiert hatten.

Meine Mutter versuchte, die Laune im Möwennest durch kostenlose Freizeitangebote für unsere Gäste zu verbessern. Aber Stickkurse, Dia-Shows und Papas Oboen-Abende reichten nicht, um Sonne und Strand zu ersetzen. Zumal die meisten unserer Gäste Rachmaninow bestenfalls für Wodka hielten und nicht für Papas Lieblingskomponisten. Papa wusste das und spielte eh nur, um Mama einen Gefallen zu tun.

»Sie merken nicht, wenn ich mich verspiele. Ich mache es extra, und sie merken es noch nicht mal.« Verriet er mir, während meine Mutter mitten in seiner Aufführung kleine Käsehappen reichte und ihn damit zu einer Unterbrechung zwang, die Rachmaninow an dieser Stelle des Stückes nicht vorgesehen hatte.

»Warum tust du das, Papa?«

»Ich will nicht gut sein, nicht bei denen. Gut bin ich da draußen.«

»Verstehe.«

»Ja, ja.« Geduldig wartete er auf das Verzehren der Käsehappen, um weitere Fehler auf seiner Oboe vorzutragen.

Das Filmteam wurde nicht nur von meiner Mutter, sondern von allen Nördrumern überschwänglich begrüßt, denn es verhieß Abwechslung und es stand für die Hoffnung, dass wenigstens ein paar der supergenervten Urlauber bereit waren, auf ihre schlechte Laune zu verzichten.

Dem Team war das nicht recht. Sie wollten kein großes Gefege, es war nur ein kleiner Außendreh geplant. Eine kleine Strandszene. Nicht spielentscheidend, aber schön. Jenny Mitschmann und Lasse Sandmann, die Sorte Jungschauspieler, die nur einen Film braucht, um auf ihre Wichtigkeit aufmerksam zu machen, und einen weiteren, um die Welt vom Gegenteil zu überzeugen, hatten sich bei uns einquartiert. Meine Mutter riss sich fast ein Bein aus, um es den beiden so schön wie möglich zu machen. Wenn sie gewusst hätte, dass die kleine Filmproduktion sich nichts anderes mehr leisten konnte, weil das Budget für den Film längst aufgebraucht war, hätte sie vielleicht etwas weniger mit ihren »Stars« angegeben. Man hätte es ahnen können: Wer freiwillig auf eine Insel wie Nördrum kommt, die nicht in der Südsee liegt oder wenigstens im Dunstkreis der Balearen, kommt nicht wegen des schönen Namens und der deutsch sprechenden Bedienungen, sondern weil die Ambitionen größer sind als das Budget. Von uns ahnte das keiner.

Die beiden Jungstars hatte ich vom ersten Moment an gefressen.

»Gibt's hier etwa kein W-Lan?« Sandmanns verzweifelter Gesichtsausdruck hätte zu einem Menschen gepasst, der nach hundert Tagen Wüste nur Wasser vermisst, aber kein W-Lan.

»Nee.«

»Fuck!«

»Von mir aus.«

Seine Kollegin war nicht besser.

»Ich brauche Evian. Vier Flaschen, gerne jetzt.«

»Was?«

»Schätzchen, Evian! Vier Flaschen. Soll ich lauter sprechen?«

Schätzchen belegt einen vorderen Platz in meinen Top Ten der absoluten No-Wörter.

»Was haben Sie gerade zu mir gesagt?«

Bevor Jenny Mitschmann ihren unverschämten Satz wiederholen oder wenigstens ein bisschen entschärfen konnte, stand Wilko zwischen uns. Und wie immer schaffte er es, die Situation von jeglicher Sprengkraft zu befreien.

»Cool, lernen wir uns mal kennen, hab' deinen Film gesehen.«

»Echt?«

»Ja, klar! Und jetzt hier, nicht schlecht.«

»Arbeitest du hier?«

»Bin der Sohn des Hauses. Arbeiten tue ich am Strand.«

»Baywatchmäßig?«

»Besser.«

Manchmal waren mir diese oberflächlichen Gespräche, die Wilko mit völlig fremden Menschen führte, extrem zuwider. Sein lockerer Smalltalk mit Jenny Mitschmann war das Allerletzte. Doch statt das zu sagen, schwieg ich. Diese Frau ohne nennenswerte Ausbildung, Talent oder sonst etwas Erwähnenswertes war so oberflächlich, dass sogar ihre inneren Werte noch oberflächlich waren. Wilko hatte nie mit jemandem ein Problem, sondern einen unerschütterlichen Glauben an das Gute in jedem von uns.

»Ich geh' dann, du kannst ihr ja 'n paar Flaschen von diesem Schnöselwasser besorgen, Wilko!«

Davon wollte Wilko nichts wissen. Er kümmerte sich auf eine andere Art um die Bedürfnisse dieser Frau.

»Sollen wir zum Strand?«

»Jetzt? Es regnet.«

»Na und?«

Dann gingen die beiden tatsächlich. Von oben schüttete das, was irgendwo als Evian verkauft wurde.

Am Abend erzählte Wilko über seinen Ausflug mit Jenny nur so viel, dass er am nächsten Tag in dem Film eine kleine Rolle spielen sollte.

»Was, du?«

Meine Mutter konnte es kaum fassen.

»Pass nur auf, die vom Film sind alle keine guten Menschen«, kommentierte Oma Insa.

»Weißt du doch gar nicht«, sagte Piet.

»Ich weiß das.«

So, wie Oma Insa das betonte, wagte niemand daran zu zweifeln.

»Und was musst du spielen?«

»Nix Wildes. `n Surfer, der sein Brett auf den Strand schmeißt.«

»Das ist alles?«

Mamas Enttäuschung klang echt. Wie konnte jemand es wagen, ihren Sohn auf so einen lächerlich kleinen Auftritt zu reduzieren. Sie wäre auch bei mir so enttäuscht und brüskiert gewesen. Sie hatte ihre Kinder nicht auf die Welt gebracht, damit sie später in irgendwelchen Filmen Surfbretter auf den Strand schmeißen.

Aber Wilko konnte sie beruhigen, jedenfalls kurzfristig.

»Moment! Erst schmeiß ich das Brett auf den Strand, und dann muss ich Jenny flach legen.«

»Was? Nein!«

Wilko begann zu lachen.

»Mensch, Wilko, ich hätte das jetzt fast geglaubt.«

Selbst mein Vater lachte.

Am nächsten Morgen war der gesamte Strandabschnitt zwischen Buhne 9 und der Saftbar abgesperrt. Die billigen rot-weißen Flatterbänder wurden von allen respektiert. Sobald irgendwo eine Kamera aufgebaut ist und irgendwelche pseudowichtigen Menschen vom Film knappe Ansagen in ihre dauerknarzenden Walkie Talkies bellen, verwechseln Menschen die große Illusion des Filmemachens mit echter Autorität. Wie ist es sonst zu erklären, dass Urlauber, die sich jeden Tag dieser Ferien auf Nördrum sauer verdient haben, freiwillig auf einen Tag am Strand verzichten, um sich hinter einem Flatterband aufzuhalten? Zumal die Sonne an diesem Tag das tat, was eine Sonneninsel von ihr verlangt. Es sollte der einzige verdammte Sonnentag in der gesamten Woche bleiben.

Svenja und ich lagen in der Saftbar zu zweit auf einer alten Korbliege und betrachteten von der Terrasse des Nördrumer In-Treffs das muntere Treiben am Strand mit großem Vergnügen.

»Ich find' diesen Lasse jetzt aber auch nicht sooo doof«, schwärmte Svenja.

»Oh nee, bitte, das ist doch nicht dein Ernst. Der ist dumm wie Brot.«

»Na und, ich mag Brot.«

»Ich auch, aber …«

»Wann kommt denn dein Bruder?«

»Kennst ihn doch, der braucht seinen Auftritt, und ich glaub', der ist erst später dran.«

Am Strand ließ ein kleinwüchsiger Mann um die 40 in einem viel zu engen T-Shirt und einem nicht zu seinem Alter passenden Baseballcap das gesamte Filmteam strammstehen. Der Mann war Regisseur.

»Wo ist Jenny, Scheiße noch mal, ich flipp hier aus, ich flipp hier so was von aus. Wisst ihr, was das hier alles kostet?«

Von den Urlaubern hinter den Flatterbändern wusste es niemand. Und die Mitglieder der Filmcrew, die es wussten, antworteten nicht.

»Ist der auch bei euch im Möwennest?«

»Nee, mir reichen die beiden anderen Vögel schon.«

Dann wurde Jenny von einem Assistenten zum Set gebracht. Das aufgeregte Geraune der Gaffer ließ ihren Auftritt keineswegs glamouröser erscheinen. Einmal doof, immer doof. Da hilft auch kein Geraune.

»Da ist sie: Miss Evian. Das ist vielleicht 'ne Ziege.«

»Echt?«

»Total. Wilko war mit ihr gestern am Strand.«

»Was. Erzähl'.«

»Gibt's nix zu erzählen.«

»Wilko war mit Jenny Mitschmann am Strand und es gibt nix zu erzählen? Verarsch mich.«

»Svenja. Er hat mir nichts erzählt.«

»Wollte er nicht … nein, du hast ihn gar nicht gefragt. Stimmt's? Sag, dass das nicht wahr ist.«

»Was?«

»Dass du ihn nicht gefragt hast.«

»Ich habe ihn nicht gefragt.«

»Gesa! Das ist … oh Mann, Gesa!«

»Entspann dich, holst du uns noch zwei Cappuccinos?«

Svenja nickte knapp und marschierte los. Widerwillig, wie ihr Gang vermuten ließ.

Unten am Strand lungerte Lasse in einem Strandkorb, den die Requisite extra für diesen Dreh vom Festland besorgt hatte. Dass unsere Insel auch über Strandkörbe verfügte, schien für Menschen vom Film unvorstellbar. Wahrscheinlich war dieser Strandkorb ein ganz besonderer. Was auch immer daran besonders war, für mich sah das Teil aus wie jeder andere. Kein Wunder, dass diese Filme so teuer sind, wenn man das Geld für jeden Mist raushaut.

Lasses Rumlungern war bestimmt auch was Besonderes. Sein Job bestand darin, mit gelangweiltem Blick aufs Meer zu schauen. Den beherrschte er, keine Frage. Jenny stand etwas abseits und erlaubte einer Maskenbildnerin, aus ihrem Allerweltsgesicht etwas zu machen, das ihr wenigstens den Hauch eines Stars verlieh. Langsam begriff ich, dass Lasses gelangweilter Blick kein Spiel war, der Mann hatte nichts zu tun. Das gesamte Team wartete.

»Und? Schon was passiert?«

Svenja stellte die mäßig heißen Cappuccinos auf den Korbtisch und starrte nach unten.

»Nix. Die scheinen irgendwie Probleme zu haben.«

»Wieso, das ist so beim Film, das dauert alles.«

»Ah ja, das weißt du von deinem letzten Dreh?«

»Gesa, so was weiß man.«

Der kleine Regisseur rannte nun auf und ab und schnauzte jeden an, der ihm in die Quere kam.

»Gleich platzt er.«

»Ich glaub' auch.«

»Was er wohl hat?«

»Ich kann es euch sagen!« Wilko stand hinter uns und grinste breit. »Der wartet auf mich.«

»Und was machst du dann hier?«

»Mit euch reden.«

Dem Regisseur unten am Set platzte der Kragen, er zog einen Urlauber über das Flatterband. Forderte ihn auf, das Hemd auszuziehen, und gab dann einer total genervten Aufnahmeleiterin die Anweisung, für diesen Mann Surfershorts zu besorgen. Der Urlauber war in keiner Hinsicht ein würdiger Ersatz für Wilko, aber er war zur richtigen Zeit am richtigen Ort. Wilko war es nicht.

Ich habe den Film mit Jenny und Lasse nie gesehen. Erst viel später erfuhr ich, dass die Szene, in der Wilko sein Surfbrett auf den Strand schmeißen sollte, ersatzlos gestrichen wurde.

11

Der Tag, an dem es passierte, begann ohne Vorankündigung. Das Schicksal schickt keine Boten, keine Hinweise, und es legt auch keine Spuren. Es setzt auf den Überraschungsmoment. Wolken werden nicht automatisch düsterer, der Wind braust nicht auf, und es passieren auch sonst keine deutbaren Dinge, nur weil etwas Schreckliches bevorsteht. Das Schicksal ist ein mieser Feigling. Es kommt aus dem Hinterhalt. Aus dem Nichts. So dachte ich.

Als Wilko mir beim Frühstück eine Kopfnuss gab, deutete tatsächlich nichts darauf hin, dass es die letzte in seinem Leben war.

»Hey, bist du fertig, das tat weh.«

»Sollte es, sollte es, Schwesterchen.«

Ich versuchte einen läppischen Revanche-Schlag auf seinen Hinterkopf zu platzieren, scheiterte aber an seiner Reaktionsschnelligkeit und schlug ins Leere.

»Gesa, Gesa, so wird das nichts.«

»Blödmann.«

Dann umarmte er mich in seiner unnachahmlichen Art und trug mich ein paar Meter durch die Küche.

»Lass mich runter.«

»Warum, ich nehm' dir nur die Last ab.«

»Was für 'ne Last, Blödmann?«

»Die Last des Lebens, Schwesterchen.«

Als mein Vater die Küche betrat, waren wir beide mit dem Frühstück beschäftigt. Wilko mischte sich ein Müsli in XXXL, 500 Gramm Naturjoghurt mit 1,5 Prozent Fettanteil, zwei

Äpfel, eine Banane, zwei Esslöffel Kakao und mindestens 200 Gramm Vitalis-Knusper-Erdbeer-Weniger-Süß. Ich habe mir das genau gemerkt, ohne zu wissen, dass Wilko die verzehrten 680 Kalorien an diesem Tag nicht mehr vollständig verbrennen würde.

»Wenn du so weiter machst, wirst du noch mal richtig fett, Brüderchen.«

»Nee, bestimmt nicht. Du hast keine Ahnung, wie anstrengend das ist. Ich verbrauch' schon beim Packen von meinem Fallschirm mehr Kalorien als du auf deinem dämlichen Stepper.«

Er hatte recht, wie immer. Wilko konnte nicht fett werden. Er gehörte zu den Menschen, die schon Kalorien verbrennen, wenn sie nur daran denken. Es gab keine Sportart, die er nicht überdurchschnittlich gut beherrschte. Wilko war mehrfacher Meister im Windsurfen, Torschützenkönig beim FC Nördrum, ein ausgezeichneter Mountainbikefahrer, leidenschaftlicher Kite-Surfer und Läufer auf allen Distanzen. Gegen den ausdrücklichen Wunsch von Mama war er auch noch Fallschirmspringer.

»Wie viel Sprünge machen wir heute, Papa?«

»Drei, oder?«

»Super.«

Seit zwei Jahren waren die beiden leidenschaftliche Fallschirmspringer. Dass Wilko ganz verrückt danach war, sich aus irrsinniger Höhe in die Tiefe zu stürzen, war nicht verwunderlich. Mein Bruder liebte alles, was nach Nervenkitzel und körperlicher Herausforderung roch. Sein Körper schrie danach. Mein Vater war das exakte Gegenteil. Sein Körper schrie nach Ruhe und Noten. Keine Muskeln, kein Sixpackbauch, kein Hang zum Abenteuer. Nichts schrie nach kühnen Sprüngen aus einem kleinen, engen Propellerflugzeug. Wahrscheinlich war es genau dieses Missverhältnis zwischen Körper und Geist, das ihn reizte. Eine kleine Insel des Irrationalen, die er brauchte in seiner Welt voller klarer Strukturen. Mir wurde nie richtig klar, ob es ein gemeinsames Hobby von Vater und Sohn war, oder ob jeder der beiden eigentlich nur für sich sprang. Sie fuhren gemeinsam los, sprangen auch gemeinsam, aber gemeinsam freuen, oder so was? Ich weiß es immer noch nicht. Freude teilt man doch.

An diesem Morgen hielt ich es auf jeden Fall für eine gute Idee. Mein Vater brauchte Ablenkung. Sich einfach mal fallen lassen, buchstäblich, das war bestimmt das Richtige gegen seine Traurigkeit.

»Wo ist Mama, Gesa?«

»Einkaufen.«

»Jetzt schon?«

»Sie hatte Angst, dass es wieder zu wenig Obst gibt. Kennst sie doch.«

Meine Mutter gab nie zu, wie sehr sie es bereute, sich ausgerechnet an diesem Morgen ihre im Rückblick lächerlichen Sorgen um Obst gemacht zu haben. Ein paar Kiwis und geschälte Orangen mehr oder weniger am Frühstücksbuffet wären niemandem aufgefallen.

»Haben wir auch Tee?«

»Steht direkt vor dir, Papa. Wann kommt ihr eigentlich zurück?«

»Gute Frage«, antwortete der einzige Teetrinker in der Familie.

»Geht es auch etwas präziser?«

Mein Vater zuckte nur mit den Schultern, während Wilko

sich eins grinste, weil er genau wusste, wie sehr mich manchmal die Einsilbigkeit unseres Vaters ärgerte.

Oma Insa betrat in ihrem Bademantel die Küche und verzichtete wie immer auf ein »Guten Morgen«.

»Piet schon auf?«

»Guten Morgen, Oma Insa«, begrüßten Wilko und ich sie synchron.

»Ich wüsste nicht, was an diesem Morgen gut sein soll. Meine Arthrose wird jeden Tag schlimmer, mein Schlaf immer kürzer und eure merkwürdigen Versuche, mich zu ärgern, werden auch nicht origineller. Aber wenn es euch so viel bedeutet: Guten Morgen, meine lieben Enkel!«

Die zuckersüße Betonung jedes einzelnen ihrer Worte war so echt wie ihr herausnehmbares Gebiss, das die Kasse ihr damals noch zu 100 Prozent bezahlt hatte, wie sie immer wieder versicherte. Wir nickten ihr artig zu.

»Und, was ist jetzt mit Piet?«

»Gute Frage.«

Wenigstens war mein Vater auch seiner Schwiegermutter gegenüber kompromisslos sparsam, was die Zahl seiner Wörter anging.

»Ich hab ihn noch nicht gesehen.«

»Danke, Wilko, wenigstens ein Mann im Haus, der noch spricht.«

Vor dem Fenster zum Garten watschelte eine Ente und starrte genau in dem Moment zu mir, als ich sie entdeckte.

»Habt ihr die Ente gesehen?«

Mein Vater würdigte das Tier mit keiner Miene. Nur Wilko interessierte sich für unseren neuen Gartenbesucher.

»Ganz alleine, komisch.«

»Wieso?«

»Enten sind treu, ’n Leben lang. Also ist die da ’ne Witwe oder sie hat keinen abgekriegt.«

»Vielleicht will sie ja gar keinen.«

»Wie du?«

»Blödmann!«

Das waren die vorletzten Worte, die mein Bruder und ich wechselten. Ein belangloses Gespräch über eine Single- oder Witwenente in unserem Garten. Je länger ich über die Absurdität dieses Morgens nachdenke, desto klarer wird mir, wie angenehm uns Wilkos Tod gemacht wurde. Vom Schicksal oder wem auch immer, was spielt das jetzt noch für eine Rolle. Es hätte schlimmer kommen können. Eine Krankheit, die nicht zu heilen ist, verbunden mit langjährigem Siechtum und brutaler Hilflosigkeit. Sowas in der Art. Wir haben es wirklich leicht gehabt. Kann ich jetzt so sagen. Dieser Tod war alles andere als leicht für uns alle, zu begreifen war er schon gar nicht, aber dadurch, dass keiner von uns einen konkreten Hinweis auf das Unfassbare bekam, hatte auch keiner das Gefühl, irgendwas falsch gemacht zu haben. Fast keiner.

»Ich pack’ schon mal die Sachen, Papa, und warte draußen.«

Mein Vater nickte so knapp, wie er sprach.

»Gib Mama ’n Kuss von mir, Schwesterchen.«

»Mach’ ich.«

Ich habe es nie getan. Und das waren die allerletzten Worte.

Als Wilko ging, verschwand auch die Ente aus unserem Garten.

12

Bevor es passierte, glaubte ich nicht an diese ganzen Sachen zwischen Himmel und Erde. An Schwingungen, Zeichen, Stimmungen und den ganzen Blödsinn. Einen Zug kann man kommen hören, aber kein Unglück, dachte ich. Jetzt sehe ich das anders. Wenn man bereit ist, zu hören, zu sehen und zu fühlen, wird das Unsichtbare sichtbar, das Lautlose zum Geräusch und das Unerwartete zu einem Ereignis ohne jede Überraschung.

Ich war in der Waschküche, um Berge weißer Pensionswäsche aus dem Trockner zu holen, als es plötzlich ganz still wurde. Selbst das sonore Brummen der Waschmaschine war kaum noch zu hören. Die Stille war außergewöhnlich. Kein Klappern in der Küche, keine Gespräche aus dem Aufenthaltsraum, keine Schritte. Nichts. Ich wusste, dass etwas Schreckliches geschehen sein musste. Etwas, das den Gang aller Dinge ausgebremst hatte.

Meine Mutter stand in der Küche. Regungslos wie eine Schaufensterpuppe. Sie hielt das Telefon in der Hand und schwieg. Ganz langsam ging ich zu ihr, wagte es aber nicht, sie anzusprechen, aus Angst vor einer Reaktion. Sie atmete langsam und ihr Blick war leer und ausdruckslos. Sie schien durch mich hindurchzuschauen. Mir wurde kalt, ich zitterte. Ich hatte Angst vor allem, was jetzt kommen würde, und schaute meine Mutter nur an. Sie hätte mir die Angst nehmen können, aus Vermutungen Gewissheit machen können. Irgendwie hatte ich plötzlich das Gefühl, dass sie sich um mich hätte kümmern müssen. Sie sah doch, wie ich mich fühlte. Doch das tat sie nicht. Sie stand ganz nah bei mir und war doch so weit weg. Von allem. Von mir, dieser Insel und ihrem eigenen Leben.

Wahrscheinlich war es meine Hilflosigkeit, die mich dazu brachte, ihr das Telefon aus der Hand zu nehmen.

»Hallo?« Ich hatte nicht ernsthaft damit gerechnet, noch jemanden am anderen Ende der Leitung zu hören. Aber alles war besser als dieses schreckliche Schweigen.

»Mama?«

Sie reagierte nicht, weinte nicht einmal, was es mir leichter gemacht hätte, sie in die Arme zu nehmen.

»Mama?!«

Plötzlich schloss sie den obersten Knopf ihrer Bluse und schloss das Fenster.

»Es wird einfach nicht wärmer. Wird Zeit, dass der Sommer kommt.«

Ich war fassungslos, unfähig zu beurteilen, was da gerade passierte.

»Möchtest du auch einen Tee, ich mach' mir einen.«

Jetzt war ich es, die schwieg. Meine Mutter ging zur Anrichte, füllte den großen Wasserkessel mit Wasser und stellte ihn auf die Herdplatte. Dann suchte sie nach einem Zündholz, rieb es an der Reibefläche der Zündholzschachtel und öffnete den Gashahn am Herd.

»Schwarzen? Oder lieber Früchtetee?«

»Ich möchte keinen Tee, Mama.«

»Möchtest du was anderes?«

»Ich möchte wissen, was passiert ist.«

»Was?«

Sie merkte zu spät, dass sie noch immer das brennende Zündholz in der Hand hielt, und schrie auf.

»Verdammter Mist! Ich hab mich verbrannt!« Sie schrie, wie ich meine Mutter noch nie habe schreien hören. Dann begann sie zu weinen, und ich konnte sie endlich in den Arm nehmen.

»Alles wird gut, Mama. Alles wird gut.«

»Ich habe mich verbrannt.«

»Ich weiß, Mama, ich weiß.«

Sie hörte nicht auf zu weinen, und ich stellte keine Fragen mehr.

Als Oma Insa in die Küche kam, weinte meine Mutter noch immer. Ich weiß nicht mehr, wie lange ich meine Mutter in den Armen hielt. Das Unfassbare hat die Zeit angehalten.

»Ich habe es gerade gehört.« Omas Stimme klang brüchig, aber sie gab sich viel Mühe, das zu kaschieren.

Ich nickte ihr zu, sie verstand.

Oma ging zum Herd und stellte das Gas ab. Dann schwiegen wir gemeinsam in der Hoffnung, wenigstens ein bisschen von dem zu verstehen, was nicht zu verstehen war.

Durch das geschlossene Fenster sah ich die Ente in unserem Garten. Ich bin mir sicher, dass sie mich anschaute. Direkt in die Augen.

Als mein Vater aus dem Auto stieg, watschelte die Ente davon. Er muss sie auch gesehen haben. Die wenigen Meter bis zum Hintereingang des Möwennestes müssen die längsten in seinem bisherigen Leben gewesen sein. Die tiefe Traurigkeit in ihm lähmte jeden einzelnen seiner Schritte. Sein Gang war bleiern, als hätte er eine zentnerschwere Last zu tragen. Kurz bevor er die blaue Tür erreichte, drehte er sich plötzlich um und rannte zurück zu seinem Wagen. Es war das Letzte, was ich für lange Zeit von meinem Vater sah.

13

120 Zeilen war der Tod meines Bruders der ersten Seite des Nördrumer *Inselkuriers* wert. Mehr als jeder Twitterbeitrag, aber deutlich weniger als die Reportage zum hundertsten Jubiläum der großen Sturmflut. Seltsam, aber das war mein erster Gedanke, als ich die Zeitung aufschlug. Kein Bild, nur Text, mehr nicht? Die nüchterne Art der Berichterstattung machte mir nichts aus. Wenn man das Opfer nicht persönlich kennt, muss man wahrscheinlich so schreiben.

(momi) Aus bislang noch unbekannten Gründen stürzte gestern bei mäßigem Wind aus Ost-Südost Wilko Petersen mit seinem ungeöffneten Fallschirm in einen Apfelbaum. Der junge Extremsportler war sofort tot. Sein Vater Harald Petersen landete wenige hundert Meter entfernt vom Unfallort auf einem freien Feld. Er war unversehrt und sichtlich geschockt. Die Polizei ermittelt. Wir berichten.

Momi, mit vollem Namen Moritz Minkelmann, war erst seit kurzem auf der Insel. Er hatte keinen Bezug zu dem, was wirklich wichtig war auf Nördrum, und er machte mit jedem Artikel auch kein Hehl daraus. Er hatte sich nicht die Mühe gemacht, nach etwaigen Zeugen zu suchen oder wenigstens ein paar Spekulationen zu veröffentlichen. Er schrieb nüchtern wie ein Alki nach seinem ersten Entzug. Das, was viele dachten, blieb in seinen 120 Zeilen unausgesprochen. Sogar zwischen den Zeilen stand nichts von dem. Diese Distanz zum Nördrumer Meinungs- und Gerüchtepool machte ihn für mich zu einem tollen Journalisten. Egal, was die anderen davon hielten, ich hielt es für angemessen, genau so zu schreiben wie Moritz Minkelmann. Der Wind kam aus Ost-Südost, und der Ort des Geschehens war ein Apfelbaum. Wer die makabre Sensation brauchte, der sollte sich eben auf den Apfelbaum stürzen. Auf einer Insel wie Nördrum, der es an vielem fehlt, besonders an Bäumen, muss so was reichen.

Unsere Gäste schwiegen am Morgen danach. Es verlangte noch nicht mal jemand nach einem zusätzlichen Kaffee. Der eine oder andere räumte sogar selber seinen Tisch ab. Sogar einige der Vollpensionisten. In der Luft schwebte eine dichte Wolke aus Mitleid und Neugier. Natürlich hätte jeder Einzelne von ihnen, ob Schippenloser oder nicht, liebend gerne unter dem Vorwand der aufrichtigen Anteilnahme die wesentlichen Fragen gestellt. Ich füllte die Schalen mit frischem Obst auf, legte Aufschnitt nach und spürte die Blicke, die sich fragend in meinen Rücken bohrten.

Meine Mutter war seit gestern nicht aus ihrem Zimmer gekommen, und selbst nach mehrmaligem Klopfen war sie nicht bereit zu öffnen. Oma Insa meinte, das müsse so sein, und ich glaubte ihr. Sie war es auch, die mit einer kleinen Ansprache im Frühstücksraum dafür sorgte, dass alles im Möwennest seinen fast normalen Gang gehen konnte.

»Liebe Gäste, gestern ist mein Enkel Wilko bei einem tragischen Unfall ums Leben gekommen. Wir sind in tiefer Trauer und wir bitten Sie, dies zu respektieren. Danke. Ach ja, noch was, wir möchten keine Fragen beantworten. Wir haben auch leider keine Antworten. Nochmals danke.»

Es gibt Momente, da kann man selbst in tiefster Trauer lachen. Dies war ein solcher Moment. Ich lachte kurz auf, wie befreit, und ich schämte mich nicht dafür. Oma Insa hatte es registriert und mit keiner Miene bewertet. Sie war einmal mehr phantastisch, ohne zu ahnen, wie phantastisch sie war.

»Ich danke Ihnen für Ihr Verständnis und wünsche Ihnen

auch im Namen meiner Tochter und meiner … meiner Enkelin alles Gute und noch ein paar schöne Tage auf unserer schönen Insel.«

Die meisten Gäste nickten.

Ich weiß nicht, woher sie diese Fähigkeit zur absoluten Kontrolle über sich und ihre Emotionen hatte, der Krieg hatte sie verschont und bis auf ein paar Jahre ihrer Jugend, über die sie nie sprach, konnte ich mich an nichts erinnern, was sie zu dem gemacht haben muss, was sie nun war – eine starke Persönlichkeit in einer nur etwas abgewetzten Kittelschürze.

Und sie war noch nicht am Ende ihrer kleinen Ansprache.

»Falls Sie noch Kaffee haben wollen, ich brühe gerade frischen auf. Und heute Nachmittag zeigt Ihnen unser Piet, wie man aus alten Weinfläschchen ein schönes Buddelschiff macht. Wenn Sie daran Interesse haben, dann tragen Sie sich bitte in der Liste ein, die ich gleich rumgehen lasse. So, und wer möchte nun noch Kaffee?«

Einige Gäste zeigten auf, weil sie bereit waren, sich auf Oma Insas ungewöhnliches Trauermanagement einzulassen.

In der Küche weinte sie beim Zubereiten des neuen Kaffees. Sie wischte sich die Tränen mit ihrer alten Kittelschürze ab und lächelte mich an, als ich zu ihr kam.

»Kannst du Piet heut Nachmittag helfen?«

»Wobei?«

»Beim Buddelschiffbauen.«

»Warum?«

»Weil Piet so was noch nie gemacht hat.«

»Wieso hast du das dann den Gästen angeboten?«

»Was hätte ich denn sonst machen sollen? Gemeinsames

Wandern zum Unfallort mit anschließender Diskussion über den Absturz?«

»Eben hast du noch Unfall gesagt.«

»Eben ist eben vorbei.«

»Oma? Was wird denn nun?«

»Ich weiß nicht, kannst du den Kaffee rausbringen?«

»Mach' ich. Ist es eigentlich schlimm, wenn man nicht weinen kann?«

»Nein, das ist normal. Das kommt schon.«

Es kam, wie Oma es angekündigt hatte, mit einer unfassbaren Wucht. Ausgerechnet vor der Tiefkühltheke von Feinkost Jensen. Unter mir lagen verpackte Geflügelsteaks, über mir schwebte eine Papptafel, die auf die sagenhaft günstigen Steaks hinwies, und ich lehnte mich an den Rand der Theke und weinte wie niemals zuvor. Man ließ mich in Ruhe. An der Wursttheke wurde ein wenig getuschelt, am Obststand nur mitleidig geschaut und bis auf Erik, den geistig zurückgebliebenen ältesten Sohn der Jensens, sprach mich niemand an.

»Ist zu teuer?«

»Was?«, schluchzte ich.

»Essen.«

»Was?«

»Essen zu teuer?«

»Erik, lass mich in Ruhe.«

»Mach' ich billiger.«

»Erik, bitte.«

Zu spät. Erik stieg auf eine kleine Leiter und kritzelte mit einem Edding die Geflügelsteaks auf ein Preisniveau, das der Feinkostladen Jensen noch nicht mal vom Hörensagen kannte.

»Erik? Ich wein' nicht wegen der Preise.«

»Jetzt nicht mehr. Jetzt billig, ne? Erik noch billiger. Soll ich?«

»Erik, nein. Mein Bruder ist gestorben.«

»Weint der auch wegen Essen?«

»Ach, Erik.«

Angeblich hatte Erik seit der Einschulung diesen kleinen Schaden. Die Geschichte, die uns erzählt wurde, klang unglaubwürdig, hielt sich aber gerade deshalb konsequent. Schuld an allem hatte Eriks Vater. Während eines Festlandbesuches, wo sonst, war es passiert. Die Jensens wollten gerade mit dem Auto die Fähre verlassen, während Erik auf der Rückbank in der Nase bohrte. Die letzte Bohle der Stahlplanke, die die Fähre vom Festlandsteg trennte, nahm Papa Jensen mit deutlich zu viel Schwung. Der Wagen bockte einmal kurz auf und Eriks Finger verschwand im Nasenkanal und erreichte Zonen des Gehirns, die für Zeigefinger nicht vorgesehen sind. Seit dieser Zeit war Erik anders als alle anderen Kinder der Insel. Und er ist es noch heute.

»Du weinst nicht mehr.«

»Nee, Erik, jetzt nicht mehr. Danke!«

»Erik kann noch billiger.«

»Nee, lass mal, is' alles wieder gut.«

Meine Trauer war nicht verflogen, aber sie hatte sich irgendwohin verkrümelt, wo ich sie nicht mehr spüren konnte.

Zum Möwennest wollte ich jetzt nicht zurück. Nicht dorthin, wo die Trauer ihr Zuhause hatte.

»Erik kommt mit.«

»Nee, das geht nicht.«

»Geht.«

»Nein.«

»Doch, Erik kann alles.«

»Dann mach doch mal meinen …« Den Rest behielt ich für mich und verließ Erik und Feinkost Jensen, ohne etwas gekauft zu haben. Kurz hinter dem Laden, dort wo die ersten Geschäfte an der Knut-Hansen-Straße wetterfeste Kleidung und unsäglichen Touristenkitsch verhökern, liefen mir die Tränen wieder die Wangen herab.

14

Svenja machte einen sehr müden Eindruck, als ich in ihr Zimmer kam. Sie lag auf ihrem Bett und schien gerade noch geschlafen zu haben. Ich irrte mich. Es war nicht der Schlaf, der sie noch im Schlummergriff hatte, es war die Hilflosigkeit. Einem Trauernden zu begegnen macht einen machtlos. Alles, was man sagt, klingt nach Floskeln und bemüht. Und plötzlich fällt einem auf, wie unvorbereitet man auf solche Situationen ist, obwohl man eigentlich damit rechnen muss, sich irgendwann mal mit so was beschäftigen zu müssen. Obwohl, in unserem Alter wohl eher nicht. Alles, was über dreißig ist, erscheint uralt und der Tod ist nur etwas für die, die er angeht. Nicht unser Thema. In unserem Alter ist man aus dem Stand bereit, die Krise unserer Generation zu erklären, inklusive sämtlicher Lösungsmöglichkeiten, wir sind bereit, Kriege, Katastrophen und den globalen Wahnsinn zu stoppen. Ohne jede Vorbereitung. Aber Trauer und den Umgang damit, das geht nicht. Das sieht unsere Lebensmatrix einfach nicht vor. Svenja machte da keine Ausnahme.

»Gesa, es tut mir so leid.«

»Mir auch.«

»Soll ich … willst du … kann ich …«

»Lass uns einfach nicht drüber quatschen, okay?«

»Klar, natürlich.«

Nichts war natürlich, nicht die Umstände meines Kommens, nicht die Umstände der ganzen Ereignisse und schon gar nicht natürlich war mein Wunsch, nicht über das zu reden, was im Raum stand wie ein Monolith.

Ich setzte mich in einen ihrer alten Rattansessel und musterte das Cover einer CD neben ihrer kleinen Anlage. Zwei junge Typen mit Britpop-Haarschnitt. Einer mit Sonnenbrille, einer ohne. Beide um äußerste Coolness bemüht. Austauschbare Gesichter. Ohne Reiz, ohne Eigenart. Popstars.

»Mando Diao, gestern bekommen.« Svenja war schon mal froh, etwas sagen zu können, was nichts mit Wilko und seinem Tod zu tun hatte.

»Gut? »

»Besser als *Never seen the light of day*. Das Album davor, kennste doch, oder?«

»Kann sein, weiß nicht. Sind das Dänen?«

»Schweden.«

»Stimmt, hab ich auch mal irgendwo gelesen. Gibt viele Schweden, die Musik machen. Komisch, oder?«

»Findest du?«

»Du nicht? Ich mein', im Verhältnis zur Einwohnerzahl?«

»Kann sein.«

»Wie viele Schweden gibt es?«

Svenja zuckte mit den Schultern. Sie wusste es nicht.

»Schätze, so acht, vielleicht neun Millionen.«

»Ja, hätte ich auch so geschätzt.«

»Gibt nicht viele Schweden, und von den wenigen sind echt viele Popstars. Wahrscheinlich haben die sonst nicht viel zu tun.«

»Soll ich uns einen Tee machen, Gesa?«

»Warum?«

»Na ja, ich dachte.«

»Nee, danke.«

»Soll ich dir die CD brennen?«

»Ja.«

Svenja sprang auf und ging zu ihrem PC. »Hab gestern noch Rohlinge gekauft.«

»Gestern?«

»Tut mir leid.«

»Was?«

»Ich kauf' Rohlinge, während dein Bruder ...«

»Schon gut. Meine Mutter hat Obst gekauft, während mein Bruder ... –«

Sie erwartete, dass ich den Satz beendete. Aber ich wusste nicht, was ich sagen sollte. Während mein Bruder starb, während mein Bruder diesen Unfall hatte, während mein Bruder ausgerechnet in einem Apfelbaum landete?

»Der Apfel fällt nicht weit vom Stamm.«

»Was?« Svenja schaute mich fassungslos an.

»Sagt man doch so.«

»Schon, aber ...«

»Hast du auch was von Wilco?«

Die plötzlich aufsteigende Röte in ihrem Gesicht entging mir nicht.

»Wie kommst du da darauf, ich meine, was ... warum sollte ich was von Wilko haben?«

»Ich meine die Band, nicht meinen Bruder.«

»Ach so, nee, hab' ich nicht.«

»Mochtest du ihn?«

»Ja. Ihn mochte jeder.«

»Mochtest du ihn so wie jeder?«

»Gesa, ich weiß nicht, was du von mir willst.«

»Wieso, ist doch 'ne einfache Frage.«

»Schon, aber jetzt, wo er ...«

»Tot ist? Schwer auszusprechen, oder?«

»Ja.«

»Sag, dass er tot ist.«

»Warum?«

»Weil er es ist.«

»Und warum soll ich das sagen?«

Svenja wirkte verzweifelt und ich merkte, dass es mir Spaß machte, sie verzweifelt zu sehen. Es war ein idiotisches Spiel, aber ich spielte es, weil ich spürte, dass es mir half. Auch wenn es mich zum Arschloch machte.

»Tut mir leid, Svenja.«

»Schon okay.«

»Ich will nicht drüber quatschen.«

»Ich auch nicht.«

»Soll ich uns doch 'n Tee …«

»Gute Idee. Ich helf' dir.«

Und ich half ihr – sie hatte schließlich auch mir geholfen.

15

Ich sah Piet schon von weitem, als ich mit meinem Rad über den alten Pflasterpfad dem Möwennest entgegensteuerte. Er winkte mir zu und ich wusste sofort, warum. Ich hatte das dämliche Buddelschiffbasteln fast vergessen. Piet und zwei Gäste aus Dortmund leider nicht.

»Wo bleibst du denn?«

»Hey, bleib locker.«

»Die Gäste warten schon.«

»Na und? Hey, das war nicht meine Idee.«

»Schon gut, bin ja froh, dass du da bist.«

Piet hatte sich in ein Buddelschiff-Basteloutfit geschmissen: Fischerhemd, blaue Kittelschürze, Holzschuhe und eine Pfeife im Mund. Ohne es zu wollen, brachte er mich zum Lachen. Piet war kein Buddelschiffbauer. Eher die Karikatur eines Nördrumer Buddelschiffbauers. Wenigstens hatte er die Pfeife nicht angezündet. »Bleibst du so?«

»Wieso nicht?«

»Du siehst aus wie ...«

»Deine Oma fand's gut.«

»Verstehe.«

»Jetzt komm, die warten echt schon.«

»Wie viele sind es denn?«

»Zwei. Die Dortmunder.«

»Bitte nicht.«

»Doch, die Dortmunder!«

»Aber die reisen doch morgen ab?«

»Was sollte ich machen, wenn die sich anmelden?«

Am schlimmsten sind Touristen am Tag vor ihrer Abreise. Am Tag der Anreise haben sie noch alles vor sich. Das bisschen Fahrt, der lästige Stau, die unverschämten Spritpreise und das lauwarme Würstchen auf der Fähre – alles egal und schon vergessen. Die Hoffnung, die geilsten Wochen des Jahres vor sich zu haben, ist jetzt so groß, dass man mit ihr Atome spalten könnte, wenn man aus ihr Energie ableiten würde. Das Programm, das sich die Anreiser geschnürt haben, ist prall und vollgepackt, dann aber kommt das Wetter und macht mit jedem Tag die großen Pläne oder kleinen Vorfreuden kaputt. Entweder regnet es und die herrlichen Strandtage fallen ins Süßwasser, oder aber die Sonne scheint so erbarmungslos, dass schon das bloße Schleppen des eigenen Körpers zum Strand eine Tortur ist. Touristen kann man es nicht recht machen. Nie! Es sei denn, man gibt ihnen am Ende des Urlaubes jeden Cent zurück, den sie dafür ausgegeben haben. Und ein Jahr später geht alles wieder von vorne los, weil die Hormone des Vergessens dafür gesorgt haben, dass man sich ungefähr eine Woche vor Urlaubsbeginn an nichts mehr erinnern kann, was irgendwann mal schiefgelaufen ist. Genau davon leben wir.

Jetzt hatten Piet und ich zwei Urlauber vor uns, die in genau der Stimmung waren, die Urlaubsprofis wie wir am meisten hassten. Noch 24 Stunden bis zur Abreise.

Uschi und Gerd aus Dortmund saßen auf der alten Bierzeltbank in unserem Garten und waren schon aus Prinzip nicht bereit, an diesem Tag auch nur irgendetwas gut zu finden. Und erst recht nicht diese Buddelschiffbauaktion. In diesem Punkt waren wir uns alle einig. Die Dortmunder und ich. Der Unterschied bestand aber darin, dass ich mir diesen Nachmittag nicht freiwillig ausgesucht hatte. Uschi und Gerd schon.

»Ich dacht' schon, dat fällt aus. Hier fällt ja allet aus, dat Wetter, die Sonne ...«

»Das gehört doch zusammen«, entgegnete ich.

»Wat?«

»Wetter und Sonne! Gehört zusammen.«

»Sicha gehört dat zusammen, wat soll dat denn jetzt?«

»Nun reg dich nich' auf, nun geht es ja los, Gerd!«

Gerd zwang sich zu einem neutralen Nicken, während Uschi ihre nur mäßig gebräunten Hände, nebst Billigarmreif, Billigring und Billiguhr auf die Bank legte, um uns zu signalisieren, dass es nun auch wirklich loszugehen habe. Wie billig.

Piet stellte zwei leere Flaschen auf den Tisch.

»So, das sind unsere Flaschen.«

»Ach, ich dacht', dat wär'n schon die Schiffe.«

Niemand lachte außer Uschi und Gerd. Aber das war immerhin der ganze Kurs.

Die Schiffe kamen erst jetzt ins Spiel. Piet holte zwei fix und fertige Modellschiffe aus seiner Kitteltasche und reichte sie den beiden Stimmungskanonen aus Dortmund. Die Dinger sahen so billig aus wie Uschis Schmuck. Dass sie wenigstens schwimmen konnten, machte sie nicht wertvoller.

»Wat soll dat denn, die sind ja schon fertich! Ich dacht', die basteln wir?«

Piet hatte es sich wirklich ein bisschen zu leicht gemacht und wahrscheinlich alle Hoffnung, diese Aktion einigermaßen retten zu können, auf mich projiziert. Ein leichtsinniger Plan. Wahrscheinlich war es noch nicht mal ein Plan, sondern nur eine fixe Idee.

»Ja, Gesa, dann mal du.« Lachte mich Piet voller Optimismus an.

Wieso ich? »Wieso ich?«

»Wird dat noch wat heute, oder wie?«

»Gerd, nun lass die beiden doch mal.«

»Uschi, ich lass' die doch.«

Da hatte er sogar recht. Er ließ uns machen, was die Peinlichkeit der ganzen Veranstaltung nur noch vergrößerte und beschleunigte. Piet und ich hatten keine Antworten.

»Mein Mann meint das nicht so.«

»Wat mein' ich nich' so?«

»Dat Drängelnde!«

»Wat denn für'n Drängelndes? Ich drängel' doch nich!«

»Doch Gerd, dat tuste.«

»Alles klar, wenn du meins', dann drängel ich eben. Obwohl ich nicht drängel.«

Ich schwöre es, genau so haben die beiden sich vor uns gestritten.

»Ich drängel nämlich nie!«

»Doch, beim Autofahren.«

»Woher willste dat denn wissen, du fährst doch nie!«

»Meinste ich krieg' dann nich' mit, wie du drängelst?!«

»Uschi, ich glaub' nich', datt dat die beiden hier interessieren tut.«

Mich interessierte es nicht die Bohne. Piet schon.

Er hätte den beiden noch stundenlang zuhören können, nur um nicht selber sprechen zu müssen, aber dafür war die Erwartungshaltung von Uschi und Gerd zu hoch an uns. Die beiden wollten das volle Programm. Mit Antworten auf Fragen. Von uns. Denn bezahlt ist bezahlt, auch wenn dieser Kurs nichts kostete. Uschi und Gerd wussten, was sie erwarten durften.

Piet steckte seine Pfeife in den Mund, während ich mich

fragte, was Oma Insa sich dabei gedacht hatte, uns in diese Hölle der Touristenbelustigung zu schicken. Eines war ihr mit dieser bescheuerten Aktion in jedem Fall gelungen: Ich dachte keine Sekunde mehr an Wilko.

»So, und wie kommen jetzt die Dinga inne Flasche? Der Mast is' doch zu hoch, sieht doch jeder.«

»Nun sei doch nich' so ungeduldig, Gerd!«

»Das geht ganz einfach, schauen Sie mal!«

Ohne jede Anstrengung brach ich die Maststangen der beiden Bonsai-Kutter ab und reichte sie Uschi und Gerd.

»So, da basteln wir jetzt ein paar Fäden dran, damit wir die Masten wieder aufrichten können. Und dann haben Sie bald das schönste Buddelschiff weit und breit.«

»Wat?«

»Ach so, ja, der Piet gibt euch natürlich jetzt erst mal die Fäden für die Masten.«

Der Piet gab nichts. Außer den Flaschen und den beiden mittlerweile zerstörten Kuttern hatte er nichts vorbereitet. Für einen richtig gelungenen Bastelnachmittag sind das die mit Abstand beschissensten Voraussetzungen, die man sich vorstellen kann. Spaßbremse Gerd ahnte, was kommen musste.

»Und wo sind die Fäden?«

»Gerd!«

»Nee, wo sind die denn, ich seh nix.«

Es gab auch nichts zu sehen.

»Piet?«

Piet schluckte und unternahm noch nicht mal anstandshalber den Versuch, in seiner Tasche nach Fäden zu kramen, um dann mit gespieltem Entsetzen zu entdecken, dass er sie wohl vergessen hatte.

»Hömma, wat soll dat hier? Volksverarsche, oder wat?!«

»Gerd, reg dich nich' auf, denk' anne Pumpe.«

»Ich soll mich nich' aufregen? Dann soll'n die mich nich' aufregen. Ich will hier 'n Buddelschiff bauen, und die brechen nur den Mast ab.«

»Äh, das muss so.«

Piets Versuch, diese Behauptung mit dem Blick eines Experten zu krönen, scheiterte wie der Versuch, sich wie ein Experte anzuziehen.

»Das muss so? Ja, nee is' klar.«

Ich versuchte, die Situation zu entschärfen: »Vielleicht sollte ich uns erst mal was zu trinken holen. Hm? Auf Kosten des Hauses?«

»Aber nur wat Kaltes.«

»Gerd, is' doch umsonst!«

»Na und, kann doch trotzdem kalt.«

»Kein Problem, ich hol uns was. Und Piet holt die anderen Sachen.«

Ich rannte ins Haus zurück, um Getränke zu holen. Während Piet sich überlegte, was man außer Flaschen, Schiffen und Fäden noch alles für ein Buddelschiff benötigen könnte.

Während ich in unserem Getränkekeller noch in der Bierkiste nach zwei Flaschen fühlte, die wenigstens einigermaßen kalt genug für Uschi und Gerd waren, geschah es.

Plötzlich stand Wilko neben mir. Ganz real, wie immer. Keine Verletzung, keine Zombiegrimasse, keine durchsichtige Hülle oder sonst was. Er stand da, als wäre nie etwas passiert.

»Stressig die beiden, oder?«

Ich erstarrte und brachte kein Wort über die Lippen. In den Filmen, in denen so etwas passiert, fängt die Frau an zu schreien, sehr spitz, sehr schrill, dann schlägt sie die Hände vors Gesicht, hört dabei auf gar keinen Fall auf zu schreien. Nach zwei bis drei Minuten hysterischen Schreiens schüttelt die meist blonde Heldin (unschuldiger als dunkelhaarige Heldinnen, klar!) den Kopf, was den Gesamteindruck noch hilfloser erscheinen lassen soll. Obwohl ich blond bin (natürlich!), machte ich nichts von alledem. Das erste, was ich meinem toten Bruder sagte, war unpassend wie ein Stück unbenutztes Löschpapier in der Badewanne.

»Alles klar?«

Das muss man sich mal vorstellen. Der eigene Bruder hing bis vor kurzem noch tot in einem Apfelbaum und müsste jetzt eigentlich in einer Pathologie liegen. Viel zu jung zum Sterben, ohne jede Vorwarnung aus dem Leben gerissen, plötzlich und unerwartet, wie es immer in den Anzeigen heißt, und dann fragt ihn die eigene Schwester, ob alles klar ist. Alles klar?

»So weit.«

»Was machst du hier?«

»Was soll ich hier wohl machen, Schwesterchen? Was ich immer mache. Bei dir sein, was sonst?«

»Aha.«

Ich musterte ihn und konnte einfach nichts finden, was sich von dem Wilko unterschied, den ich lebendig im Kopf hatte.

»Äh, Wilko?«

»Ja?«

»Du bist äh ... doch eigentlich ...«

»Was?«

»Äh ...«

Ich konnte es nicht aussprechen. Das Wort lag mir auf der Zunge, blieb aber liegen, bleischwer und unaussprechlich.

Wie soll man das Wort »tot« aussprechen, wenn einem jemand gegenübersteht, der zwar eindeutig tot ist, aber nicht tot aussieht. Diese Gedanken schossen mir durch den Kopf, während Wilko nun auf mich zuging, um mich in den Arm zu nehmen. Wie immer. In diesem Moment begann dann auch für mich das Routineprogramm von blonden Heldinnen. Ich fing an zu schreien, sehr spitz, sehr schrill, ich schlug die Hände vors Gesicht und schüttelte schon nach wenigen Sekunden den Kopf, dann rannte ich aus dem Keller.

Oma Insa war die erste, der ich in die Arme lief. Sie war gerade dabei, schneeweiße Handtücher zum Trocknen aufzuhängen. Der Kontrast der Handtücher zu ihrer schwarzen Trauerkleidung hätte nicht größer sein können. Für einen Moment sah ich nur schwarz-weiß, in einer Welt voller Farben. Wie ich dabei ausgesehen habe, möchte ich mir heute nicht mehr vorstellen. Oma reichte ein Blick, um die Tragik des Momentes blitzschnell zu erfassen. Dass ich noch immer schrie wie am Spieß, machte es ihr aber auch ein wenig leichter. Sie schmiss die sauberen, aber noch klammen Handtücher auf den Boden und widmete sich nun nur noch mir.

»Kind, was ist, hast du dir weh getan?«

Das Schreien war einem hilflosen Schluchzen gewichen. Ich wurde an allen Stellen untersucht, an denen man sich verletzen kann. An meinem Kopf gab sie sich besonders viel Mühe, ohne ein zufriedenstellendes Ergebnis.

»Nun sag doch was, was ist passiert?«

Ich konnte nicht antworten. Als ich mit den Füßen zu trippeln begann, vermutete Oma Insa eine tiefe Schnittwunde oder Ähnliches an den Sohlen. Ohne jede Vorwarnung schmiss sie mich auf den Rasen, um die Füße zu inspizieren. Weil ich immer noch nichts sagen konnte, ließ sie sich davon auch nicht abbringen. Unter mir lagen die nicht nur klammen, sondern nun auch wieder dreckigen Handtücher. Mir kam alles vor wie in einer Zeitlupensequenz. Ich sah noch immer keine Farben, sondern jetzt nur noch das Schwarz meiner Oma, die überall zu sein schien. Die mich vollständig umhüllte bei ihrer verzweifelten Suche nach einem Schaden an dem Körper ihrer Enkelin. Ich weiß noch, dass ich durch die verheulten Augen neben Oma Insa auch meine Mutter am Fenster ihres Schlafzimmers sehen konnte. Es könnte sein, dass sie eine Hand am Knauf des Fensters hatte, um es zu öffnen, sicher bin ich mir nicht.

»Ich seh' nix, da is' nix, wo hast du denn was? Gesa?!«

Wer schluchzt und redet, klingt automatisch immer ein bisschen lächerlich. Das war mir in diesem Moment zwar nicht bewusst, aber ich redete trotzdem noch immer nicht.

Oma Insa ließ nicht locker, warum auch, ich war ja auch nicht locker. Im Gegenteil, ich schluchzte und schluchzte und schluchzte und ließ nun auch den Bauch zum Schluchzen rhythmisch zucken.

»Hast du was Falsches gegessen?«

Oma starrte mir in die Augen, in der abstrusen Hoffnung, dort etwas entdecken zu können.

»Hast du Tabletten genommen? Kind? Sag! Hast du Tabletten genommen?«

Endlich konnte ich antworten. Ich schüttelte den Kopf und eigentlich wollte und konnte ich ihr nun die ganze Wahrheit sagen, das Schluchzen hatte sich erledigt. Doch in diesem Moment sah ich Wilko die Kellertreppe heraufkommen. Er lächelte und hielt sich den Zeigefinger auf die Lippen. So wie er es oft getan hatte, wenn ich irgendeinen Mist, den er verzapft hatte, keinem verraten sollte. Das hier aber war kein Mist, es war die erste Begegnung mit meinem toten Bruder.

Sein Lächeln hielt mich davon ab, jemandem von diesem Treffen zu erzählen. Das galt auch für Oma Insa, die vor lauter Erschöpfung und Hilflosigkeit im Gesicht so weiß war wie ihre Handtücher, bevor ich in ihnen landete.

»Ich hab' mich nur erschrocken, Oma, da war ... wahrscheinlich eine Maus.«

Sie atmete erleichtert aus und fand dann blitzschnell zur Normalität zurück. Auch die Farbe kehrte in ihr Gesicht zurück und dazu die ganz normale Sicht der Dinge.

»Kind, ich hab' mich selber erschrocken.«

Sie schüttelte den Kopf, als könne sie es nicht fassen, dass es auf der Welt noch etwas gibt, das sie erschrecken konnte.

»Du stellst dich aber auch manchmal an. Warst ja richtig hysterisch, ich dachte, Wunder was passiert ist. Mensch Gesa, wegen eines Mäuschens so ein Theater?!«

Sie zog mich hoch, ich schüttelte ein wenig Gras ab und grinste sie nun tapfer an. Dann sammelte ich die dreckigen Handtücher ein.

»Kann ich alles noch mal waschen.«

»Ich helf' dir.«

»Brauchst du nicht. Hast ja genug zu tun. Was macht denn euer Buddelschiffkurs?«

Der gesamte Kurs stand etwa zehn Meter von uns entfernt. Uschi und Gerd hatten ihre kleinen, noch immer kaputten Schiffe in der Hand. Piet nuckelte an seiner Pfeife. Alle schienen so, als hätten sie sich prächtig unterhalten. Eine hysterische Neunzehnjährige scheint sehr faszinierend für andere zu sein. Sicherlich unterhaltsamer als jeder Bastelnachmittag.

»Na, dann können wir jetzt ja wieder weitermachen, oder?«

Piet hielt die Fäden demonstrativ in der Hand.

»Super, Piet, echt.«

Wilko nickte mir aus einiger Entfernung zu und ging dann zurück in den Getränkekeller. Ich stellte erleichtert fest, dass ich offenbar die Einzige war, die ihn sehen konnte. Uschi und Gerd wirkten nicht wie zwei Urlauber, die auch gerade eine Leiche gesehen hatten. Und Piet streckte nur die Fäden in die Höhe, auch nicht gerade ein Ausdruck des blanken Entsetzens.

»Wat is' denn jetzt mitte Getränke?«

»Gerd?!«

»Wieso, hat die doch versprochen.«

Stimmt, das hatte ich versprochen. Gerd hatte wieder einmal recht, aber in den Getränkekeller wollte ich jetzt nicht mehr.

16

Am Tag der Beerdigung war ich direkt nach dem Frühstück zu unserer Lieblingsstelle am Oststrand der Insel gefahren. Weißer, weiter und schöner als jede andere Stelle auf Nördrum. Wir haben sie als Kinder entdeckt und ziemlich lange geglaubt, dass außer uns kein anderer je diesen Teil des Strandes betreten hat. So hatten wir uns Hawaii und seine Strände vorgestellt, und weil wir es nicht besser wussten, musste dieser Traumstrand einfach Honolulu-Beach heißen.

Außer mir starrte an diesem Morgen niemand auf das leicht aufgebrachte Meer. Die Sonne versteckte sich hinter grauen Wolken, und der frische Wind bog die dünnen Ästchen des Sandhornkrautes nach vorne. Ich wollte ganz einfach noch mal an der Stelle sein, die unendlich viele Geschichten von uns aufgesaugt hatte. Geschichten über die Liebe, Sehnsüchte, Träume und was einem sonst noch so durch die Köpfe flirrt, wenn man jung ist und noch die Zeit hat, über dies und das zu reden. Jetzt bildete ich mir ein, dass dieses ganz besondere Stückchen Strand Wilkos Testament war.

Die Begegnung mit Wilko hatte mich die halbe Nacht nicht schlafen lassen. Direkt nach dem Aufstehen hatte ich beschlossen, den Vorfall meiner Trauer und dem angespannten Nervenkostüm zuzuschreiben. Hat ein wenig gedauert, mich selber davon zu überzeugen, aber irgendwann ging es.

Ich irrte mich.

»Scheiß Tag heute, oder?«

Ich zuckte zusammen. Noch hatte ich ihn nicht gesehen, aber ich spürte, dass er hinter mir stand.

»Wilko.«

»Schwesterchen.«

Er stand so nah hinter mir, dass ich seinen Atem spüren konnte. Weich, warm und langsam. Dann legte er seine Hand auf meine Schulter. Wie früher, ganz selbstverständlich.

»Die Robben waren schon da.«

»Echt?«

»Schätze, zehn, zwölf. Cool. Wollte erst rausfahren, aber dann … na ja, man muss nicht alles haben.«

»Nee, stimmt.«

»Gehst du zu meiner Beerdigung?«

»Wilko?«

»Hey, ist doch okay, wenn ich frag', oder?«

»Nichts ist okay.«

»Du gehst, oder?«

»Scheiße, ja, natürlich geh' ich zu deiner Beerdigung.«

»Ich wär' auch gegangen.«

Wilko begann zu lachen.

»Was ist denn daran witzig?«

»Schwesterchen. Wir sitzen an unserem Strand und reden über meine Beerdigung. Wenn das nicht witzig ist, dann weiß ich's nicht.«

»Ich finde es nicht witzig, ich finde es überhaupt nicht witzig. Wilko, du bist …« Ich rang um dieses beschissene Wort, das wieder auf meiner Zunge klebte, dann überwand ich mich. »Du bist tot.«

»Na und?«

»Wie, na und?«

»Na und, was heißt das? Können wir hier nicht mehr zusammen sitzen, darf ich dich nicht mehr anfassen? Ich sag' dir was, ich bin tot, aber das ist nicht ansteckend.«

Wie zum Beweis nahm er meine Hand. Ich ließ es geschehen. Es war das erste Mal in meinem Leben, dass ich einen Toten berührte, und es fühlte sich nicht so an, wie ich es mir vorgestellt hatte.

»Okay?«

»Ich weiß nicht, das ist alles so komisch.«

»Komisch? Komisch im Sinne von witzig komisch oder mehr so im Sinne von komisch merkwürdig?«

»Komisch im Sinne von komisch.«

Eine Zeitlang schauten wir beide gemeinsam auf das Meer. Eigentlich ist die Nordsee keine echte Schönheit. Sie ist weit entfernt von der tiefblauen Strahlkraft anderer Meere. Aber sie macht einem nichts vor. Sie gewährt keine Klarheit, keinen Einblick in die Tiefe. Und das ist es, was ich an der Nordsee mag. Sie buhlt nicht um Liebe, trägt kein schickes Gewand, nur um zu gefallen. Ein bisschen ist sie wie ich.

»Musst du los, Schwesterchen?«

»Nicht bevor du mir ein paar Fragen beantwortet hast.«

»Schieß los.«

»Bist du glücklich, Wilko?«

»Jetzt, in diesem Moment?«

»Nein, da wo du jetzt bist.«

»Ich bin hier.«

»Wilko, du weißt, was ich meine. Ich will wissen, ob du glücklich bist, da wo du jetzt bist.«

»Ach, das meinst du. Tja, was glaubst du?«

»Ich weiß es nicht. Meinst du, ich würde dich sonst fragen?«

Wilko schaute aufs Meer, als müsste er es nach einem Surfer absuchen, der sich zuviel zugetraut hatte und nun um Hilfe schrie. Bis auf ein Segelboot mit Kurs auf Juist war nichts zu sehen. Ich knickte einen kleinen Sanddornzweig.

»Es geht mir gut, Gesa.«

»Besser als ...«

»... ich noch gelebt habe?«

Ich nickte, ein wenig verlegen, weil ich die Frage plötzlich zu persönlich fand. Aber gibt es überhaupt Fragen, die zu persönlich sind, um sie seinem toten Bruder zu stellen?

»Das spielt keine Rolle.«

»Dachte ich mir.« Ich suchte nach einem neuen Zweig, um an ihm meine Enttäuschung abzureagieren.

»So, dachtest du dir?«

»Ja, verdammt, ich dachte mir, dass du das sagst.«

»Schwesterchen, Schwesterchen, du denkst zu viel.«

Wilko reichte mir einen frischen Zweig.

»Wusstest du eigentlich, dass Neunaugen nur eine Chance in ihrem Leben haben, um sich zu paaren? Eine einzige Chance. Wahnsinn, oder?«

»Lernt man so einen Scheiß da, wo du jetzt bist?«

»Quatsch, das lernt man im Leistungskurs Bio. Hattet ihr das noch nicht?«

»Neunaugen sind mir so was von egal.«

»Hast du nicht bald deine letzte Prüfung?«

»Danke, dass du mich daran erinnerst.«

Ich warf Wilkos Zweig demonstrativ weg.

»Sprichst du eigentlich auch mit Mama? Sie hat seit deinem Unfall ihr Zimmer nicht mehr verlassen.«

Wilko schwieg.

»Oder Oma Insa. Die ist auch total traurig.«

»Nach Papa fragst du nicht.«

»Ich weiß.«

»Warum eigentlich?«

»Keine Ahnung, Wilko.«

Dabei wusste ich ganz genau, warum ich diese Frage nicht stellte. Aber ich hatte Angst vor einer Antwort.

»Sehen wir uns noch mal?«

»Natürlich sehen wir uns, Schwesterchen.«

»Wann?«

»Immer.«

»Wo?«

»Überall.«

»Klar.«

Ich bückte mich nach einem Stück Holz, das im Sand lag und wie ein Bumerang geformt war. Als ich mich aufrichtete, war Wilko verschwunden. So lautlos und geheimnisvoll, wie er gekommen war. Ich warf das Holzstück gegen den Wind. Es kam nicht zurück. Sah ja auch nur so aus wie ein Bumerang.

17

Bei Krankheiten kann man wenigstens nach Gründen suchen, die zum Tod führten. Falsches Essen, falsche oder gar keine Bewegung, große Traurigkeit und damit die falsche Einstellung zum Leben. Gründe sind wichtig, nicht nur beim Tod. Sie schaffen Platz für frische Gedanken und Pläne. Wer Gründe hat, muss nicht danach suchen. Manchen Menschen hilft es, wenn sie etwas erklären können. Wenn sie Gründe finden. Mir nicht. Obwohl ich bei Wilkos Tod auch nach Gründen suchte. Aber die Angst davor, welche zu finden, war irgendwann größer als der Wunsch, nach ihnen zu suchen.

Als wir an seinem Grab standen, schien die Sonne. Meine Mutter lehnte an Tante Nele und starrte auf die noch leere Gruft, während ich neben Onkel Onno in der zweiten Reihe stand. Oma Insa und Piet standen etwas abseits, noch immer deutlich als Familienmitglieder zu identifizieren, aber eben nicht direkt bei uns. Sie standen da wie entfernte Verwandte, buchstäblich. Bis auf mich trugen alle anderen Schwarz.

Ich hatte mich für ein grünes Kleid mit roten Punkten entschieden, das Wilko und ich bei einem ausgedehnten Shoppingtrip in Amsterdam im letzten Jahr erstanden hatten.

Wilko hatte so lange mit der holländischen Verkäuferin gehandelt, bis sie die Hälfte des Preises abließ. Dafür bekam sie von ihm sein hinreißendes Lächeln und eine etwas zu lang dauernde Umarmung. Das gesparte Geld investierte Wilko in eine Grachtenfahrt, die wir nicht beendeten, weil ihn aus heiterem Himmel plötzlich die Farbe des Schiffes traurig machte.

Kurz vor einer Grachtenbrücke stieg Wilko aus dem fahrenden Schiff aus und schwamm ans Ufer. Ich blieb im Schiff, nicht nur, weil ich keine Lust hatte, mein neues Kleid mit Entengrütze zu versauen, sondern weil ich die ganze Aktion ziemlich peinlich fand.

Die halbe Insel hatte sich in einem diskreten Abstand zu uns versammelt, auch hier überwog die Farbe Schwarz. Selbst unsere Gäste hatten sich in ihrer Trauer angepasst und auf die übliche Strand- und Sommerkleidung verzichtet.

Ich spürte die bohrenden Fragen und Kommentare der Nördrumer in meinem Rücken.

Wo ist denn der Vater?

Was ist da wohl wirklich passiert?

Weiß man denn schon mehr?

Seiner Mutter geht es wirklich schlecht.

Und die Kleine macht jetzt Abitur.

Vielleicht kann sie ja die Prüfung verschieben?

Wer macht denn jetzt den Surfverleih?

Hoffentlich ist das bald vorbei, wir bekommen heute die Maler.

Während sich Pastor Ahlen vor das offene Grab stellte, um die letzten Worte zu sprechen, musste ich völlig unvermittelt an etwas denken, was Wilko gar nicht gefallen hätte.

Der frisch aufgeworfene Erdhügel roch modrig fremd. Es war meine erste Beerdigung, und deshalb war mir dieser Geruch nicht vertraut. Auf Nördrum wurde genauso oft gestorben wie anderswo, aber bislang gab es für mich nie die Veranlassung, auf dem Friedhof Präsenz zu zeigen. Der Geruch störte mich nicht weiter, bei Wilko wäre das anders gewesen. Mein Bruder mochte keine fremden Gerüche. Da war er so konservativ wie ein Schalterbeamter im Fährticketbüro. Aber im Unterschied dazu hatte ihn nicht der Beruf konservativ gemacht oder die pure Unlust, sich neuen Dingen des Lebens zu stellen, sondern eine klare Absicht. Wilko hatte die ersten Jahre seines Leben damit verbracht, die Gerüche abzuspeichern, die er kennen wollte, und irgendwann hatte er dann beschlossen, keine neuen mehr zuzulassen.

Wenn man lange genug gesammelt hat, braucht man keine neuen Gerüche mehr, das war seine Meinung. Und diesen Geruch nach frisch aufgeworfenem Erdreich, gemischt mit leichten Apfelblütenaromen, die der leichte Wind vom Meer kommend zu uns blies, den konnte er nicht kennen. Es war auch seine erste Beerdigung.

Einmal hatte Wilko sich geweigert, ein Eintopfgericht zu essen, bloß weil meine Mutter eine andere Instantbrühe als die übliche benutzte.

»Das riecht anders.«

»Das riecht wie immer. Wilko, ich koche diesen Eintopf, seit ich denken kann, immer gleich.«

»Nein, ich riech' das.«

»Du hast eine Meise, Wilko, jetzt iss!«

»Nein.«

»Dann musste eben hungern.«

Wilko stand auf und verließ die Küche. Er war bereit, für sein Recht auf vertraute und akzeptierte Gerüche zu hungern. Natürlich hungerte er nicht wirklich, seine kleinen Essensdepots waren zahlreich und zum Teil so sorgfältig versteckt, dass einige der gebunkerten Nahrungsmittel sich bereits in einem Zustand der Verwesung befanden, weil Wilko die Verstecke vergessen hatte. Was mir an dieser Haltung imponierte, war die Konsequenz, mit der Wilko sie pflegte. Knallhart und nicht die Bohne kompromissbereit. Bei Erwachsenen ist einem so was vertraut, bei Kindern eher nicht. Als er den Eintopf ablehnte, war er zehn Jahre alt. Das machte ihn auf eine sehr spezielle Art unverwechselbar und einmalig.

»Wie will der jemals eine Frau finden?«, wollte meine Mutter von mir wissen.

»Wieso, wenn sie gut riecht, findet er eine.«

»Aber sie wird immer anders riechen.«

»Wie, anders?«

»Anders eben.«

»Anders als was oder anders als wie?«

»Anders. Komm, Gesa, jetzt iss du wenigstens.«

Jetzt dachte meine Mutter bestimmt nicht an die Geschichte mit dem Eintopf, und ich fragte mich, was wohl in ihrem Kopf vorging.

Früher hatte sie sich oft Sorgen gemacht, ob wir auch warm genug angezogen waren. Eine berechtigte Sorge, die man sich aber auf einer Insel nicht leisten sollte. Auf einer Nordseeinsel ist man nie richtig angezogen. Grundsätzlich nicht. Dann ist es auch egal, ob man warm genug angezogen ist. Ich fror bei diesem Gedanken, obwohl ich ganz eindeutig warm angezogen war.

Vielleicht dachte sie auch an gar nichts. Es hätte mich für sie gefreut. Gedanken können so schrecklich weh tun, und wenn man ihnen ständig folgen muss, hört der Schmerz einfach nicht auf. An gar nichts zu denken, wäre ein Geschenk für sie gewesen. Aber meine Mutter konnte einfach nicht an nichts denken. Wenn sie sich keine Sorgen machte, dachte sie entweder darüber nach, woran das liegen könnte, oder versuchte sich Gedanken zu machen, wie man diesen Moment der Unbeschwertheit auf Dauer bewahren konnte. Oder sie dachte an die Millionen von Dingen, die sie noch für uns oder die Pension erledigen musste.

Seit Wilkos Tod war ihr eigentlich alles egal. Sie hätte an Papa denken können. Er fehlte an ihrer Seite, da wo jetzt nur meine Tante stand. Er war einfach nicht zur Beerdigung gekommen. Er hatte noch nicht mal angerufen. Ich war ihm nicht böse, obwohl ich es hätte sein müssen. Meine Mutter war ihm auch nicht böse. Man sieht es ihr an, wenn sie böse ist oder sauer. Ihre Augenbrauen verbinden sich dann immer zu einem beinahe geraden Strich, der in der Mitte eine winzige Delle hat.

An diesem Tag sah sie fremd aus. So hatte ich sie noch nie gesehen. Ihre Augen schienen durch alles hindurchzuschauen, aber nicht wie bei Menschen, die mit offenen Augen träumen. Sie schaute auf etwas, das man nicht sehen kann. Und sie machte sich Gedanken, leider.

Oma Insa weinte. Und für einen kurzen Moment sah es so aus, als wollte Piet sie in den Arm nehmen. Man konnte diese Geste bei ihm erahnen, ein winziges Zucken, kaum mehr als ein Wimpernschlag. Zu einer Berührung zwischen den beiden kam es nicht.

»Das Schlimmste hast du hinter dir, Gesa«, sagte Onkel Onno.

»Was?«

»Wenn der Pastor fertig ist.«

»Ich weiß nicht.«

»Ich aber, der Pastor ist das Schlimmste.«

»Onkel Onno, ich möchte nicht reden.«

»Versteh' ich.«

Eigentlich hätte ich gerne mit jemandem geredet. Aber Onkel Onno war nicht der Richtige. Ich wollte über Dinge reden, die nicht hierhergehörten. Meine Abiturprüfung, Sneakers, die ich im Internet gesehen hatte, über eine Gemäldeskizze, über so was. Ich war mir sicher, dass in den Köpfen der Trauernden in genau diesem Moment auch Dinge kreisten, die nicht hierhergehörten. Aber was gehört schon zu einer Beerdigung, rein gedanklich. Was darf man denken und was nicht? Darf man sich fragen, ob man die fällige Rechnung einer Unfallschutzversicherung beglichen hat? Darf man darüber nachdenken, ob es sinnvoll ist, einen offenen Sportwagen auf Nördum zu fahren? Darf man sich darüber Gedanken machen, dass einem ausgerechnet in diesem Moment der Hintern juckt? Ich bin sicher, Wilko wäre der Letzte gewesen, der etwas dagegen gehabt hätte. Abgesehen von fremden Gerüchen, war er sehr tolerant.

»Und so nehmen wir nun Abschied von Wilko Petersen, der viel zu früh …«

»Was für ein Scheiß!«

»Wilko?!«

Meine Mutter schaute zu mir. Sie hatte gehört, wie ich den Namen meines Bruders aussprach. Und aus der Art, wie ich betonte, musste sie falsche Schlüsse ziehen. Denn es lag keine Trauer drin, sondern nur Erstaunen. Darüber, dass Wilko nun direkt neben mir stand, um seiner eigenen Beerdigung beizuwohnen, war sie nicht erstaunt. Sie konnte ihn ja nicht sehen.

»Reine Phrasen. Alles Hüllen. Sprachmodule. Universell einsetzbar. Was für ein Scheiß. Dabei kannte er mich doch. Ist doch nicht so, dass er nix von mir weiß. Seine Tochter und ich … aber darüber redet man natürlich nicht. Nicht hier.«

Ich schwieg.

»Hab ich dir eigentlich mal erzählt, wie er Tina und mich erwischt hat? Super … wir dachten, der tauft gerade, aber von wegen, plötzlich stand er im Zimmer. Noch komplett in seiner schwarzen Kutte. Ich bin fast gestorben … echt, na da wusste ich noch nicht, wie das wirklich ist zu sterben. Hey, hörst du mir überhaupt zu?«

Und ich schwieg.

»Okay, interessiert dich nicht. Aber er könnte trotzdem was anderes sagen. Was er da erzählt, trifft doch auf jeden zu.«

Ich schaute ihn nicht an, sondern starrte auf den Pastor.

»Das hier hätte ich mir auch kneifen können. Obwohl, nee, die eigene Beerdigung, da sollte man schon bei sein. So was erlebst du nie wieder.«

Erleben, er sagte wirklich – erleben!

»Kannst du eigentlich nicht weinen, Schwesterchen?«

Nein, ich konnte es nicht. Wilko konnte bei jeder Gelegenheit weinen. Manchmal auch ohne Grund. Mit einem Lächeln im Gesicht. Glückstränen sind das, sagte er dann immer.

»Aber du bist doch traurig.«

Scheiße ja, und wie.

»Von mir aus musst du nicht weinen.«

Ich würde es gerne müssen. Oder wenigstens können. Was redet der da bloß.

»Papa ist echt nicht da. Irgendwie cool.«

Was soll denn daran cool sein.

»Ob er jetzt hier ist oder woanders. Eigentlich egal. Ich meine, die starren ja auch alle in die falsche Richtung. Ich bin hier und die gucken *da* hin. Ich mein', da kann man doch auch gleich ganz wegbleiben, wenn man eh nur in die falsche Richtung guckt.«

Einer unserer Gäste musste niesen. Seine Nasenschleimhäute spannten sich für einen kurzen Moment, und dann entlud sich eine gewaltige Menge aus Luft und klarem Schleim.

»Gesundheit.« Wilko lächelte dem Nieser zu, der ihn genau wie alle anderen nicht sehen konnte.

Einige der Trauernden schenkten dem Mann einen kurzen missbilligenden Blick. Niesen gehört sich nicht auf einer Beerdigung. Und wenn es sich absolut nicht vermeiden lässt, dann muss es diskret und geräuschlos erfolgen. Das ist eine internationale Verhaltensregel für Beerdigungen.

»Das ist das Kleid aus Amsterdam, oder?«

Ja, und ich werde jetzt trotzdem nicht mit dir über traurige Schiffsfarben, Entengrütze oder holländische Verkäuferinnen reden. Ganz bestimmt nicht. Ich werde schweigen, bis du weg bist. Das ist nämlich der völlig falsche Moment für jedes Gespräch zwischen uns beiden.

»Sprichst du nicht mehr mit mir?«

Ich schüttelte den Kopf. Meine Gedanken konnte er offensichtlich noch nicht lesen. »Schade.«

Ich schwieg.

»Kannst du mir einen Gefallen tun, Schwesterchen?«

Ich schaute ihn an.

»Kümmer' dich um Mama.«

Ich nickte, ohne zu wissen, wie ich ihm diesen Gefallen erfüllen konnte.

»Um dich kümmer' ich mich.«

Ich schluckte.

»Wir sehen uns später. Ich kann mir das nicht länger ziehen.«

Dann war Wilko einmal mehr so plötzlich verschwunden, wie er aufgetaucht war.

»Herr, wir legen seine Hände in deine ewige Güte. Amen.«

Als die erste Kelle des frischen Lehms auf seinen Sarg flog, konnte ich weinen.

Onkel Onno nahm mich in den Arm. Mir war das unangenehm, aber ich ließ es geschehen. Er wusste ja nicht, was in mir vorging, und er meinte es gut. So wie die meisten, die hier an Wilkos Grab standen, es gut meinten. Eigentlich darf man niemandem einen Vorwurf machen, der es gut meint. Erst mal nicht.

Onkel Onnos Hand roch nach totem Fisch. Es fiel mir erst jetzt auf. Wilko hatte diesen Geruch geliebt, und er hatte Onkel Onno sehr gemocht. Die beiden waren oft rausgefahren, um Meerforellen zu fischen. Gefangen hatten sie selten etwas, waren aber trotzdem immer glücklich, wenn sie uns abends am Tisch von unzähligen Beinahefängen und gerissenen Angelschnüren berichten konnten.

Wenn ich jetzt so daran denke, dann habe ich meinen Onkel nie wieder so glücklich gesehen wie damals nach den Angeltouren mit Wilko.

Onkel Onno nahm den Arm von meiner Schulter, um eine kleine Träne mit der Hand abzuwischen.

»Kein Taschentuch dabei. Ausgerechnet ich.«

18

Zwei Wochen nach Wilkos Tod war ich zum ersten Mal bei Dr. Niedlich in Norddeich. Was für ein bescheuerter Name für einen Psychologen, dachte ich, als ich meinen ersten Termin bei ihm machte. Niedlich, das klingt nach Tierarzt, Kindergarten, Kuschelhäschen, Osterlämmchen, aber nicht nach Depressionen, Psychosen und anderen Störungen.

Ich traf Wilko ziemlich regelmäßig. Eigentlich traf er mich. Wir waren nie verabredet oder so was. Und ich konnte auch nicht nach ihm rufen. Er war einfach da oder eben nicht. Am Anfang war ich erschrocken, aber das legte sich. Man kann sich auch an einen toten Bruder gewöhnen. Aber so was geht nicht einfach spurlos an einem vorbei. Ich konnte nicht mehr richtig schlafen und nahm ab, mehr als mir lieb war. Es fiel keinem auf.

Wenn man Wahnvorstellungen googelt, wird einem schnell klar, was los ist. Die Definition liest sich wohltuend rational. Sie nimmt nichts von der Bedrohung, klingt aber nicht mehr so verrückt, wie man sich das Ganze vielleicht vorgestellt hat. Und vor allem bekommt man sehr schnell das Gefühl, dass man nicht alleine ist mit seinem Wahn.

Im Wahn entwickelt der Betroffene (ich?) krankhafte falsche Vorstellungen, die von der Realität abweichen (Wilko = falsche Vorstellung?) beziehungsweise bei denen Dinge in der Umwelt falsch interpretiert werden. Die Wahnvorstellungen (Wilko!) sind dabei für den Betroffenen (mich!) so wirklich, dass er unbeirrbar daran festhält, sie nicht anhand der Realität überprüft und sich auch nicht von anderen korrigieren lässt.

Na prima, wenn Wahnvorstellungen nach einer Checkliste ablaufen, komme ich auf eine ziemlich hohe Punktzahl.

Wilko war für mich so wirklich wie Ebbe und Flut, und daran hielt ich auch unbeirrbar fest. Zwei Punkte – Treffer. Zum Korrigieren durch andere kam es nie, dazu hätte ich ja auch erst mal anderen etwas sagen müssen. Dritter Punkt: Haupttreffer. Wie hätte mich aber auch einer korrigieren können? Auf Nördrum sollte man sehr vorsichtig sein mit dem, was man von sich preisgibt. Und einen Wahn zugeben? Wie soll das gehen?

›Hey, mal alle hergehört, ich treff' mich mit meinem toten Bruder, das stimmt, und das lasse ich mir von niemandem korrigieren.‹

Ein Besuch bei einem Spezialisten erschien mir sinnvoll. Nach zwei Wochen mit Wilko glaubte ich nicht mehr an ein Trauertrauma, das war etwas anderes.

Dr. Niedlich schmiegte sich auf einen Designersessel und schaute mich interessiert an. Nicht gaffend wie die verheirateten Kegelbrüder, die im September das Möwennest in einen plumpen Balzschuppen verwandeln, sondern wirklich nur interessiert. Vielleicht bildete ich mir das ein, aber der Blick hatte jenseits des Interesses auch etwas scannerhaftes. Ich fühlte mich unwohl bei dem Gedanken, von ihm abgetastet zu werden. Eine halbe Ewigkeit verging, bevor das erste Wort fiel. So kam es mir jedenfalls vor.

»Worüber wollen Sie sprechen?« Dr. Niedlich besaß einen wohltemperierten Bass. Seine Stimme besaß Gewicht und ließ den Raum beben. Er trug die Haare extrem kurz. Wahrscheinlich, um damit einer drohenden Glatze vorzubeugen.

Es störte mich nicht, im Gegenteil, ich hoffte, noch mehr Schwächen bei ihm zu entdecken, um die Situation für mich leichter zu machen. Wenn man schon mit einem Problem zu einem Psycho geht, kann es nicht schaden, wenn der auch ein Problem hat.

»Wie sind Sie denn auf mich gekommen, Frau Petersen?«

Was für eine eitle Frage. Was wollte er denn hören? Dass er der Beste ist, dass er mir von allen Wahnvorstellungspatienten der Insel empfohlen wurde, dass sein Name bei Google mehr Treffer ergab als Sigmund Freud? Oder war das eine ganz normale Frage aus dem Eisbrecherkatalog für Eröffnungsfragen?

»Gelbe Seiten.«

»Ah ja.«

Er klang nicht enttäuscht. Immerhin.

»Wie geht es Ihnen?«

»Super.«

»Immer?«

»Wie, immer?«

»Geht es Ihnen immer – super?«

»Ist das jetzt so'n Psychoding?«

»Sie beantworten nicht meine Frage.«

»Ich kann Ihre Frage nicht beantworten, wenn Sie nicht zuerst meine beantworten.«

»Ich glaube, so kommen wir nicht weiter.«

»Mhm, wie kommen wir denn weiter?«

»Wenn Sie aufhören, Fragen zu stellen.«

»Und wenn nicht, was dann?«

Dr. Niedlich schwieg, sein Blick hatte nichts von seinem Interesse an mir verloren. Was mich störte, war, dass er sich keine Notizen machte. Dabei dachte ich, dass das unbedingt dazugehört. Wenigstens ein paar Notizen, schon allein um die Peinlichkeit des Schweigens zu überbrücken. Und vielleicht auch, um mich zu korrigieren, für den Fall der Fälle. Aber er schwieg einfach so. Ich versuchte seinem Blick nicht auszuweichen. Gönnte mir nur ab und an einen kleinen Schwenk zum Schreibtisch, der penibel aufgeräumt war. Spießer. Ein Bild seiner Frau, keine Kinder. Egoist. Ein kleines Modellauto – Porsche. Träumer. Ein Füllfederhalter (Montblanc) – Angeber. Eine ADAC-Karte, Auslandsschutzbrief – Angsthase.

Dann räusperte er sich. Um ihn zu provozieren, übernahm ich den Anfang eines neuen Gespräches.

»Erkältet?«

»Nein, wieso?«

Ich imitierte sein Räuspern.

»Eine Gewohnheit, nichts Besonderes.« Dr. Niedlich erklärte sein Räuspern, wie niedlich. »Aber es geht hier doch eigentlich nicht um mich, oder?«

»Nein, eigentlich nicht. Sicher nicht. Also, was wollen Sie von mir wissen?«

»Was glauben Sie?«

»Herr Doktor, ich glaube, so kommen wir nicht weiter. Dieses Spielchen, ich weiß nicht, ich glaub', das ist nicht mein Ding.«

»Einverstanden.«

»Wie einverstanden?«

»Sie sagten, dass wir so nicht weiterkommen. Einverstanden.«

Scheiße, alles ohne Notizen. Wie macht der das? Okay, so schwer war es auch wieder nicht, aber was mache ich jetzt?

Ohne darüber weiter nachzudenken, sagte ich, was er erwartete.

»Mein Bruder ist tot. Unfall.«

Dr. Niedlich nickte. Eine Reaktion, wenigstens etwas.

»Soll ich Ihnen sagen, wie es passiert ist?«

»Möchten Sie das?«

Ich zögerte, wollte ich das?

»Nein, das möchte ich nicht.«

Das war die Wahrheit. Ich wollte nicht darüber sprechen, aber ich wusste, dass ich es früher oder später tun müsste.

»Kein Problem.«

Lüge. Höflich, psychologisch, vielleicht lieb gemeint, aber trotzdem Lüge.

»Wilko.«

»So hieß Ihr Bruder?«

»Ja.«

»Was denken Sie jetzt?«

»Dass ich nicht weiß, wie ich weitermachen soll.«

»Womit?«

»Mit dem Erzählen, ich soll doch erzählen oder nicht?«

»Wenn Sie wollen.«

»Scheiße, ja, ich will ...«

»Na dann. Wir haben Zeit.«

Mit einem Mal wurde ich hektisch, fahrig. Niedlich war das nicht entgangen.

»Alles gut?«

»Nein. Nix ist gut. Ich hab' auch keine Zeit mehr. Die Fähre.«

»Kein Problem, dann beim nächsten Mal.«

»Ich weiß nicht, ob ich noch mal kommen will.«

»Ich denke schon.«

Er hatte recht. Er hatte verdammt nochmal recht. Ja, ich wollte, wir hatten ja noch nicht mal richtig angefangen. Aber so ging das nicht, so konnte ich mich nicht konzentrieren.

Die Fähre war aber nicht der Grund, die erste Sitzung so abrupt zu beenden. Der Grund stand feixend hinter Dr. Niedlich und machte mir das Balla-Balla-Zeichen. Wilko.

19

»Was sollte das?«

Um ähnlich peinliche Situationen zu vermeiden, hatte ich mich in die hinterletzte Ecke der Fähre auf dem Autodeck verkrochen. Wilko lehnte betont breitbeinig an der Reling.

»Wieso, ich versteh' immer noch nicht, was das Problem war, Schwesterchen.«

»Das Problem? Du bist das Problem.«

»Ich bin nicht das Problem, ich bin dein Bruder.«

»Ich war bei einem Psychologen.«

»Ich weiß.«

»Ich kann nicht mit einem Psychologen sprechen, wenn du dabei bist.«

»Ich weiß.«

»Ich weiß, ich weiß... Kannst du vielleicht auch mal was anderes sagen.«

»Atomgiraffe.«

»Sehr witzig.«

Ich schaute auf eine der vielen Familienkutschen, die hoffnungslos überfüllt den so genannten schönsten Wochen des Jahres entgegenfahren sollten. Auf einem der Fahrzeuge klebte das Wappen von Nördrum mit einem Slogan, der vor Jahren mal modern war: Sylt kann jeder, Nördrum nur du! Lächerlich.

Als ich mich wieder zur Reling drehte, war Wilko verschwunden.

»Wilko?

Ich schaute mich um, keine Spur von ihm.

»Wilko!«

»Suchen Sie jemanden?«

Eine Frau mittleren Alters und in legerer Freizeitkleidung stand plötzlich neben mir.

»Nee.«

»Ich habe Sie rufen hören.«

»Ja? Ach so, nee, ich suche trotzdem niemanden.«

Gott, war das peinlich. Was sollte die Frau denken, wenn eine junge Frau wie eine Bescheuerte jemanden ruft, aber angeblich niemanden sucht.

»Muss ich mich verhört haben.«

Ich nickte ihr freundlich zu. Dankbar dafür, dass sie nicht weiter nachbohrte.

»Machen Sie auch Urlaub auf Nördrum?«

»Nee, ich wohn' da.«

»Beneidenswert.«

»Finden Sie?«

»Schon. Mein Mann und ich waren zwar noch nie da, aber man hört ja einiges. Nur Gutes, wirklich.«

Ich nickte noch mal, ohne zu wissen, was sie damit genau meinte. Nur Gutes ist relativ. Für manche Menschen ist schon die Tatsache, dass Nördrum eine Insel ist, was Gutes.

»Wo ist denn Ihr Mann?«

»Oben, isst 'ne Nordseeplatte. Gar nicht teuer, für 'n Schiff.«

Gerade noch hatte ich mit meinem toten Bruder gesprochen, jetzt kreisten die Themen um toten Fisch.

»Sie kennen nicht zufällig Frau Petersen?«

»Welche, bei uns heißen viele so.«

»Insa Petersen, vom Möwennest.«

»Die kenne ich.«

»Ehrlich?«

»Das ist meine Oma.«

»Oh nein, das ist ja …«

Die Frau strahlte, als gäbe es nichts Schöneres auf der Welt, als die Enkelin von Insa Petersen auf einer Fähre Richtung Nördrum zu treffen.

»Wir wollen nämlich zu ihr, also, zu Ihrer Oma.«

Ein Blick in ihre lieben Augen, ein kleiner Check ihres grundgütigen Lächelns und mir war klar, was diese Frau zu meiner Oma trieb. Sie war Kundschaft.

»Sie sind bestimmt mächtig stolz auf Ihre Oma.«

»Na ja, schon, irgendwie.«

»Wir sind so gespannt, sie ist … unsere …«

Jetzt stiegen Tränen in ihre Augen. Bitte nicht, nicht so was, keine Tränen. Ich hatte meine eigenen Sorgen. Für andere Sorgen war ich definitiv die falsche Ansprechpartnerin. Ich hatte keine Chance. Die Frau weinte und nahm mich in die Arme.

»Ich heiße Gitte, wie die Sängerin … nur jünger.«

»Macht nichts. Ich heiße Gesa.«

»Es ist schön, dass wir uns hier getroffen haben. Ich meine, vielleicht ist das schon ein Zeichen.«

»Bestimmt.«

Gitte weinte hemmungslos. Es waren Tränen des Glücks, wie sie versuchte mir zu versichern. Während ihr Mann oben mit dem Rest der Nordseeplatte kämpfte, hing seine Frau in meinen Armen. Eine Wildfremde, die ohne Schippe nach Nördrum fuhr, um dort endlich ein Kind zu bekommen, von meiner Oma.

20

Gitte und ihr Mann Simon bekamen den Tisch am Fenster zur Hauptstraße. Ein besonderer Platz. Was dem Förster sein Hochsitz, das ist bei uns der Platz neben der alten Seemannsbox, direkt unter dem einzigen Ölbild des ganzen Hauses. Ein Bild, das uns ein Gast vermacht hat, nachdem er nicht in der Lage war, seine Rechnung zu bezahlen. Das Bild entsprach nicht im Mindesten dem von uns geforderten Gegenwert. Egal. Vielleicht war es auch der Grund, warum ich zu einem anderen Kunstverständnis kommen musste. So gesehen hätte dieser Gast bei mir noch was gut. Eine Übernachtung mit Frühstück, mehr nicht.

Dem geübten Blick konnte nicht entgehen, dass Gitte und Simon keine normalen Touristen waren. Die gute Laune, der frische Erwartungsdruck und das Gefühl, noch alles vor sich zu haben, waren bei ihnen nicht zu erkennen. Stattdessen saßen sie angespannt kontrolliert auf unseren alten Korbstühlen. Der Blick zur Hauptstraße schien ihnen nicht wichtig, so wie den beiden nichts wichtig erschien, was sich außerhalb des Möwennestes abspielte. Sie warteten auf die Wattfee.

Omas Auftritt wurde mit einem warmen, hoffnungsvollen Lächeln der beiden quittiert. Da war sie endlich, die Frau, von der man so viel sprach, die Dinge möglich machte, von denen man schon gar nicht mehr glaubte, dass sie noch möglich waren.

Während ich den anderen Gästen Kaffee nachschenkte, passierte etwas, was ich fast nicht mehr für möglich gehalten hätte. Denn unmittelbar nach Oma Insa kam meine Mutter in den Frühstücksraum. Zum ersten Mal seit Wilkos Beerdigung.

Den Gästen fiel das nicht weiter auf, die meisten waren mehr oder minder frisch angereist, und die anderen fanden es normal, dass die Geschäftsführerin einer kleinen Inselpension mal ein paar Tage von der Bildfläche verschwunden gewesen war.

»Mama?!«

Ich war extrem überrascht und angenehm berührt.

»Morgen Gesa, gut geschlafen?«

»Ja, du auch?« Ich tat so normal, wie ich konnte.

»Danke. Heute wird es ein schöner Tag.«

Das sagte sie so laut, dass alle Gäste es mitbekommen konnten. Sie hatte recht, es war keine leere Versprechung. Radio Emden hatte im Wetterbericht ein Hoch von gigantischem Ausmaß angekündigt. Etwas, das bei Gästen mindestens so gut ankommt wie ein Preisnachlass während der Hauptsaison.

»Du, ich mach' weiter, kannst ja was anderes machen.«

Meine Mutter nahm mir die Kaffeekanne aus der Hand und schenkte nun den Gästen ein.

Meine Oma hatte sich unterdessen zu Gitte und Simon gesetzt.

»Unter uns: Das ist der beste Platz im ganzen Haus.«

Sie lenkte den Blick der beiden zur Hauptstraße, die ihren Namen eigentlich nicht verdient. Hauptstraßen stehen ja eigentlich für Lebensadern, diese Straße jedoch steht noch immer, wenn überhaupt, nur für eine Ader mit akuten Durchblutungsstörungen.

Simon und Gitte nickten meiner Oma brav zu, nachdem sie die Hauptstraße und ihren besten Platz im ganzen Hause endlich angemessen lange gewürdigt hatten.

»Wann, äh … gehen wir denn los?«, wollte Simon wissen.

Jetzt beugte sich Oma Insa vor, um den beiden das Gefühl zu geben, nicht nur den besten Platz im Hause zu haben, sondern auch rein menschlich etwas ganz Besonderes zu sein. Etwas, von dem nicht alle anderen mitbekommen sollten, was das Besondere an ihnen war.

»Heute«, flüsterte sie.

»Oh, wie schön.« Gitte freute sich ein bisschen zu laut, um das Interesse der anderen Gäste nicht zu erregen.

»Ja. Und äh … wann genau?«, fragte Simon.

»Gesa? Kommst du mal?«

Ich kam und wusste genau, was Oma von mir wollte.

»Wann ist heute Nachmittag Ebbe?«

»Gegen vier.«

»Dann gehen wir um drei los.«

»Und äh, was müssen wir …«

»Nichts.«

»Wie nichts?«

»Mitbringen. Das wollten Sie doch fragen, was Sie mitbringen müssen, oder?«

Simon nickte nur, und Gitte wertete Omas Gabe, diese Frage geahnt zu haben, bereits als ein erstes positives Zeichen. Sie klatschte begeistert in die Hände, ihre Sehnsucht nach einem Kind hatte sie wunderlich werden lassen. Manche Eltern werden wunderlich, wenn sie Kinder haben, diese standen für das Gegenteil.

»Meine Enkeltochter wird uns heute begleiten.«

Bis zu diesem Zeitpunkt hatte ich davon nichts gewusst.

»Oh wie schön, wir haben uns ja schon auf der Fähre kennengelernt«, freute sich Gitte nun fast schon euphorisch.

Ich nickte ihr zu und zog meine Oma zur Seite.

»Was soll ich denn da?«

»Komm bitte mit. Tu mir den Gefallen, ich erklär's dir später.«

Simon und Gitte waren derweil nahtlos in das Stadium ungezügelter Freude gewechselt, wie kleine Kinder, die an ihrem Geburtstag das erste von vielen Geschenken ausgepackt haben. Der erste Druck war weg, jetzt konnte es nur noch schöner werden.

»Schau mal, Simon, da ist eine Ente auf der Straße.«

Meine Mutter stürmte zum Fenster, öffnete es und lehnte sich hinaus, so wie sie es früher immer getan hatte, als wir von der Schule kamen.

»Jean-Pierre, komm … komm!«

Und die Ente, die ganz eindeutig eine Entendame war und kein Erpel, der einen französischen Männernamen verdient hätte, watschelte zu meiner Mutter ans Fenster.

»Jean-Pierre, komm in den Garten.«

»Süß, Simon, oder? Die hört sogar auf ihren Namen.«

»Natürlich«, entgegnete meine Mutter, als wäre dies das Selbstverständlichste auf der Welt.

»Aber warum heißt die Ente denn Jean-Pierre, das ist doch ein Männername und die ist doch …«

Meine Mutter lächelte Gitte nur an.

»Darf ich Ihnen auch noch Kaffee nachschenken?«

21

Kurz nach vier stapften Gitte, Simon, Oma und ich durchs Wattenmeer. Wir schlugen demonstrativ eine andere Richtung ein als die zahlreichen anderen Wandergruppen, die mit uns unterwegs waren. Unsere Mission war ja keine naturkundliche, jedenfalls nicht im Sinne von Wattwürmerbestaunungen, so gesehen machte die Abweichung von den traditionellen Strecken schon mal Sinn.

Was an einem Watt so spannend sein kann, dass man freiwillig stundenlang über den freigelegten Meeresboden latschen möchte, bleibt mir schleierhaft. Am Ende ist das Watt wie Reggaemusik – kennst du ein Stück, kennst du alle.

Auch künstlerisch ist das Watt frei von jeder Inspiration. Ich stellte mir vor, eine riesige SIEBEN auf den fiesgrauen, feuchten Boden zu malen und das dann als WATTZAHL künstlerisch zu verkaufen. Eine sehr temporäre Installation. Aber wozu sollte das gut sein. Der Gedanke daran vertrieb mir die Zeit, mehr nicht.

Gitte und Simon waren ein paar Schritte hinter uns und hielten sich an den Händen, zu verkrampft, um es als ein Zeichen des Verliebtseins zu würdigen.

Ich lehnte mich an Omas Schulter und flüsterte in ihr außergewöhnlich großes Ohr.

»Sag mal, warum sollte ich eigentlich unbedingt mit?«

»Damit ich nicht so alleine bin«, murmelte Oma beiläufig.

»Warum nimmst du dann nicht Piet mit?«

»Kind, müssen wir jetzt darüber reden?«

Ihre Stimme wurde drängender.

»Ehrlich gesagt, ich hab' überhaupt keine Lust hier rumzulatschen.«

»Meinst du, ich?«

»Du machst es doch freiwillig.«

»Von wegen.«

»Wer zwingt dich denn?«

»Das verstehst du nicht.«

»Wegen der Kohle?«

»Wenn ich jetzt ja sage, hörst du dann auf zu fragen?«

»Das ist nicht dein Ernst? Du machst es nur für die Kohle?«

»Das hab' ich nicht gesagt.«

»Oma, ich fass' es nicht, du machst denen nur was vor und lässt dich dafür auch noch bezahlen? Die sind am Arsch und du ziehst deinen Vorteil daraus? Das ist schon scheiße, das ist dir klar, oder?«

»Kindchen, am Arsch waren die vorher, damit hab' ich nix zu tun, und alles, was ich mir bezahlen lass', ist meine Bereitschaft, ihnen zu helfen.«

»Womit?«

Sie schaute mich nur kurz mit ihren kleinen Augen an, die von unzähligen Lachfalten umgeben waren, und mir wurde klar, dass meine Oma von keinerlei böser Absicht geleitet wurde. Die alte Dame war in diesem Moment wirklich fest davon überzeugt, für die beiden Menschen hinter uns genau das Richtige zu tun. Hätten Gitte und Simon auch nur einen Teil dieses Gespräches mitverfolgt, wäre unsere Wanderung durch das Watt spätestens an dieser Stelle zu Ende gewesen.

Die nächsten Meter wechselten Oma und ich kein Wort. Dass sie eine Scharlatanin mit guter Absicht war, versuchte ich zu verdrängen. Mein Bild einer perfekten Oma sollte sich durch nichts verändern, schon gar nicht durch eine völlig beknackte Wattwanderung mit finanziellen Absichten. Bestimmte Dinge und Erlebnisse muss man einfach vernichten, damit sie keinen Schaden am Gesamteindruck hinterlassen.

Da keiner von uns wusste, was genau passieren sollte, wunderte sich auch keiner von uns, als Oma irgendwann endlich mit uns allen sprach. Und zwar nicht, wie erwartet, über die Kunst des Kinderkriegens, sondern über das Watt, das uns umgab. Sie tat dies so selbstverständlich, als gäbe es kein anderes Thema für Menschen, die sich nichts sehnlicher wünschen als endlich Nachwuchs.

»Es gibt drei verschiedene Formen von Watt«, hob sie an.

»Ach«, staunte Simon, während seine Frau ganz bestimmt nicht abwarten konnte, zum Eigentlichen zu kommen. Das traute sie sich aber nicht zu sagen.

Oma fuhr fort.

»Es gibt Sandwatt, Mischwatt und Schlickwatt.«

»Wusste ich gar nicht.«

Zu diesem Zeitpunkt war Simons Erstaunen noch nicht gespielt und reine Höflichkeit.

»Wissen die meisten nicht. Watt ist nicht gleich Watt.«

Wir stapften weiter.

»Am besten ist das Sandwatt, hier sinkt man nicht so tief ein.«

»Oh«, bemerkte Simon.

»Am besten für was?«, fragte Gitte.

»Hier kann man besser gehen.«

»Natürlich.«

Oma Insa fuhr fort, während ihre für ihr Alter ungewöhnlich strammen und krampfaderfreien Waden munter durch das Watt pflügten.

»Für die Füße gibt es nichts besseres als Sandwatt.«

»Glaub' ich«, ergänzte Gitte tapfer.

»Schlickwatt ist viel schlammiger. Überhaupt nicht gut zum Wandern.«

Omas Informationen fielen auf keinen fruchtbaren Boden. Den beiden war es bestimmt egal, über welchen Boden sie liefen. Schlickwatt, Sandwatt, Mischwatt.

»Das Mischwatt ist eine Mischung aus Sandwatt und Schlickwatt.«

Oma Insa war entweder völlig unsensibel oder einfach nur ignorant. Der Leuchtturmwärter der Nachbarinsel hätte auf die lange Distanz erkennen können, wie wenig sich Gitte und ihr Mann für Omas Themenwahl interessierten.

»Was die meisten auch nicht wissen: Das Schlickwatt hat Ton- und Schluffanteile von über fünfzig Prozent.«

»Ah ja.«

»Sie wissen, was Schluffanteile sind?«

Gitte und Simon schüttelten den Kopf. Pech gehabt. Ich erlöste die beiden von weiteren Belehrungen.

»Oma?«

»Ja?«

»Vielleicht wollen unsere beiden Gäste das gar nicht so genau wissen?«

»Nicht?«

Oma schaute die beiden eindringlich an.

Gitte gab sich neutral, sie hätte sich alles angehört, nur um Oma nicht zu brüskieren. Simon indes gab sich alle Mühe, so desinteressiert wie nur möglich auszusehen, zumindest was Schluffanteilerklärungen aller Art anging. Mit Erfolg. Der Mann wollte endlich ein bisschen Hokuspokus für sein Geld und keine weiteren geologischen Ausführungen. Ich konnte ihn verstehen. Oma nicht.

Sie schaute Simon nur kurz an. Aus meiner lieben Oma war in einer Nanosekunde eine kleine, alte, sehr böse Frau mit großen Ohren geworden. Enkel neigen dazu, sich ein Bild ihrer Großeltern zu machen, das fast nie der Wirklichkeit entspricht. Die Veränderungen von Nase und Ohren im Alter wird von Enkeln nicht wahrgenommen. Omas und Opas könnten Ohren wie Elefanten haben und keiner ihrer süßen kleinen Nachkommen würde es merken. Nur wenn Großeltern böse werden und sich in eine hässliche Schattenwelt aus Zorn und Wut verziehen, dann wird alles sichtbar, was von der Norm abweicht. Und da Großeltern selten so böse werden, sind die riesigen Nasen und Ohren eben unauffällig. Jetzt aber war aus Oma Insa ein verrenteter Kampfzwerg geworden. Mit gigantischen Ohren, auf denen sich Silbersträhnen wellten. Und ihr Blick signalisierte überdeutlich, was sie dachte: dass sich da einer einen Scheiß für die verschiedenen Formen des Watts interessierte. Simon bemühte sich um Schadensbegrenzung.

»Interessant, wirklich, Frau Petersen.«

Oma Insa glaubte ihm kein Wort mehr.

Wir schwiegen eine halbe Ewigkeit. Unsere Schritte wurden immer schwerer. Das monotone Flatsch-Platsch unserer Füße war das einzige Geräusch, das wir verursachten. Ein paar Möwen schrien.

Gitte nahm immer wieder Augenkontakt mit Oma auf, um auch ja nichts zu verpassen. Sie traute sich aber nicht, Oma anzusprechen, aus Angst, etwas Falsches zu sagen. Die kleine mimische Zurechtstauchung ihres Mannes war Gitte nicht entgangen.

Dann sah Simon etwas, was ihm noch mehr Angst als Oma Insa machte: Wasser – Meerwasser! Und er konnte jetzt einfach nicht länger schweigen.

»Ähm, kann es sein, dass die Flut kommt?«

»Ja.«

Omas Antwort klang kalt und abweisend.

»Und äh, das ist okay, wenn wir jetzt weiter … äh … wandern?«

»Weiß nicht.«

»Sie wissen es nicht?«

»Ja, hab' ich doch gesagt.«

»Und, äh, was heißt das?«

»Weiß nicht.«

Simon blickte zu mir. Ich lächelte. Er blickte zu Oma Insa. Sie blickte durch ihn durch. Er blickte zu Gitte, die schaute ihn wenigstens an.

Oma Insa stapfte unbeirrt weiter. Wir stapften hinterher. Da ich mir auch nicht mehr sicher war, wie genau Oma Insa ihre Berechnungen zum Thema Flut und Ebbe machte, hielt ich es für angemessen, sie zu fragen.

»Oma, wie weit wollen wir denn noch?«

Oma Insa hielt an und drehte sich abrupt um.

Dann antwortete sie mir so laut, dass man es auch noch auf Baltrum hätte hören können.

»Na endlich fragt mich mal einer.«

»Aber ich habe doch gerade schon auf das Wasser aufmerksam gemacht«, protestierte Simon so sanft wie möglich.

»Das stimmt!«, ergänzte seine Frau.

»Aber keiner hat mich gefragt, wie weit wir noch laufen wollen.«

»Hätten wir das tun müssen?«

»Natürlich!«

Oma klang jetzt streng, so streng, dass Gitte die Strenge ihrer Antwort sofort an Simon mit zusammengekniffenen

Augen weiterleitete. Offensichtlich war er derjenige, der in Krisensituationen die richtigen Fragen zu stellen hatte.

Für meine Begriffe sanken wir nun schon etwas zu tief ins Watt ein, um darüber zu diskutieren.

»Oma, ich glaube, wir sollten umkehren.«

»Aber wir haben doch noch gar nicht, ich meine, wir wollten doch … ich meine, wegen … und äh … wir … und Sie …«

»Was meine Frau sagen will, ist, wir haben doch noch gar nicht die Zeremonie gemacht.«

»Was für eine Zeremonie?«

»Die Wattfee.«

»Kinder, jetzt hört mir mal gut zu. Wir machen hier diese Wattwanderung, damit sich euer Kinderwunsch endlich erfüllt, aber es gibt keine Zeremonie. Ich bin doch keine Hexe. Soll ich hier mit einem Besen übers Watt fliegen, oder was erwarten Sie von mir?«

»Natürlich nicht, so hat mein Mann das auch nicht gemeint.«

»Doch, er hat von einer Zeremonie gesprochen.«

»Stimmt, das habe ich, aber ich habe auch gedacht, wir würden hier nicht nur durch das Watt latschen.«

»Sandwatt.«

»Ja, Sandwatt, ich hab' gedacht, da passiert noch was.«

»Was soll denn passieren?«

Oma Insas Frage brachte Simon dazu, das immer stärker herannahende Wasser für einen Moment lang zu vergessen.

»Ich weiß es nicht.«

»Na dann.«

»Oma, wir müssen jetzt echt los.«

Sie nickte knapp und drehte endlich um.

Den sicheren Strand konnten wir schon sehen, aber ich

wusste genau, wie schwer es ist, am Meer Entfernungen zu schätzen. Zu Fuß war es kein Problem in Sicherheit zu gelangen. Schwimmtechnisch war es unmöglich bei einsetzender Flut.

Das Wasser umspielte nun schon unsere Fersen. In mir stieg Panik auf. Während Oma Insa so tat, als sei es das Selbstverständlichste auf der Welt, bei einer Wattwanderung jenseits der üblichen Pfade vor der Flut zu flüchten.

»Spürt ihr was?«, fragte Oma.

»Was denn?«

»Das frag' ich euch.«

»Ja, ich spüre was«, sagte Gitte.

»Ich auch«, ergänzte Simon. »Ich spüre Wasser.«

»Sehr gut.«

»Oma, wir müssen schneller gehen.«

Unsere Füße sanken immer tiefer in das Watt. Das Flatsch-Platsch hatte seinen Rhythmus geändert. Von den munteren 4/4-Schritten war nicht mehr viel übrig geblieben. Was blieb, war das monotone Wummern eines Galeerenbeats.

Ich wunderte mich, wie Oma scheinbar mühelos durch das Watt stapfte, während ich immer mehr Schwierigkeiten bekam, ihr zu folgen. Wenn irgendetwas an ihr feenhaft war, dann die Leichtigkeit ihres Ganges.

»Spürt ihr die Energie?«

Gitte nickte tapfer. Simon tat nichts, außer den Strand zu fixieren.

»Ihr müsst sie wirken lassen, die Kraft der Gezeiten, die ewige Macht der Elemente.«

Gitte hing an ihren Lippen.

»Die Flut schenkt, die Flut nimmt.«

»Ja.«

»Oma, schneller!«

»Die Flut ist unsere Mutter. Sie schenkt uns das Leben«

Oma blickte nach hinten und nickte dem Wasser zu.

»Oma, jetzt lass den Scheiß und komm!«

Simon packte seine Frau und zog sie mit sich. Das heißt, er versuchte es. Ohne Erfolg, Gitte wich meiner Oma nicht mehr von der Seite. Sie spürte die Energie. Für sie war das nun die Zeremonie.

»Am Ende kommt alles Leben aus dem Wasser.«

»Wenn wir uns nicht beeilen, kommt aus diesem Wasser bald eine Wasserleiche.«

Simon war aschfahl, ob aus Angst oder nur wegen seiner akuten Erschöpfung weiß ich jetzt nicht mehr.

Wir erreichten den Strand pitschnass. Simon war stinksauer. Während Oma Insa sich nichts anmerken ließ. Niemand sollte ihr vorwerfen, dass irgendetwas an dieser Wanderung außergewöhnlich oder ungeplant war.

»Bezahlen können Sie morgen.«

»Was, wir sollen das auch noch bezahlen? Wir wären fast abgesoffen.«

»Blödsinn.«

»Wir werden heute noch abreisen.«

»Nein, mein Mann, der … –«

»Doch!«

»Simon, bitte!«

»Heute kann keiner mehr abreisen, die letzte Fähre ist längst weg.«

Oma log, die Spätfähre fuhr erst in zwei Stunden.

»Dann fahren wir eben gleich morgen mit der ersten Fähre und dann werde ich persönlich dafür sorgen, dass diese Geschichte jeder erfährt. Jeder!«

»Wenn Sie meinen!«

»Nein, mein Mann, der ...«

»Gitte, bitte!«

»Simon?!«

Die Situation drohte zu eskalieren, und ich schämte mich schon in Grund und Boden, als Gitte sich noch einmal zu Wort meldete, nachdem sie sich mehrmals über ihren flachen Bauch gestreichelt hatte.

»Ich glaube ...«

»Was, denn?«

»Ich glaube ...«

»Was? Gitte, nun sag doch!«

»Ich glaube, es hat geklappt.«

»Was?«

Oma Insa zwinkerte mir zu, dann wrang sie ihren schwarzen Rock aus und stapfte zum Möwennest. Ich folgte ihr, am Strand blieben Gitte und Simon zurück. Zwei Menschen, von denen einer überzeugt war, alles richtig gemacht zu haben.

Den Bug der Fähre an der Hafenmole sahen beide nicht.

22

Beim Abendessen erwähnte Oma Insa mit keinem Wort den Vorfall während der Wattwanderung.

Keiner sagte etwas. Im Hintergrund dödelte das Radio die besten Hits der 80er und 90er, was schlimm war, aber das Schweigen am Tisch nicht ganz so peinlich machte.

Piet schaufelte sich eine Portion Rührei rein, als gelte es, Rekorde zu brechen und das Eieraufkommen dieser Insel an einem Abend zu vernichten. Tante Nele rührte unterdessen gelangweilt in einem Obstsalat, der nichts anderes war als ein Best-of-Übriggebliebenes. Sie hatte an diesem Tag keinen einzigen Patienten gehabt, ihre Laune schwankte deshalb zwischen beginnender Depression und anschwellender Lebenskrise. Onno studierte die Eintragungen in einem kleinen Notizblock und zog einen starken Tee jeder festen Nahrung vor.

Und Mutter schaute aus dem Fenster, wenigstens saß sie nun abends wieder bei uns.

Irgendwie dachte ich, es wäre schön, sich mal wieder zu unterhalten. Jetzt, wo alle beisammen saßen. Fast alle.

»Soll schön werden, morgen.«

Ein super Gesprächseinstieg. Wie alt bist du eigentlich, Gesa, durchzuckte es mich.

Onno nickte und blickte kurz von seinen Notizen auf.

»Hab ich auch gehört.«

Immerhin reagierte meine Mutter.

»Morgen kommt ein neuer Gast.«

Sie schaute mich an, als wäre diese Information für mich

so wichtig wie die Luft zum Atmen. Aber sie sprach mit mir, nur das zählte.

»Echt? Jung oder alt, Single oder … Scheiße, natürlich Single, kommt ja alleine.«

»Er kriegt die Möwenkogge.«

»Super.«

Bitte hör jetzt nicht auf, sprich weiter mit mir, Mama.

»Ist aber kein Urlauber.«

»Arbeitet er hier?« Keine geschlossenen Fragen stellen, sie muss Raum für Antworten haben. »Ich mein', was hat er denn vor?«

»Ist doch egal.«

Ausgerechnet Tante Nele unterbrach das Gespräch. Dabei hätte sie doch interessiert sein müssen. Der Gast war ein Mann.

Ich bemühte mich, das Gespräch mit meiner Mutter in Gang zu halten.

»Ich finde nicht, ist doch spannend, dass einer mitten in der Saison keinen Urlaub auf Nördrum macht, sondern was anderes.«

»Was gibt's denn hier anderes als Urlaub?«, fragte Oma Insa.

»Arbeiten!«, antwortete Piet während einer kleinen Rühreipause.

»Wollt ihr im Ernst sagen, dass es nur zwei Sachen gibt, die man auf Nördrum machen kann, arbeiten oder Urlaub?«

Onkel Onno machte aus einem harmlosen Gesprächsbeginn endgültig eine Grundsatzdiskussion, die meine Mutter schon nicht mehr verfolgte, weil sie nur wieder aus dem Fenster starrte.

Super. Danke an alle. Danke für nichts.

»Jean-Pierre hat Hunger, ich deck' schnell den Tisch.«

Mit einem einzigen Satz hatte es meine Mutter geschafft, die Aufmerksamkeit der ganzen Familie auf sich zu ziehen. Sie stand auf und ging zum Schrank mit dem Geschirr.

»Bleibt ruhig sitzen, ich mach' das schon.«

Oma und ich schauten uns fragend an.

»Du willst doch nicht etwa, dass diese Ente hier bei uns isst?«, fragte Onno, dem es sofort wieder um Grundsätzliches zu gehen schien.

»Wieso nicht, Onno?«

»Ja, wieso nicht, Onno?«, fragte auch Oma Insa.

»Weil Enten nicht ins Haus gehören.«

Meine Mutter tat so, als hätte sie Onnos kategorische Feststellung gar nicht gehört. Sie deckte unbekümmert den Tisch. Während Oma Insa uns allen mit einem Blick bedeutete, es einfach geschehen zu lassen.

»Gut, alles klar, hab verstanden, ich werde meinen Tisch nicht mit einer Ente teilen. Ich nicht. Einen schönen Abend noch!«

Onkel Onno stand auf. Tante Nele reichte ihm seinen Notizblock und stocherte dann weiter völlig unbeteiligt in ihrem Obstsalat.

Bei dem Gedanken, jemals eine solche Beziehung führen zu müssen, erschien mir ewiges Singledasein als das einzig vernünftige Lebenskonzept.

Als meine Mutter den Tisch gedeckt hatte, stellte sie noch einen alten Kinderstuhl dazu. Der Stuhl hatte eine kleine Ablage, die im Laufe der Jahre mindestens Millionen Mal von Wilko oder mir mit Milchbrei vollgekotzt worden war.

Dann ging sie zum Fenster.

»Jean-Pierre? Essen kommen!«

23

Ich hatte mir fest vorgenommen, mit Tante Nele über meine Mutter zu sprechen. Dr. Niedlich kam dafür nicht in Frage, der gehörte mir und meinem Problem. Mehr wollte ich weder ihm noch mir zumuten. Der Mann war Psychologe und kein Familientherapeut. Und mit mir hätte er nun auch schon wirklich genug zu tun, dachte ich.

Während ich noch überlegte, ein neues Buch zu beginnen, eine wilde Skizze für meine bevorstehende Künstlerinnenkarriere zu zeichnen oder mich doch nur einem Fernsehklassiker in der Glotze anzuvertrauen, war plötzlich Wilko wieder da.

»Alles klar, Schwesterchen?«

Seine Überraschungsattacken ließen mich mittlerweile kaum noch zusammenzucken. Eigentlich gar nicht mehr. So bekloppt es klingt, aber Wilko gehörte wieder zu meinem Leben. Tot oder lebendig macht irgendwann keinen Unterschied.

Vielleicht hätte irgendwas Zombiehaftes an ihm für ein anderes Verhältnis gesorgt, weißer Teint, schwarze Augenringe, schleichender Gang, so was in der Richtung. Aber so – er sah erholter aus als je zuvor, und das immer leicht Angespannte in seiner Körperhaltung war komplett verschwunden. Wenn das der Tod ist, dann ist Sterben der erste Weg zur Erholung.

»Und?«

»Was?«

»Alles klar, Schwesterchen? »

»Geht so. Mama hat jetzt ihr Herz für eine Ente entdeckt.«

»Jean-Pierre.«

»Du weißt Bescheid?«

»Besser denn je.«

»Was heißt das, besser denn je, kriegt man da, wo du jetzt bist, 'n paar IQ-Punkte mehr?«

»Cool, Schwesterchen, du wirst ja langsam locker.«

»Ich weiß eigentlich immer noch nicht, wie ich mit dir umgehen muss.«

»Wo ist das Problem?«

»Du bist tot.«

»Na und?«

»Okay, für dich ist das vielleicht kein Problem, für mich schon, ich bin da nicht so erfahren im Umgang mit Toten.«

»Find' ich nicht, Schwesterchen.«

»Du, eigentlich bin ich müde.«

»Siehst gar nicht so aus.«

»Darf ich vielleicht müde sein, ohne so auszusehen.«

»Ich dachte, du bräuchtest mich.«

»Nein, jetzt grad' mal nicht.«

»Schön.«

»Ja, find' ich auch.«

»Was dagegen, wenn ich bleibe?«

»Und wenn?«

»Tja …«

Wilko ging zum Fenster und schaute in den Abendhimmel, dessen tiefes Schwarz über dem Meer jeden Stern verschluckt zu haben schien.

Ich versuchte Wilko nicht weiter zu beachten, um ihm klar zu machen, dass ich lieber allein sein wollte.

»Jean-Pierre tut ihr gut, Gesa.«

»Eine verdammte Ente? Sie hat ewig mit keinem gesprochen und auf einmal Holterdipolter quatscht sie mit einer Ente als wäre nichts gewesen. Das tut ihr gut? Geht's noch?«

»Schwesterchen, du musst noch viel lernen.«

»Stimmt, zum Beispiel Bio, im Gegensatz zu dir habe ich mein Abi noch vor mir.«

»Weißt du, dass ich gepfuscht hab, wie blöd.«

»Nee, wusste ich nicht.«

Wilko kehrte vom Fenster zurück und setze sich neben mich. Ich war versucht ihn anzufassen, was ich nicht tat, irgendwie hatte ich dann doch noch Angst vor der Berührung.

»Ohne zu pfuschen hätte ich's nicht geschafft.«

»Ich versuch's noch 'n bisschen mit Lernen, darf ich?«

»Klar.«

Dann hörte ich meine Mutter im Flur.

»Jean-Pierre, jetzt ist Schluss!«

»Hast du das gehört, Wilko?«

»Klar, ich bin tot, aber nicht taub.«

»Jean-Pierre ist im Haus.«

»Ja, in meinem Zimmer.«

»Was?«

»In meinem *ehemaligen* Zimmer.«

Als ich in den Flur blickte, traute ich meinen Augen nicht. Meine Mutter hielt Jean-Pierre in ihrem Arm und trug ihn gerade zurück in Wilkos Zimmer.

»Ich hab' ihm hundert Mal gesagt, dass er nicht so einen Lärm machen soll. Hat er dich geweckt, Gesa?«

»Nee, hat er nicht.«

»Dann schlaf gut, mein Kind.«

»Du auch, Mama.«

24

Malte Andersen stellte den Aluminiumkoffer und die abgewetzte Notebooktasche aus gebrauchter LKW-Plane ab und schaute sich in der Möwenkogge um.

»Hübsch.«

»Unser bestes Zimmer.«

»Ernsthaft?«

»Klar.«

Es war wirklich unser bestes Zimmer. Die Möwenkogge hat einen kleinen Balkon mit Blick aufs Meer, ein ziemlich neues Bett, einen Schrank, der noch kein Vorleben in unseren Privaträumen hatte, und einen Holzboden ohne Geschichte und doppelten Schiffslack.

»Essen Sie bei uns?«

»Lohnt sich's?«

»Klar.«

»Bestes Essen auf der Insel?«

Ich lachte, und er sparte sich eine weitere Nachfrage. Vom Alter schätzte ich ihn auf Ende zwanzig, höchstens. Er trug eine weite Jeans, ein schlichtes blaues Hemd und weiße Chucks, die Uniform der Allesseinkönner. Irgendwas mit Musik, Kunst, Literatur, ein flippiger Lehramtsstudent, alles eben.

»Brauchen Sie noch was?«

»Mhm, deinen Namen.«

»Gesa. Ihren Namen kenn' ich ja schon.«

»T'schuldigung. Malte. Okay?«

Er reichte mir die Hand, und damit akzeptierte ich stillschweigend das erste Du mit einem Gast seit langem.

»Und, brauchst du noch was?«

Er grinste. Es tat mir gut, mal wieder jemandem zu begegnen, der mit dem ganzen Scheiß der letzten Zeit nichts am Hut hatte.

»Erst mal nicht, danke. Aber später bestimmt. Ich pack' erst mal aus und dann melde ich mich. Wo kann ich dich denn finden?«

»Kommt drauf an, wann du suchst.«

»Um acht?«

»Okay. Im Aufenthaltsraum.«

»Okay.«

Es gibt Begegnungen, bei denen man sofort spürt, dass sie anders sind als andere. Manchmal wird man darin später bestätigt. Manchmal aber auch nicht. Bei Malte war ich mir sicher, dass die Begegnung etwas Besonderes war. Etwas mit Folgen. Ich war mir nur nicht sicher, ob ich die Folgen später auch schön finden würde.

Ich hüpfte die Treppe herunter und fühlte mich für einen Moment wieder so leicht wie vor dem Unfall. Dass wieder etwas passiert war, hörte ich schon von Weitem.

Meine Mutter sprach ein ernstes Wort mit Jean-Pierre, der ihre Küche auf links gedreht hatte. Ihre Stimme klang schroff und eindeutig, fast wieder so wie in alten Zeiten, wenn sie geladen war.

»Wenn du das noch einmal machst, dann hast du Küchenverbot, hast du mich verstanden?«

Wenigstens konnte Jean-Pierre nicht antworten. Ihm überhaupt eine Frage zu stellen war schon peinlich genug.

»Gesa? Kannst du mir mal helfen, Jean-Pierre hat die ganze Brotkiste geplündert.«

Und die Mehlkiste, das Knäckebrot, die Marmeladenvorräte, diverse Reis- und Nudelpackungen und was sonst noch so in Schnabel- und Flatterweite zu erreichen war. Die Ente hatte ganze Arbeit geleistet. Meine Mutter war ernsthaft sauer. Was mich aber irgendwie freute. Nicht, dass sie sauer war, sondern dass sie Gefühle zeigte, die jenseits der Trauer lagen.

Jean-Pierre war das alles egal. Am Schnabel klebte ein trauriger Rest Holundergelee, garniert mit ein Paar Knäckebrotkrümeln, die die Ente mit ungelenken Bewegungen an den weißen Sitzpolstern der Küchenstühle abzureiben versuchte.

»Mensch, jetzt auch noch die Polster, Jean-Pierre, hörst du jetzt auf?«

Ich half beim Aufräumen, und meine Mutter schaffte Jean-Pierre nach draußen. Während ich mich mit einem Besen durch das Chaos pflügte, dachte ich an Malte und unsere Verabredung im Frühstücksraum. Obwohl ich mich mehrfach bemühte, es nicht zu tun, schwirrten die Gedanken in immer gleichen Bahnen wie Fliegen über frischen Kuhdung.

Als meine Mutter zurückkehrte, sah die Küche schon fast wieder passabel aus.

»Du, Mama, dieser Andersen aus der Möwenkogge, weißt du eigentlich, was der macht?«

»Warum?«

»So, halt, interessiert mich.«

»Er schreibt.«

»Cool. Bücher?«

»Nicht direkt, er schreibt über uns.«

»Wie?«

»Über Nördrum. Er ist der neue Inselschreiber.«

Ein ziemlich gutaussehender Inselschreiber, wollte ich hinzufügen, beschränkte mich aber auf einen rein interessierten Blick.

»Er bleibt den ganzen Sommer. Bezahlt der Fremdenverkehrsverein.«

»Cool.«

Ich musste mich ziemlich zusammenreißen, um dem Fremdenverkehrsverein für seine tolle Idee nicht vor ihren Augen ein aufrichtiges Kompliment auszusprechen.

»Ich geh' dann mal.«

»Was hast du denn vor, Gesa?«

»Nichts Besonderes.«

»Könntest du dann vielleicht mit Jean-Pierre zum Schwimmen gehen?«

»Ich?«

»Ja, warum nicht, du hast doch nichts vor.«

»Na ja, eigentlich wollte ich noch 'n bisschen lernen.«

»Nimm dir doch was mit.«

»Ich glaub' nicht, dass Jean-Pierre dann was von mir hat.«

Himmel, ich fing an, mich mit einer Ente auseinanderzusetzen und für sie zu denken.

»Gut, dann geh' ich später.«

»Zum Strand?«

»Natürlich, wohin denn sonst.«

Eigentlich hätte es mir egal sein können, ob meine Mutter mit einer Ente zum Strand geht oder nicht. Aber es war mir nicht egal, es war mir ganz und gar nicht egal. Und wenn Kinder sich plötzlich Gedanken über ihre Eltern machen, um genau zu sein, Sorgen um den Ruf ihrer Eltern, dann ist es schon ganz schön weit. Jetzt war es so weit.

»Findest du wirklich, dass du mit Jean-Pierre zum Strand gehen solltest, der ist rappelvoll.«

Sie schwieg und schien zu überlegen.

»Du hast recht, ich geh' zum Löschteich, bei den vielen Menschen kriegt er Angst. Ja, ja, besser zum Löschteich, da kann er ja auch schwimmen. Aber erstmal muss er sich noch ein bisschen schämen. Strafe muss sein.«

»Wo ist die Ente denn jetzt?«

»Jean-Pierre? Auf seinem Zimmer natürlich, wo sonst?«

Natürlich, wo sonst …

25

Als ich um kurz vor acht den Aufenthaltsraum betrat, saßen dort Simon und Gitte. Die beiden hatten ihren Trip nach Nördrum nicht abgebrochen, jetzt wo ja alles gut zu gehen schien und Gitte die gute Hoffnung in sich keimen spürte.

»Ach, Gesa!«

»Ach, guten Abend!«

»Möchtest du dich zu uns setzen?!«

»Nein, ich bin verabredet.«

»Kann es sein, dass da im Haus eine Ente quakt, wir haben da gerade so Geräusche gehört, nicht wahr Simon?«

»Ja, es klang wie eine Ente.«

»Ah.«

»Aber das kann ja nicht sein. Eine Ente im Haus, das wäre ja was, nicht wahr, Simon?«

»Ja, das wäre was.«

Das war was, aber ich sagte es ihnen nicht. Stattdessen trat ich den Rückzug an, hier war eindeutig nicht der richtige Ort, um Malte zu treffen.

»Guten Abend zusammen!«

Malte hatte den Aufenthaltsraum betreten, ohne dass ich es bemerkt hatte.

»Wo sollen wir uns hinsetzen?«

»Kommt doch zu uns«, lud Simon uns ein, dafür hätte ich ihm die Nase abbeißen können, oder sonst was.

»Gerne.«

Damit war Malte einen Hundertstel Millimeter vom ersten Platz meiner persönlichen Top Ten abgerutscht. Nicht viel, aber schon spürbar.

»Oder sollen wir lieber ans Meer?«

»Ans Meer?«, fragte ich, obwohl ich ihn genau verstanden hatte.

»Da war ich heute noch nicht, jedenfalls nicht richtig.«

»Können wir gerne machen.« Meine Stimme kiekste, und ich hasste sie dafür.

»Wollt ihr nicht lieber zu uns, ist so windig draußen«, sagte Gitte.

Oh nein! Ich wäre sogar lieber bei einem Orkan der Windstärke 10 rausgegangen, als einen Abend mit den beiden werdenden Eltern zu verbringen.

»Wir sehen uns bestimmt noch mal.«

Malte lächelte kurz, dann zog er mich nach draußen, in die kinderlose Freiheit, in Richtung Meer. Wo es so windig war, dass ich es gar nicht spürte …

26

Ich mag es, wenn die Sonne im Meer versinkt. Am liebsten postkartenmäßig – Glutrot trifft Dunkelblau – großes Ah und großes Oh. In der Natur kann ich Kitsch und Klischees ertragen, woanders eher weniger. Aber an diesem Abend hätte die Sonne mit einem gigantischen Zischen im Meer versinken können, zehntausend Mal lauter als ein heißer Tauchsieder, den man in eiskaltes Wasser versenkt, ich hätte es noch nicht mal andeutungsweise mitbekommen. Ich war gar nicht in der Lage, irgendwas außerhalb von zwei Metern Umkreis mitzubekommen. Das Meer hätte sich teilen können und ein Orchester von Meerjungfrauen hätte auf Glasharfen »Smells Like Teen Spirit« oder irgendeinen anderen Hit spielen können, ich hätte nicht mal hingeguckt. Neben mir saß Malte im warmen Sand, und dafür benötigte ich alle meine Sinne.

»Schön hier«, sagt er, ohne mich dabei anzuschauen.

»Ja.«

»Bist du hier geboren?«

»Ja.«

»Nie weg gewesen?«

»Ja.«

Da wo andere ein Sprachzentrum haben, war bei mir plötzlich nur noch Platz für einen Vokal und einen Konsonanten.

»Ja, nie weg gewesen, oder Ja, weg gewesen?«, fragte er völlig zu Recht.

»Ja … ich mein', nie weg, jedenfalls nicht länger.«

»Oh.«

Ich rätselte, was für ein Oh das war. Ein Oh, das meint – um Himmels willen wie kann man nur, oder ein Oh – jeder, wie er will?

Malte spielte mit seinen dunklen Locken. Ein bisschen selbstverliebt, aber längst noch nicht unangenehm. Vielleicht, dachte ich, vielleicht werde ich bald mit seinen Locken spielen.

Der Wind frischte ein wenig auf. Ungewöhnlich für die Uhrzeit. Mich fröstelte und es lag ganz bestimmt nicht an der Temperatur. Meine Haut schickte Botschaften. Hey, da friert jemand, biete ihm deine Jacke an, deinen Arm, irgendwas. Malte bekam nichts davon mit. Er war voll und ganz auf den Sonnenuntergang fixiert.

»Schön, wenn die Sonne untergeht.«

»Ja.«

Dann entdeckte Malte einen Mann am Strand, der mit einem monströsen Gerät den Boden absuchte.

»Was macht der denn da?«

»Sucht was.«

»Wie, am Strand?«

»Warum nicht?«

»Was sucht der denn?«

»Münzen, so was.«

»Hat der da so 'nen Metalldetektor?«

»Ja! Einen Arrett 250 mit Performance Package.«

»Einen was?«

»Arrett 250. Der Porsche unter den Metalldetektoren. Und der Mann ist mein Onkel. Onno, wohnt auch bei uns, wirst du bestimmt noch kennenlernen.«

»Cool, gibt nicht viele Frauen in deinem Alter, die sich mit Metalldetektoren auskennen.«

»Gezwungenermaßen. Ist ein Tick von meinem Onkel. Er sucht einen Schatz.«

»Hier, am Strand?«

»Am Bürdumer Kliff.«

»Klingt gut.«

»Klingt besser, als es ist.«

»Müssen wir mal hin.«

Er hatte wir gesagt. Sehr gut. Ich kam schon in seiner Zukunft vor.

»Ja, da müssen wir unbedingt hin.«

»Was kostet so'n Metalldetektor?«

»Keine Ahnung.«

Er ging nicht näher auf das Thema ein, wofür ich ihm sehr dankbar war. Metalldetektorengespräche sind nicht gerade das, was einen romantischen Abend in die richtige Richtung treibt.

Dann begann Malte zu singen, einfach so, wunderschön. Rauchiger und tiefer, als sein Alter es vermuten ließ.

»I wanna sit here all my life alone. This may sound a little rough, don't want to fall in love.«

Ich schaute ihn an, ein bisschen entsetzt, das war nicht der Text, der zu diesem Abend passte.

»Green Day.«

»Ich weiß«, antwortete ich knapp. »Warum singst du das?«

»Find' ich gut.«

»Alles?«

»Wie, alles?«

»Ich mein', alles von Green Day, oder nur dieses Lied?«

»›I don't fall in love‹ ganz besonders.«

»Cool.«

Gesa, was zum Teufel sollte daran cool sein, ich hätte mich

ohrfeigen können für dieses absolute No-No-Statement. Während die Luft um mich herum in Flammen aufging, fand ich es cool, dass dieser ziemlich hübsche Brandmeister mir mit einem Green-Day-Song ganz eindeutig zu verstehen gab, dass er nichts von mir wollte. Supercool. Um die Peinlichkeit des Moments zu übergehen, wechselte ich das Thema.

»Was hast du eigentlich so vor, hier?«

»Jobmäßig?«

Ich nickte interessiert.

»Tja, ich bin der neue Inselschreiber, und wenn es gut läuft, dann hat Nördrum im nächsten Sommer von mir ein schickes Bändchen in der Bibliothek stehen.«

»Bestimmt.«

»Na ja, kommt drauf an.«

»Worauf, ob dir was einfällt?«

»Ob mir was auffällt. Ich gehör' zu den Schreibern, die nichts erfinden, ich schreibe, was ich sehe.«

»Cool.«

»Weiß nicht, cool is' was anderes.«

Ja, cool wäre es, wenn wir jetzt nicht über so einen Quatsch wie Schreiben reden würden. Cool wäre es, wenn wir jetzt vielleicht gar nicht reden würden, dachte ich.

»Kennst du Hunter S. Thompson?«, fragte Malte.

»Musiker?«

»Journalist.«

Super Gesa, warum sagst du nicht einfach gar nichts, statt das Falsche.

»Hatte 'n absolut irren Stil zu schreiben. Total subjektiv, das Gegenteil von dem, was man von uns erwartet.«

»Objektivität«, ergänzte ich, um wenigstens ein bisschen gescheit mitreden zu können.

»Ja, genau. Die lächerlichste Erfindung, seit es Journalismus gibt. Thompson hat sich da einfach nicht drum gekümmert, hat geschrieben, wie er wollte, und die Grenzen zwischen Literatur und Journalismus komplett ausgehebelt. Ein irrer Vogel.«

»Schreibt er noch?«

»Leider nicht, hat sich erschossen. Stilecht, am Schreibtisch. Vor ein paar Jahren.«

»Er war traurig, oder?«

»Keine Ahnung, ich glaube, nach allem, was ich über ihn weiß, wollte er nur zum richtigen Zeitpunkt abtreten.«

»War er krank?«

»Spielt das eine Rolle?«

»Weiß nicht, denk' schon, wenn man krank ist, gibt's einen Grund abzutreten.«

»Vielleicht, vielleicht auch nicht. Ich hab' mich mit so was eigentlich noch nie beschäftigt. Ich glaub', ich hänge zu sehr am Leben, um vorzeitig abzutreten. Auch wenn ich krank wäre. Komisch, wir kennen uns kaum und reden nur über depressives Zeug.«

Er lächelte mich an und die Erinnerungen an meinen Bruder, die in diesem Moment in mir aufstiegen, schafften es nicht, mich gänzlich gefangen zu nehmen.

»Stimmt, blöd.«

Wenigstens hatte er mich bei diesem depressiven Zeug angeschaut. Und bei Green Day hatte er aufs Meer geblickt. Ich hoffte, dass diese Beobachtung genau das bedeutete, was ich mir wünschte.

»Hast du einen Tipp, Gesa, womit ich morgen anfangen könnte?«

»Mit unserem Frühstück, ist superklasse.«

»Gute Idee. Und dann?«

»Kommt drauf an, wenn du nichts erfinden willst, liegt wohl das normale Programm an.«

»Strand, Leuchtturm, so was?«

»So was!«

»Vielleicht erfinde ich doch was?«

»Wer hier länger lebt, muss was erfinden.«

»Was erfindest du denn?«

»Kommt drauf an.«

»Auf was?«

»Auf mich.«

»Verstehe. Ich bin müde, macht die Seeluft.«

»Du bist müde? Es ist noch nicht mal zehn.«

»Das ist der Seeluft egal.«

Ich versuchte meiner Enttäuschung kein Gesicht zu geben.

»Stimmt, morgen ist ja auch noch ein Tag.«

Keine Ahnung, was mit mir los war, aber ich hatte dieses erste richtige Treffen verrissen. Komplett verrissen. Und ich wusste noch nicht mal, ob er es auch so sah.

27

Ich verbrachte die halbe Nacht mit wildesten Skizzen. Giftigen Collagen aus Bildern, die ich aus Magazinen, die unsere Gäste vergessen hatten, gesammelt hatte. Schreiende Kinder, Autos, Landschaften, Waffen, Müllhalden, BH-Reklamen, Kochrezepte, Energiesparlampen, eine völlig unstrukturierte Komposition ohne jede Richtung. Wild übermalt mit blauer Temperafarbe. Dazu wummerten mit angenehmer Schluffigkeit Franz Ferdinand ihre »Twilight Omens« durch die Boxen meiner Anlage. Immer wieder rauf und runter, so lange bis die blaue Farbe jedes Bild übertüncht hatte und die schreienden Kinder, Waffen und sonstigen Objekte für immer unter der Farbe verschwanden.

Ich war aufgewühlt wie schon lange nicht mehr. Malte hatte sich von mir verabschiedet ohne nennenswerte weitere Vorkommnisse. Und jetzt schlief er mit mir unter einem Dach. So nah, so fern. Innerhalb kürzester Zeit hatte das Leben bei mir zugeschlagen wie eine Abrissbirne. Nichts stand mehr da wie vorher. Jeder Plan, jede Idee, jeder Traum, weg, anders! Bumm! Erst Wilko, jetzt Malte. Der Kontrast hätte nicht härter sein können als bei dieser Collage.

»Bist du verliebt, Schwesterchen?«

»Sieht man das?«

»An den Bildern nicht.«

»Gut aufgepasst.«

»War nicht schwer.«

Mit einem letzten Pinselstrich verwandelte sich die Collage in eine monochrome Fläche.

»Ist er nett?«

»Ja.«

»Kenn' ich ihn?«

Mit dem Pinsel in der Hand stand ich vor meinem Bruder. Lauernd, abwartend.

»Wilko, was weißt du?«

»Wie meinst du das?«

»Weißt du alles?«

»Ich glaub' nicht.«

»Weißt du mehr als vor deinem ...«

»Tod?«

»Mhm.«

»Du meinst, ob ich dadurch zu so einer Art Alleswisser geworden bin?«

»Ja, so was.«

»Sagen wir so, ich krieg' mehr mit als vorher.«

»Alles?«

»Nein, alles krieg' ich nicht mit.«

»Das heißt, du kennst ihn wirklich nicht.«

»Du meinst Malte?«

Ich schmiss ihm den Pinsel an den Kopf.

»Hör auf mich zu verarschen! Du kriegst alles mit.«

»Was ist denn jetzt los, Schwesterchen?«

»Ich hab' dir gar nicht gesagt, dass er Malte heißt. Ich will nicht, dass du dich in mein Leben einmischst.«

»Hey, komm mal runter. Wann misch' ich mich denn ein?«

»Immer«

»Nur weil ich seinen Namen kenne?«

»Du kommst, wann du willst, du gehst, wann du willst. Du stellst irgendwelche Fragen und behauptest, du mischst dich nicht ein? Ich kann noch nicht mal mehr alleine sein, wenn ich es will. Scheiße. Das ist die totale Einmischung!«

Während Franz Ferdinands »Bite hard« den Raum mit einem neuen Rhythmus versorgte, schwieg mein Bruder. Es war mir egal, ob er verletzt war oder nicht. Ich wusste ja noch nicht mal, ob man jemanden verletzen kann, der tot ist. Ich wusste nur, dass ein Toter verletzen kann. Auf seine Art.

Ich begann zu singen und übermalte die blaue Fläche mit einem tiefen Schwarz.

»Are you happier now? That the Gods are dying. Or do you dream of Heston with omniscent beard? You should be happier now, with no one to pray to. Or would you love to break your knees from begging and praying?«

Eine Träne lief an meiner Wange entlang, und plötzlich tat mir leid, was ich Wilko gesagt hatte. Aber ich bekam keine Gelegenheit mehr, mich bei ihm zu entschuldigen. Nicht an diesem Abend.

Bite hard. Wilko war verschwunden. Und Malte? Schlief er? Dachte er nach? Und wenn ja, worüber? Metalldetektoren, Onkel Onno, Sonnenuntergänge, das Bürdumer Kliff. Oder dachte er über mich nach?

Ich wünschte mir nichts mehr als das. Ja, er sollte die ganze Nacht über mich nachdenken. Verdammt, ich tat es schließlich auch.

Dann nahm ich den Pinsel und tauchte ihn in die gelbe Farbe.

28

»Er funktioniert, er ist ein Wunder, ein Gott, ein ...«

Onnos Stimme war heiser vor Begeisterung, und ich tat ihm den Gefallen, so zu tun, als wüsste ich nicht, von welchem Gott er sprach.

»Wer?«

»Der Arrett, wer denn sonst?«

»Ach so, ja ... ich hab' dich gestern damit am Strand gesehen.«

»Ehrlich, warum hast du nichts gesagt, hätten wir doch zusammen gehen können.«

»Ging nicht, ich hatte es eilig.«

Und wie eilig ich es hatte. Leider hatte Malte meinen Wunsch nach Geschwindigkeit in Sachen Annäherung nicht richtig mitbekommen. Und nach dieser Nacht voller Rätsel, Fragen und Hoffnungen war noch nicht mal mehr klar, ob er überhaupt etwas mitbekommen hatte.

»I wanna sit here all my life alone. This may sound a little rough, don't want to fall in love.«

Ich hatte dieses Lied in den vergangenen Stunden mindestens zwanzig Mal durchgehört, in der Hoffnung, wenigstens einen einzigen, winzigen Hinweis darauf zu finden, dass es im Grunde doch ein Liebeslied war. Ich hatte keinen gefunden. Um mich dann aber direkt auf eine neue Theorie zu stürzen: Malte hatte dieses Lied aus purem Zufall gesungen. Weil er Green Day mag, weil es der Text ist, den er sich merken kann, und weil die Melodie so einzigartig ist. Die Theorie hielt keine zehn Sekunden.

»Alles klar, Gesa?«

»Was?«

»Du wirkst so abwesend, hast du Kummer?«

Nein, ja.

»Dein Bruder, oder … ich muss auch oft an ihn denken. Gestern am Strand, da hab' ich noch gedacht, das ist sein Meer, er hat es so geliebt, und nun latsche ich hier entlang und suche einen Schatz. Er fehlt uns allen.«

»Ja, er fehlt.«

Onkel Onno hatte es geschafft, die Gedanken an Malte kurzfristig wegzuwischen. Er kniff mir in die Wangen, wie es Onkel gerne tun. Unbeholfen, spielerisch und ein bisschen zu grob.

»Wenn du magst, können wir mal wieder was zusammen machen. Auch einfach nur quatschen, wenn du willst.«

»Das ist lieb, aber ich muss jetzt … Mama helfen.«

Er nickte und ging, dann drehte er sich noch einmal um.

»Gesa, kannst du bitte deiner Mutter sagen, dass Jean-Pierre nicht mehr in unser Zimmer soll, er hat sich neben unserem Bett entleert. Nele ist ziemlich sauer.«

»Ich sag's ihr.«

Meine Mutter war gerade damit beschäftigt, einigen Gästen Kaffee nachzuschenken. In der Luft hing schon die Mischung aus Sonnencreme und frisch getoastetem Weißbrot. Die Männer hatten auf ihr billiges Aftershave verzichtet, aus Angst vor hässlichen Hautreaktionen, die unsere Nördrumer Sonne auf ihre weißen Hälse hätte bruzzeln können. Ich konnte das Wetter riechen, das unsere Gäste erwarteten. Malte war noch nicht im Frühstücksraum. Zum Glück.

Mein ungewöhnlich frühes Erscheinen schien meine Mutter zu überraschen.

»Gesa, guten Morgen.«

»Morgen, Mama.«

»Kannst du vielleicht noch für den Tisch da hinten laktosefreie Milch besorgen, die Frau hat eine Allergie.«

»Kann ich nicht lieber den Kaffee ausschenken?«

»Damit bin ich fertig.«

Ich wollte den Raum jetzt nicht verlassen, ich wollte da sein, wenn er kam, unbedingt. Wenn man mit jemandem verabredet ist, muss man vor ihm da sein, um sich vorbereiten zu können. Ich bin fest davon überzeugt, dass es ein Wettbewerbsvorteil ist.

»Bitte, Gesa.«

»Jean-Pierre hat bei Tante Nele neben das Bett gemacht.«

Ich musste das Thema wechseln, um Zeit zu gewinnen. Zeit für meinen Wettbewerbsvorteil. Zeit für die Zeit vor Malte.

»Ich weiß, hat sie mir schon gesagt, ich mach's jetzt weg. Oder willst du, dann hol' ich die Milch.«

Eigentlich konnte ich mir keinen überzeugenden Grund vorstellen, der mich dazu hätte veranlassen können, diesen Raum zu verlassen. Das Beseitigen von Entenkacke hatte ich dabei leider nicht auf dem Schirm. Ich rechnete mir aus, wie lange ich brauchen würde, um laktosefreie Milch von Feinkost Jensen zu holen. Fünf Minuten hin, eine Minute im Laden, vielleicht zwei, wenn die Schlange an der Kasse länger war, und fünf Minuten zurück. Das musste passen.

29 Ich schaffte die Strecke zu Feinkost Jensen in den exakt dafür vorgesehenen fünf Minuten.

Die laktosefreie Milch steht auch bei Feinkost Jensen da, wo sie hingehört, im letzten Winkel des Ladens. Wer dorthin will, trifft automatisch Menschen, die eine schnellstmögliche Rückkehr zum Möwennest unmöglich machen: entweder Urlauber, die sich idiotischerweise darüber freuen, dass wir in den gleichen Läden kaufen wie sie, so als wäre das etwas ganz Besonderes, oder man begegnet Menschen, die man kennt.

Tante Nele übte sich in einem intellektuellen Spagat. Auf der einen Seite versuchte sie ein ernsthaftes Interesse an Fertigsaucen zu heucheln, und auf der anderen Seite war sie damit beschäftigt, keine Bewegung eines Mannes zu verpassen, der mit der Auswahl heimischer Tee-Angebote beschäftigt schien. Ich hatte diese Form der Kontaktaufnahme schon öfter bei meiner Tante beobachten dürfen, und ich hatte keine großen Probleme damit, aber an diesem Morgen wollte ich nur so schnell wie möglich zur laktosefreien Milch. Die Strecke führte mich aber zwangsläufig an Tante Nele und dem unbekannten Tee-Mann vorbei. Eine Unterhaltung von grob aus der Hüfte geschätzten zwei, drei Minuten war unausweichlich.

Dazu kam noch Erik, der ausgerechnet an diesem Morgen für das Abstauben der laktosefreien Milch zuständig war. Wahrscheinlich war sein Vater der Meinung, dass Erik im hintersten Winkel des Ladens den geringsten Schaden anrichten konnte. Schon toll, wenn einem Eltern nichts zutrauen.

Ich beobachtete, wie Tante Nele zum Angriff überging. Der Tee-Mann hatte sich gerade für eine ostfriesische Mischung entschieden. Vielleicht hatte er auch gerade erst entdeckt, dass es bei Feinkost Jensen nur ostfriesische Mischungen gab, von denen alle das Prädikat ›Jensen Hausmarke‹ trugen.

»Darf ich Sie mal kurz stören?« Tante Nele klang so freundlich und unverbindlich, dass niemand ihre wahre Absicht hätte erahnen können. Auch nicht die Frau des Tee-Mannes, die ein paar Meter vor ihm entfernt den Kandiszucker im Einkaufswagen versenkte. Selbstverständlich auch Hausmarke Jensen.

»Ja, bitte«, antwortete der Tee-Mann.

»Mir ist da gerade etwas aufgefallen, nicht erschrecken, aber Sie haben da eine Rötung im Nacken.«

»Was, wo?« Er schaffte es, den Nacken abzutasten, ohne dass Tante Nele sich wiederholen musste.

»Ich bin Ärztin.«

»Was?«

Der Mann gehörte offensichtlich zu der Spezies von Männern, die mit Rötungen im Nackenbereich wesentlich schlechter umgehen können als mit einem Messer im Rücken. Ein Messer ist kalkulierbar, eine Rötung nicht. Da kann alles dahinterstecken. Tumorbildungen, ausgereifte Melanome, eine neue Geschlechtskrankheit oder mindestens ein schwer entzündeter Lymphknoten. Der Tee-Mann suchte einen Spiegel oder irgendetwas anderes, das aus einer noch unerklärlichen Rötung im Nacken eine harmlose Erscheinung machte. Tante Nele hielt ihm eine Labskausdose hin. Der silberne Bodendeckel reichte für einen ersten Check.

»Stimmt, das ist rot. Vielleicht von der Sonne?«

Tante Nele schaute nun näher hin.

»Glaub' ich nicht, dafür ist die Rötung zu punktuell. Wenn Sie wollen, schaue ich mir das mal in der Praxis an, sicher ist sicher.«

»Äh, gerne, wann denn?«

Der Tee-Mann war nervös. Und seine Frau, mittlerweile aufmerksam geworden, auch. Sie machte sich auf den Weg zu ihrem Mann, dem Tante Nele mittlerweile den ganzen Nacken abtastete. Während ich zwischen einer Feinkostmarmeladenfront und exotischen Brotaufstrichen verharrte. Egal, ich musste jetzt an Tante Nele vorbei, ich durfte nicht noch mehr Zeit verlieren.

»Hallo Tante Nele.«

»Hallo Gesa, was machst du denn …«

»Keine Zeit. Muss mich beeilen, Mama wartet.«

Ich hatte es geschafft. Meine Tante und ihr neues Opfer hatte ich umschifft, jetzt blieb nur noch Erik. Der sofort zu strahlen begann, als er mich sah.

Ich dachte mir, sag, was du willst, red nicht drum herum, vielleicht klappt es.

»Hallo Erik, ich brauche nur eben laktosefreie Milch.«

»Warum?«

Eriks Frage ergab Sinn, die laktosefreie Milch stand nicht umsonst im hintersten Winkel, und dass er sie abstauben musste, war auch nicht ohne Grund. Der Verkauf dieses Produktes lief, milde formuliert, eher schleppend.

»Wir haben einen Gast, der eine Allergie hat. Gibst du mir jetzt bitte eine Packung?«

Freundlich lächelnd hielt ich die Hand auf. Auch Erik begann zu lächeln.

»Du magst mich, oder?«

»Ja, Erik, ich mag' dich, aber ich muss jetzt wirklich …«
»Ich mag' dich auch, Gesa.«
»Cool.«
»Sehr, Gesa.«
»Wahnsinn, klasse.«
»Immer, Gesa!«
»Puh, super. Aber ich muss jetzt echt los.«

Ich hielt noch immer die Hand offen, während Erik nun mit seinem Rücken die ganze laktosefreie Milch von Feinkost Jensen verbarg. Eigentlich wollte ich ihn zur Seite schieben, aber irgendwie konnte ich mich nicht dazu überwinden, diesen liebenswerten Menschen mit zarter Gewalt an meinen ziemlich engen Zeitplan zu erinnern.

»Erik, gibst du mir bitte die Milch?«
»Möchtest du mich heiraten?«
»Erik, ich glaub', das …«
»Gesa, möchtest du mich … ?«
»Ich hab' dich schon verstanden, aber …«
»Gesa?«
»Erik, ich … gib mir jetzt bitte die Milch, ja?«
»Und dann heiraten wir.«
»Was? Nein!«
»Doch.«
»Nein.«

Dann griff ich an ihm vorbei in das Regal, schnappte mir drei Liter laktosefreie Milch, um die nächsten Tage nicht noch mal in eine solche Situation zu geraten, und rannte zur Kasse. In meinem Rücken spürte ich Eriks Enttäuschung.

Ich sah noch den Tee-Mann, der seiner Frau wieder und wieder die rote Stelle an seinem Nacken zeigte, während sie nur ungläubig den Kopf schüttelte.

Vor dem Laden stieg Tante Nele auf ihr altes Hollandrad, mit einem zufriedenen Lächeln auf den Lippen.

Ich legte mehr Geld als nötig auf das Förderband an der Kasse und rannte los, ich hatte genug Zeit verloren.

30

Als ich in den Frühstücksraum hastete, saß Malte bereits am Tisch, flankiert von einem Toastbrot und einer Kanne Ostfriesentee, die auf einem Stövchen thronte wie ein porzellangewordener Nordseebuddha.

Maltes Anblick war über Nacht noch atemberaubender geworden. Der Schlaf hatte seine Gesichtszüge weicher werden lassen und seinen Blick klarer. Und er hatte sich nicht rasiert. Es stand ihm gut. Seine Haare waren noch nass und der Kragen seines weißen Hemdes ein wenig feucht. Ich wünschte mir, die Dusche gewesen zu sein, die ihn mit Wasser benetzte. Wie albern, aber das habe ich wirklich gedacht. Bislang waren mir Schwärmereien dieser Art völlig fremd, jedenfalls in diesem Ausmaß. Aber von alldem sollte er um Himmels willen nichts mitbekommen.

Ich bemühte mich so zu tun, als gäbe es Tausende von Gründen, mich umzusehen. Sich umsehen gehört schließlich zu den Hauptbeschäftigungen von Mitarbeitern in Gastronomiebetrieben.

Die meisten Gäste hatten sich schon auf den Weg zum Strand gemacht und das übliche Chaos auf den Tischen hinterlassen. Ich glaube, Frühstücksgäste genießen es besonders, beim Frühstück herumzukrümeln und den kompletten Tisch in eine organische Landschaft aus Marmeladenresten und Käserinde zu verwandeln, wenn sie sicher sein können, dass andere alles wieder in Ordnung bringen, ohne dass sie selber auch nur einen Finger rühren müssen. Ich weiß, das ist das Prinzip Vollpension, aber wenn ich wüsste, dass die gleichen

Gäste zu Hause auch so rumsauen, könnte ich es wesentlich besser ertragen.

Ein Rentnerpaar studierte die Tageszeitung. Der Tisch von Gitte und Simon war noch unberührt.

Malte hatte mich noch nicht entdeckt, er riss einen Artikel aus der Nordseezeitung aus und faltete ihn zusammen, dann sah er mich.

»Gesa, moin!«

»Ach, Malte, hi!«

Ich klang so locker wie ein Prüfling vor der Prüfungskommission. Wenn der Mensch am Tag wirklich einen ganzen verdammten Liter Spucke produziert, dann war ich in diesem Moment mindestens einen Liter von diesem Ziel entfernt. Mein Mund war staubtrocken, und ich war froh, überhaupt etwas sagen zu können. Mein Herz pochte wie verrückt. Wie kann der Anblick eines Mannes einen nur so verrückt machen. Ich dachte, so was gäbe es nur in diesen blöden Filmen.

»Komm.«

Er winkte mich zu sich. Ich zögerte. Eine Sekunde, höchstens. Dann ging ich zu seinem Tisch. Ganz langsam, bemüht lässig, was bei mir immer extrem aussieht. Immerhin konnte ich unfallfrei geradeaus gehen. Bei meiner Kommunion bin ich kurz vor dem Altar der Länge nach hingeflogen, weil ich mich im Saum meines viel zu langen Kommunionkleides verfangen hatte. Und damals stand noch nicht mal Malte vor mir, sondern nur der alte Pfarrer. Mein Herzschlag beschleunigte sich. Kurz bevor ich mich endlich an seinen Tisch setzen konnte, trällerte Gittes fröhliche Stimme durch den Frühstücksraum.

»Morgen, Gesa!«

Ich drehte mich kurz um und winkte der möglicherweise werdenden Mutter zu.

»Morgen, Gitte.«

Während Gitte zu ihrem Tisch ging, war für mich die Bahn endlich frei. Ich hatte den Stuhl bereits in der Hand, als Gittes männlicher Schatten den Raum betrat.

»Morgen, Gesa.«

»Oh, hi, Morgen, Simon.«

»Gesa? Könnte ich vielleicht heute Spiegeleier haben, deine Mutter meinte, ich müsste nur Bescheid geben.«

»Spiegeleier?«

»Ja, sunny side up.«

»Was?«

»Das Gelbe oben, nicht durch, nicht labberig, mittel, okay?«

»Bitte?!«

Dieser Mann konnte doch nicht ernsthaft von mir Spiegeleier verlangen, während ich kurz vorm Ziel meiner Träume war.

Simon ahnte nicht, was er mit seinem dämlichen Frühstückswunsch zerstörte, aber es kam noch schlimmer.

»Superidee, dann nehme ich auch welche. Auch sunny side up.«

Es war seltsam, eben noch war Malte nichts anderes als das Objekt meiner Begierde, jetzt war er ein Gast, der von mir Spiegeleier haben wollte.

»Okay, klar, gerne.«

Ich bemühte mich, meiner Enttäuschung keinen Ausdruck zu verleihen, und zog mich dezent zurück. Um es wirklich total unbeeindruckt aussehen zu lassen, nahm ich noch ein paar verschmierte Teller mit und fragte das Rentnerpaar, ob sie vielleicht auch noch einen Wunsch hätten.

»Kindchen, wir haben alles, was wir brauchen, das ist so schön bei euch.«

»Ja, danke, das freut mich.«

»Obwohl ... weißt du was, mein Mann und ich, wir nehmen auch noch ein Spiegelei.«

»Super. Auch ... sunny side up?«

»Nee, das Gelbe oben, das andere mögen wir nicht so.«

»Klar, kein Problem, mach' ich gerne.«

31

Ich hatte mich in mein Zimmer eingeschlossen, um zu lernen. Das war die offizielle Begründung, die inoffizielle war eine andere. Nur um für meine mündliche Abiturprüfung zu lernen, hätte ich mich nie eingeschlossen. Im Leben nicht. Ich war doch dankbar für jede Ablenkung. Nein, nur auf der Flucht vor Malte und jedem Gedanken an ihn drehte ich den Schlüssel im Schloss mit großem Genuss um. Mit Absicht. Und auch nicht ohne vorher die Tür ordentlich knallen zu lassen.

Der so genannte Inselschreiber hatte mich den ganzen Tag ignoriert, dabei war ich gar nicht zu übersehen. Nicht am Strand, an dem ich betont locker auf und ab spazierte, während er sich mit einem Mann der DLRG unterhielt. Und auch nicht in der Bibliothek, in der er die aktuellen Zeitungsauslagen studierte, während ich so tat, als fände ich eine Zeitschrift über Landleben wirklich spannend. Und auf dem bescheuerten West-Leuchtturm, den ich ganz bestimmt nicht »zufällig« erklommen hatte, bevor er auf die alte Aussichtsplattform kam, hätte er mich erst recht nicht übersehen können. Er ignorierte mich dort zwar nicht direkt, aber außer einem völlig platten »Hallo« kam nichts von ihm. Null, zero, nada! Was hat er geglaubt, was ich da mache, Vögel zählen, Wolken beobachten, die Aussicht genießen? Wie ein Touri? Ich war ihm gefolgt wie ein kleines Mädchen dem Wanderzirkus. Oder so ähnlich. Von seiner Absicht, den Leuchtturm zu besteigen, hatte ich erfahren, als er sich ein Matjesbrötchen bei Gumprecht gekauft hatte. Ja, ich hatte ihn belauscht, und ich schämte mich dafür. Ein bisschen, nicht viel. Der Zweck heiligt die Mittel, und das Verliebtsein heiligt alles. Dachte ich.

Die Idee, mich nach diesem Horrortag einfach einzuschließen, war die einzig richtige. Sollte er doch seinen Spaß haben, ohne mich, egal wo. Und egal mit wem. Ich genoss das Alleinsein, und was auch immer passieren sollte, nichts würde mich davon abbringen, an diesem Zustand etwas zu ändern.

Als es an meiner Tür klopfte, hechtete ich ohne Zögern mit einem Satz hin, um sie zu öffnen. Wenn man jung ist, hat man noch keine Zeit für konsequentes Verhalten, man sammelt noch Gründe, um zu erkennen, wie wichtig es sein kann, gelegentlich konsequent zu sein. So was schießt mir jetzt durch den Kopf, aber ganz ehrlich, in der Situation damals habe ich über alles nachgedacht, nur nicht über meine Inkonsequenz.

»Gesa, kann ich dich mal einen Moment sprechen?«, fragte Piet, mit dem ich nun überhaupt nicht gerechnet hatte.

»Eigentlich muss ich lernen.«

»Nur kurz.«

»Ganz kurz?«

»Von mir aus.«

Ich bat ihn herein, ohne dabei allzu einladend zu wirken.

Piet setzte sich auf den alten Korbsessel und begann zu atmen. Schwer zu atmen, so als müsse er Anlauf nehmen wie eine alte Lokomotive am Berg.

»Schieß los, was gibt's?«

»Nicht so einfach.«

»Geht's um Oma?«

Piet nickte.

Das Verhältnis zwischen ihm und Oma Insa war mir immer strange vorgekommen. Aber irgendwann gewöhnt man sich an so was, und dann hört man auf zu fragen. Irgendwann haben alle in meiner Familie damit aufgehört zu fragen, und ich hielt es für das Beste, es auch nicht mehr zu tun. Obwohl es mich immer mal wieder brennend interessierte, was die beiden so sehr verband, dass sie unter einem Dach leben wollten.

»Deine Oma macht einen Fehler.«

»Was für einen?«

»Mit den Kindern. Es ist nicht richtig, was sie macht.«

»Kann sein.«

»Es ist so. Es ist falsch, weil es eine Lüge ist. Man kann keine Kinder versprechen. Das macht alles nur noch viel schlimmer.«

»Wie meinst du das?«

»Ich seh' die doch, wie sie zu uns kommen. Und dann mit ihr ins Watt gehen, wie in einen Supermarkt. Wie um Kinder zu kaufen. Das geht nicht. Das kann man nicht machen. Das ist gegen die Regeln.«

»Was denn für Regeln?«

»Ich weiß nicht, es ist einfach gegen die Regeln.«

»Die Regeln, wie man Kinder kriegt?«

»Ja, solche Regeln.«

»Piet, was genau ist jetzt dein Problem?«

»Sie will, dass ich mitkomme.«

»Ins Watt?«

Er nickte. Nie zuvor hatte ich an ihm diese Ernsthaftigkeit gesehen, mit der er mich nun ansprach.

»Du musst mir helfen, Gesa.«

»Warum ich?«

»Weil du, weil du …«

Als sich die Tür öffnete und Oma Insa uns ansah, wirkten Piet und ich wie zwei ertappte Kinder, die gerade am frischen

Kuchen genascht hatten, obwohl das bei Androhung der Todesstrafe verboten war.

»Piet, kommst du?«

Oma Insas Stimme war weich, ohne jeden Vorwurf. So wie sie klang, hätten wir auch den Kuchen naschen dürfen.

»Ich wollte eben mit Gesa … – ja, ich komme.«

Piet erhob sich aus dem Korbsessel und ging zur Tür. Mit seinem letzten Blick zu mir, schenkte er mir das Gefühl einer Vertrautheit zwischen uns beiden, die ich so noch nie zuvor zwischen uns gespürt hatte.

Oma Insa war der Blick nicht entgangen, und ich glaubte das kurze Zucken einer Sorgenfalte auf ihrer Stirn erkennen zu können.

Als die beiden verschwunden waren, schloss ich nicht mehr ab und sang ein uraltes Lied von Paul Weller. Ich singe sonst selten, schon gar nichts Uraltes, irgendwie muss es Sinn gemacht haben … »That is why all the guys in town follow you all around … just like me, they long to be … Close to you.«

32

Am nächsten Tag hatte ich mich mit meinen Schulbüchern in die hinterste Ecke der Insel verkrümelt. Noch weit hinter die Dicke Robbe, ein geschlossenes Dünencafé, das auf Sylt machte, aber eben nur Nördrum war und deshalb schon nach einer Saison in die verdiente Pleite ging.

Ich lag im Sand und schaute aufs Meer, statt in die Bücher. Der Wind blies schwach, die Wellen begannen sich zu brechen, der Schaum war glasig, und hier und da waren einzelne Schaumköpfe zu sehen. Die Nordsee war in Plätscherlaune. Für die wenigen Urlauber am Strand war das schon Seegang, und einige Väter bemühten sich eifrig, ihren Kindern zu demonstrieren, wie tapfer sie waren, indem sie sich immer wieder in die mickrigen Wellen stürzten. Begleitet vom anerkennenden Geschrei ihrer Kinder.

»Stör' ich?« Heute fragte Wilko wenigstens mal.

»Geht so.«

Er legte sich zu mir in den Sand.

»Läuft nicht besonders, was, Schwesterchen?«

Ich schwieg.

»Kann ich dir helfen?«

Ich wusste es nicht, und wenn, dann war mir nicht danach, darüber zu sprechen.

Am Strand schrie ein kleines Mädchen, weil ihr großer, starker Vater es nicht geschafft hatte, das böse, böse Meer daran zu hindern, eine muschelverzierte Sandburg in einen nassen Haufen Nichts zu verwandeln.

»Warst du schon mal richtig verliebt, Wilko?«

»Warum fragst du das?«

»Das weißt du doch.«

»Ich weiß nicht. Und … richtig – was heißt das, richtig verliebt?«

»Ich glaub', wenn man verliebt ist, muss man es nicht mehr erklären müssen. Dann ist es richtig. Dann passt es. Richtig verliebt sein heißt, es einfach zu sein.«

»Sehr schlau, Schwesterchen.«

»Blödmann.«

»Ich war mal verliebt. Richtig.«

»Wann?«

»Gar nicht so lange her.«

»Wann genau?«

»Ist doch egal.«

»Nein, ist es nicht.«

»Warum bist du denn jetzt so komisch?«

»Ich bin nicht komisch, ich will nur wissen, wann das war. Ist das ein Problem für dich?«

»Schwesterchen, Schwesterchen.«

»Ich flipp' aus! Nenn mich nicht immer Schwesterchen, und jetzt sag schon.«

»Du glaubst, dass es was mit meinem Absturz zu tun hat?«

Genau das glaubte ich, aber ich konnte es ihm nicht offen sagen.

»Glaubst du das, Schwesterchen?«

»Nein.«

»Du lügst.«

»Wieso, nein. Es war ein ja Unfall.«

Jetzt schwieg Wilko. Wenn ich ihn hätte schütteln können, ich hätte es getan. Vielleicht sah er verlegen aus, so wie früher, wenn ich ihn dabei erwischt hatte, wenn er etwas aus dem Süßigkeitenschrank gestohlen hatte, vielleicht wirkte er auch nur unsicher, wie an den Tagen, an denen er nicht sicher zu schien, was er aus all der Zeit machen sollte, die ihm zur Verfügung stand. Ich weiß es nicht mehr genau, obwohl es noch gar nicht so lange her war, dass er so geschwiegen hatte.

»Hey, es war ein Unfall. Ein scheiß Unfall. Ein gottverdammter Unfall! Wilko, sag was!«

Er schaute mich nur an. Eine gefühlte Ewigkeit, in der mir die wildesten Gedanken durch den Kopf schossen. Dann brach er sein Schweigen.

»Windstärke drei, höchstens … und die machen da einen Alarm wie bei einem Tsunami. Guck mal, der Dicke, der säuft gleich ab.«

Er stand auf und ließ mich einfach sitzen, um zum Strand zu gehen. Ich schaute ihm nach. Lernen konnte ich nun endgültig abhaken.

»Wilko? Warte!«

Er blieb nicht stehen, sondern stapfte stur dem Meer entgegen.

»Wilko, verdammte Scheiße, warte, ich hab's nicht so gemeint!«

Eine junge Mutter schaute von ihrem Strandkorb auf und entdecke mich im Sand. Sie versuchte herauszufinden, nach wem ich rief. Ihren Mann konnte ich nicht meinen, der kämpfte gegen die Wellen. Während ich gegen eine dumpfe Ahnung kämpfte, die ich bis zu diesem Tag verdrängt hatte. Ich hätte mir gewünscht, dass es bei einer Ahnung geblieben wäre. Jetzt war aus ihr eine schleichende Gewissheit geworden.

Auf manche Erkenntnisse, die man aus heiterem Himmel serviert bekommt, könnte ich gut verzichten.

33

Immer wenn Oma Insa Wert drauf legte, dass wir alle gemeinsam in der Küche aßen, gab es irgendwas Wichtiges. Meistens schwebte der Grund den ganzen Tag über durchs Möwennest. Jeder machte Andeutungen, manche waren richtig, manche völlig falsch. In unserer Familie gab es nur einen, dem das alles völlig egal war – Wilko. Dabei war er oft genug selber der Grund. Das letzte Mal war, als er tagelang nicht aus seinem Zimmer kam und Oma eine schlimme Krankheit vermutete, über die wir gemeinsam reden sollten, als ließe sie sich dadurch therapieren.

Da wir alle unterschiedlich beschäftigt waren, zählten gemeinsame Essen zu den Ausnahmen, wenn man vom gemeinsamen Frühstück absah.

An diesem Abend im Juli gab es aber noch nicht mal den Hauch einer Andeutung, welches Thema Oma Insa diesmal bewegte. Selbst Piet, der immer noch am besten von uns allen informiert war, wusste nichts zu berichten.

»Keine Ahnung, sie hat mir auch nichts gesagt.«

»Habt ihr euch gestritten, Piet?«

»Mit deiner Oma kann man nicht streiten.«

»Und als du bei mir warst, da hast du mit mir doch über Oma gesprochen. Über diese Sache mit den Kindern. War sie sauer?«

»Nein, warum sollte sie sauer gewesen sein, ich darf mich doch mit dir mal unterhalten.« Seine Stimme klang zu schrill, um das gewünscht Unbekümmerte seiner Aussage glaubhaft erscheinen zu lassen. Dabei schüttelte er einmal zu oft den Kopf, was meinen Eindruck noch mehr verstärkte, dass Piet sich nicht einfach so über die Sache mit den Kindern mit mir unterhalten durfte. Um ihn nicht weiter zu demütigen hakte ich nicht nach.

»Okay, Piet, kein Thema. Was gibt's denn zu essen?«

»Weiß nicht, ist doch auch egal«, antwortete er mürrisch und schlich sich vor mir in die Küche, aus der noch nicht mal der Hauch eines Geruches drang, der wenigstens das Essen verriet, wenn schon der Anlass im Verborgenen blieb.

Tante Nele strahlte wie immer, wenn sie einen neuen Patienten hatte, als sie durch die Tür zum Flur trat. Der Mann aus dem Supermarkt hatte ihr gut getan und sich nicht nur auf ihre medizinischen Kenntnisse beschränkt. Sie legte ihren albernen Sommerhut auf die Ablage im Flur und strich mir durchs Haar, so wie sie es früher immer schon getan hatte, als ich diese tantenhafte Geste noch nett fand.

»Hm, gibt's was Besonderes, Oma klang so geheimnisvoll am Telefon.«

»Ich hab keine Ahnung, Tante Nele.«

»Hast du Piet gefragt?«

»Der weiß auch nichts.«

»Hui, seltsam, dann hängt was in der Luft. Was gibt's denn zu essen?«

»Weiß ich auch nicht, ich weiß gar nichts.«

»Schlechte Laune, Gesa?«

Es gibt Fragen, die mich fertigmachen. Fragen, die sich nach meiner vermeintlich schlechten Laune erkundigen, gehören ganz eindeutig dazu.

»Wieso sollte ich schlechte Laune haben?«

»Keine Ahnung, du klingst so'n bisschen so!«, entgegnete meine Tante, so arglos wie eine Frau nur sein kann, die noch immer beseelt von einem körperlichen Erlebnis ist.

Tante Nele schwebte in die Küche.

Ich rollte mit den Augen und beschloss, erst dann hineinzugehen, wenn der Rest meiner Familie da war.

Onkel Onno schlich mit hängendem Kopf in den Flur.

»Hallo Gesa.«

»Bevor du mich fragst – ich weiß nicht, um was es heute Abend geht, und ich weiß auch nicht, was es zu essen gibt.«

»Nicht schlimm.«

Er wollte es gar nicht wissen.

»Onkel Onno, alles klar?«

»Warum?«

»Dachte nur …«

»Ich glaube, ich werde …«

»Was?«

»Ach, egal.«

Er ging in die Küche, und zum ersten Mal sah ich an seinem schleppenden Gang, wie alt mein Onkel in der letzten Zeit geworden war. Jede Leichtigkeit, die einen Gang ausmacht, solange er noch ein Ziel hat, war verschwunden. Onkel Onno schien sein Ziel verloren zu haben. Lange vor der Küche.

»Jean-Pierre, nein, du bleibst oben.«

Meine Mutter hatte die Treppenmitte bereits erreicht, als sie ihre mahnenden Worte noch mal nach oben rief.

»Ich bin gleich wieder da.«

Wenigstens antwortete Jean-Pierre nicht.

»Hallo Gesa, warum gehst du nicht rein?«

»Ich wollte warten, bis alle da sind.«

»Jean-Pierre kommt aber nicht, er muss oben bleiben!«

»Ich dachte auch mehr an alle aus der Familie.«

»Jean-Pierre gehört zur Familie.« Mutters Stimme klang nun so, als dulde sie keinen Widerspruch.

»Ich meine Blutsverwandte.«

Wenn sie nun behauptet hätte, dass Jean-Pierre auch ein Blutsverwandter sei, hätte ich mir Sorgen machen müssen.

»Er hat in der Speicherkammer rumgetobt. Das hättest du mal sehen sollen, dabei hab ich ihm hundertmal gesagt, dass er da nichts zu suchen hat. Aber er hört einfach nicht. Ums Verrecken nicht.«

Ich schaute sie fassungslos an. Wie konnte es sein, dass eine erwachsene Frau von einer Ente so sprach wie von einem ungezogenen Kind. Mir blieb nichts anderes übrig, als auf sie einzugehen, alles andere hätte Diskussionen heraufbeschworen, auf die ich keine Lust hatte.

»Verstehe, und jetzt hat er Stubenarrest.«

»Ja, bis morgen.«

»Und wahrscheinlich Fernsehverbot?«

»Gesa, Jean-Pierre guckt kein Fernsehen.«

Meine Mutter schaute mich mit einem Mal an, als wäre ich diejenige, die aus einer Ente einen Jean-Pierre gemacht hatte.

»Vielleicht sollten wir jetzt besser reingehen, Mama, Oma wartet schon.«

»Weißt du eigentlich, um was es geht?«

»Nein, aber ich glaube es gibt Suppe«, behauptete ich einfach so aus dem Nichts.

»Suppe? Komisch, ich riech' gar nichts.«

»Eben.«

Ich schüttelte kurz den Kopf und ging noch vor meiner Mutter in die Küche.

Aber nach nur zwei Sekunden stand ich schon wieder im Flur, weil ich ein Räuspern hörte.

»Gesa? Kann ich dich mal kurz sprechen?«

Malte.

»Wir essen jetzt gleich«, sagte meine Mutter, die noch immer auf dem Flur stand und dabei vermutlich Malte anlächelte, während seine Stimme alles, was mich an Enten und Omas Insas Essen erinnerte, in weite Ferne katapultierte.

»Kein Problem, wollte sie auch nur eben was fragen.«

Ich drängelte mich vor meine Mutter und begann Malte dezent nach hinten zu schieben.

»Mama, ich komm gleich, fangt schon mal an.«

Meine Mutter stellte keine weiteren Fragen, was ich mal richtig nett fand.

»Hallo Malte.«

Hallo Malte? Es gibt immer wieder neue Möglichkeiten, ein Gespräch so richtig blöd anzufangen. An diesem Abend hatte ich eine weitere gefunden.

»Hallo. Du, ich will dich nicht vom Essen abhalten.«

»Tust du nicht.«

»Wieso, hat deine Mutter doch gerade gesagt.«

»Ja, gesagt, aber …«

»Hast du Lust, heute Abend noch ein bisschen vor die Tür zu gehen?«

»Heute Abend?«

Ich tat so, als müsste ich überlegen, ob ich noch einen weiteren Alternativtermin hätte, dabei stand mein Ja schon dick und fett wie mit Textmarker markiert auf meiner Stirn. »Okay, gerne.«

»Okay, wann seid ihr fertig?«

»So …«

»Gesa, kommst du?« Oma Insas Stimme drang dunkel und dumpf aus der Küche.

»Gleich!«, bellte ich zurück. »So um zehn?«, schlug ich Malte vor.

»Zehn ist perfekt. Wo treffen wir uns?«
»Hier?«
»An der Promenade. Freu' mich.«
Ich nickte und verschwand in der Küche. Was auch immer nun das Thema dort sein würde, ich hatte mein eigenes.

34

Oma Insa nahm ein Glas Wasser in die Hand und ließ es kreisen. Keiner von uns sagte etwas, wir schwiegen und warteten darauf, dass Oma endlich den Grund für das gemeinsame Essen nannte.

Am entspanntesten von uns allen waren Tante Nele und ich. Wir hatten beide etwas anderes im Kopf, was die bizarre und geheimnisschwangere Situation in der Küche deutlich angenehmer erscheinen ließ.

Piet musterte seine Fingernägel, damit schien er voll und ganz ausgelastet, während Onkel Onno immer wieder versuchte, einen Blick seiner Frau zu erhaschen. Vergeblich – am Tisch saß nur die Hülle von Tante Nele. Der Rest untersuchte noch immer einen Mann mit einer seltsamen Rötung. Onkel Onno schien das irgendwann zu ahnen, als er auf einmal demonstrativ begann, durch meine Tante hindurchzuschauen.

Meine Mutter unterbrach als Erste das große Schweigen.

»Äh, was gibt's denn zu essen, Mutter?«

Oma Insa starrte sie nur an, ohne ihr zu antworten.

»Ich frag nur, weil … ich könnte dann mal den Tisch passend decken.«

Meine Oma starrte weiter, setzte aber das Wasserglas ab. Ein Fortschritt, vielleicht die Eröffnung für einen neuen Akt.

»Also tiefe Teller oder flache?«, fragte meine Mutter.

»Ach Gott, der Tisch ist ja noch gar nicht gedeckt«, ergänzte meine Tante passenderweise.

Den Männern schien das völlig egal, zumindest taten sie so. Wahrscheinlich war es ihnen noch nicht mal aufgefallen.

Piet widmete sich nun besonders dem Fingernagel seines Daumens, den vor Ewigkeiten ein Angelhaken durchbohrt hatte und damit an dieser Stelle den weiteren Wuchs von einem Fingernagel für immer verhinderte.

»Ich muss euch was sagen«, begann Oma, und ihre Stimme klang schleppend und dünner als sonst.

»Gibt es denn noch was zu essen?«, wollte ausgerechnet jetzt, wo Oma endlich zu sprechen begann, mein Onkel wissen.

»Wenn ich euch gesagt hab, was ich zu sagen habe, wird euch der Appetit vergangen sein.«

»Dann nehm' ich mal an, wir lassen den Tisch, wie er ist, oder?« Tante Nele hatte schon immer etwas sehr Pragmatisches.

Wir waren nun alle bis zum Gehtnichtmehr interessiert an dem, was Oma zu sagen hatte. Sie musste es drauf angelegt haben, jedenfalls schien es so, denn sie genoss die frisch erblühte Aufmerksamkeit, indem sie eine weitere Runde schwieg und erneut zum Wasserglas griff.

Aber genau in diesem Moment nahm es Piet vor ihren Augen weg, führte es zu seinem Mund und trank das Wasser mit einem einzigen gierigen Schluck. Dann setzte er das Glas ab und schob es direkt vor Omas Hand.

»Ich hatte Durst, Insa. Nur Durst.«

Ich wunderte mich, dass Oma nichts weiter dazu sagte. Ich betrachtete Piets Profil und bekam auf einmal eine Ahnung davon, dass dieser Mann einmal sehr attraktiv gewesen sein musste. Trotz seiner grauen Haare hatte er noch lange schwarze Wimpern, die sich nun kaum zu bewegen schienen, so als müssten sie nur seinen stahlblauen Augen ein wenig Schatten spenden. Seine Wangenknochen waren markant, und sein Kinn ragte so prominent hervor, dass es nicht asymmetrisch wirkte, sondern stark und trotzig. Seine Hand hatte etwas Zupackendes, das einem die Gewissheit gab, dass diese Hand einen niemals loslassen würde, wenn es nötig wäre. All dies sah ich zum ersten Mal. Und dann entdeckte ich noch einen kleinen Hautknick in seinem rechten Ohr, einen Knick, den auch Mama in ihrem Ohr hatte. Ein seltsamer Zufall.

Oma Insa war auch mal eine hübsche Frau gewesen, damals als ihre Ohren noch nicht so groß waren wie Toastbrotscheiben ohne Rinde.

»Wir haben in der letzten Zeit eine Menge durchmachen müssen, und die Zeit ist noch nicht vorbei.«

Oma Insa kramte aus ihrer Schürzentasche ein Foto hervor.

Sie legte es auf den Tisch, so dass wir es alle sehen konnten. Meine Mutter hatte es sofort erkannt und schaute nun nach draußen, während wir wie gebannt auf das Foto starrten.

Es zeigte Wilko, ein paar Wochen vor seinem Tod. Er strahlte in die Kamera, aber in seinen Augen fehlte der Glanz. Als ich das Foto zum ersten Mal sah, war mir das gar nicht aufgefallen, aber jetzt, wo es auf dem leeren Tisch stand, war es unübersehbar. Es war etwas von Traurigkeit und Hilflosigkeit in seinem Blick. Und ich konnte mir nicht erklären, woher dieser Eindruck kam.

»Mama, was soll das?« Tante Nele tippte auf das Foto und schien ernsthaft aufgebracht. Schlagartig war sie gedanklich nicht mehr mit dem Mann aus der Praxis beschäftigt.

»Was ich euch zu sagen habe, geht alle an, die Lebenden und die Toten.«

»Mama, bitte!«

»Nele? Ich bin noch nicht fertig.«

»Nun lasst Insa endlich sagen, was sie zu sagen hat«, mischte sich Piet ein, der bei Familiengesprächen eigentlich nie etwas sagte, weil er sich nicht zugehörig fühlte, wie wir immer dachten.

Tante Nele sagte kein Wort mehr, und für einen Moment schien es so, als wolle Onkel Onno ihr beistehen. Ich dachte, dass er nun wenigstens Partei für seine Frau ergreifen würde. Er hatte sich bereits geräuspert, aber mehr kam nicht von ihm. Sein Blick traf den von Tante Nele und beiden war sofort klar, dass es besser war, nichts zu sagen.

»Ich will echt nicht drängeln, aber so kurz vor zehn muss ich weg, ich hab' mich verabredet.« Wahrscheinlich dachte ich mir, dass es genau der richtige Moment wäre, dies mal eben einzuflechten, bevor es zu dramatisch wurde.

Keiner interessierte sich für den Grund oder den Ort meiner Verabredung, was mir sehr recht war.

»Ich trage seit langem etwas mit mir herum, und jetzt, wo das Schicksal so zugeschlagen hat, da dachte ich, dass ich nicht mehr länger schweigen kann.«

Es fiel Oma Insa sichtlich schwer, die richtigen Worte zu finden. Sie nestelte nervös an ihren Fingern, und ihr Blick kreiste in der Runde.

»Gesa, du und Wilko, ihr habt euren Opa nie gekannt.«

Ich nickte, für Wilko gleich mit.

»Und Nele und Karla, ihr wisst wahrscheinlich auch nicht mehr, wie euer Vater aussah.«

»Mama, bitte, was soll das jetzt?«

Wieder war es Tante Nele, die das Wort ergriff.

»Nele, lass deine Mutter zu Ende sprechen, bitte«, sagte Piet.

»Kannst du dich da bitte raushalten, Piet, ich habe einen anstrengenden Tag hinter mir, und eigentlich müsste ich in der Praxis noch Rechnungen schreiben, und jetzt kramen wir hier aus Gründen, die ich absolut nicht nachvollziehen kann, in der Vergangenheit herum.«

Während meine Tante das sagte, hatte meine Mutter Wilkos Foto in die Hand genommen und betrachtete es mit regungslosem Blick, so lange, bis Oma Insa es ihr wieder aus der Hand nahm und auf den Tisch legte.

»Euer Vater und dein Großvater ist früh gestorben.«

»Ja, ist er, weil er sich die Leber weggesoffen hat«, ergänzte Tante Nele ungefragt.

»Ja, weil er sich die Leber weggesoffen hat«, bestätigte meine Oma.

»Und weil er sich nicht um seine Kinder kümmern wollte und schon gar nicht um mich«, ergänzte sie überraschend nüchtern, so als würde es schon lange nichts mehr ausmachen.

»Daran stirbt man aber nicht, Oma!« Ich hätte mir auf die Zunge beißen können für diese bescheuerte Bemerkung.

»Nein, mein Kind, daran stirbt man nicht, daran sterben andere.«

Piet schaute zu Boden, während Oma nun seinen Blick suchte.

»Ich …« Jetzt stockte Oma Insas Stimme, und erst als Piet sie endlich wieder richtig ansah, konnte sie weitersprechen. »… ich – wie soll ich das bloß sagen?«

Piet nickte ihr nur zu, und mit einem Mal ahnte ich, was Oma nicht sagen konnte. Ich schaute zwischen meiner Mutter und Piet hin und her, dann fixierte ich Tante Nele, und dann war ich mir sicher, was der Grund für unser gemeinsames Essen, bei dem es nichts zu essen gab, war.

»Ich werd' verrückt, das gibt's doch nicht!«, platzte es aus mir heraus.

Oma schien zu wissen, dass ich ihr Geheimnis für mich gelüftet hatte, und sie wirkte erleichtert, dass ich es ohne jeden Vorwurf in die Luft posaunte.

»Du bist mein Opa, Piet, stimmt's?«

Sein Schweigen war ein eindeutiges Ja. Und erst jetzt schien auch Tante Nele zu begreifen, was hier los war, während meine Mutter sich über ihren Hautknick am Ohr strich, dessen Ebenbild sie jetzt erst, zum allerersten Mal bei Piet zu entdecken schien.

»Warum erzählst du uns das erst jetzt, Mama?«

»Weil nicht alles vorbei ist.«

»Wie, weil nicht alles vorbei ist? Du lässt uns ein Leben lang mit einer Lüge leben, und jetzt soll das alles nicht vorbei sein? Mama, ich kann nicht glauben, dass das alles wahr ist. Karla, sag doch auch mal was.«

»Ich glaub', ich muss nach oben. Jean-Pierre ist schon so lange alleine.«

»Nun lass doch mal die Scheißente aus dem Spiel! Wir haben gerade erfahren, dass wir einen völlig anderen Vater haben.«

Meine Mutter schien sich damit nicht länger beschäftigen zu wollen. »Ich muss zu Jean-Pierre.«

Meine Tante versuchte sie daran zu hindern, aber wieder einmal schritt Piet ein und hielt ihren Arm mit väterlicher Strenge.

»Lass sie, sie hat genug durchgemacht.«

»Gute Nacht zusammen.«

»Nacht, Klara«, sagte Oma.

Und dann verließ meine Mutter die Küche. Während ich

meinen neuen Opa musterte und Tante Nele ihr Gesicht in den Händen vergrub.

»Piet war für mich da, als ich alleine war. Und ich war oft alleine. Er hat mich getröstet, wenn ich traurig war, und er hat mich zum Lachen gebracht, wenn ich es brauchte. Und er war zärtlich zu mir, wenn kein anderer es war. Er hat mich gerettet.«

Jetzt hätte Piet sie in den Arm nehmen können, er tat es nicht, vielleicht weil er es sich im Laufe der Jahre abgewöhnt hatte, es öffentlich zu tun. Vielleicht hatte er es aber auch so schon lange nicht mehr getan, was spielte das jetzt für eine Rolle.

»Für all das werde ich Piet mein Leben lang dankbar sein und auch für sein Schweigen. War alles nicht so einfach hier, auf einer kleinen Insel, wo jeder jeden kennt.«

»Du hast Papa betrogen.«

»Ja, das habe ich. Und weißt du was, Nele, es fiel mir gar nicht schwer, nicht eine Sekunde. Wenn man einen Menschen nicht liebt, dann kann man ihn gar nicht betrügen.«

Tante Nele schaute wieder auf.

»Tolle Moral, wer hat die sich denn ausgedacht? Casanova?«

»Nele, du müsstest doch am besten wissen … –«

»Was? Was müsste ich am besten wissen? Was?«

Oma Insa schwieg, die Antwort stand auch so im Raum.

»Super«, grummelte Tante Nele, die ihr Gesicht wieder in ihren Händen vergraben hatte.

»Ich will ja nicht, dass ihr mich versteht, ich will nur, dass ihr es wisst.«

»Ja, wir wissen es ja jetzt.«

Onkel Onno erhob sich, und ich dachte, dass er jetzt seine

Frau in den Arm nehmen würde, um sie zu trösten. Stattdessen ging er an ihr vorbei.

»Ich bin auch müde, war ein langer Tag. Nacht zusammen.« Damit verschwand auch Onkel Onno aus der Küche.

»Nele, der Mann, von dem du dachtest, dass er dein Vater ist, war ein Schwein.«

»Das ist kein Grund, meinen echten Vater ein ganzes Leben vor mir zu verstecken.«

»Nein, das ist kein Grund, da hast du recht.«

»Gibt es denn einen Grund?«

»Diese Insel ist der Grund, diese Enge, hier darf nur das Meer kommen und gehen und tun und lassen, was es will. Nur die Menschen hier müssen ein Leben lang so sein, wie sie sind. Ein Leben lang, nicht vor und nicht zurück. Verstehst du das?«

Ich bewunderte meine Oma dafür, dass sie sich bewegt hatte, nach all den Jahren. Auf einer Insel ist so was schon eine ganze Menge.

»Soll ich das jetzt alles verstehen und schlucken, willst du das? Soll ich sagen, klasse, richtig, hätte ich auch so gemacht. Willst du so was wie ein Verzeihen?«

»Nein, das will ich nicht. Weil es nicht ehrlich wäre und weil du dann alles nicht verstanden hättest.«

»Ich fass' es nicht, hast du auch mal an Piet gedacht, wie muss der sich denn fühlen?«

»Frag ihn doch.«

Tante Nele blickte zu Piet, der genau in diesem Moment das einzig Richtige tat, er legte seinen Arm um Oma.

»Mama, du machst es dir ziemlich leicht.«

»Nele, deine Oma macht es sich nicht leicht, hat sie's sich noch nie gemacht«, sagte Piet, und so wie er es sagte, duldete er auch keinen Widerspruch.

»Ach, und warum hat sie es uns nicht früher gesagt, *Papa*?«

Piet wollte etwas erwidern, konnte es aber nicht.

»Führst du deshalb die ganzen Leute ins Watt, ist das dein schlechtes Gewissen?«

»Nein, ich mach' das, weil ich es will.«

Nele warf den Kopf nach hinten.

»Weil du es willst, das gibt's doch alles gar nicht, was kommt denn morgen, dass wir gar nicht deine Kinder sind oder dass du uns im Watt gefunden hast, auf 'ner Muschelbank, irgendwann so zwischen Ebbe und Flut, im Vorbeimarschieren?«

»Nele? Sprich nie wieder so mit mir, nie wieder, hörst du. Ich bin immer noch deine Mutter.«

»Leute, seid mir nicht böse, aber ich muss jetzt echt los. Meine Verabredung.«

Kurz bevor ich die Küche verließ, langte ich noch nach Wilkos Foto und steckte es in meine Jackentasche.

35

Es ist seltsam, aber wenn einem das Schicksal, egal in welcher Form, ein paar Mal direkt hintereinander eine Breitseite gönnt, verlieren die Einschläge an Schrecken. Liegt wahrscheinlich daran, dass irgendwo da, wo die Gefühle ihr Zuhause haben, nicht sehr viel Platz ist, um auf alles gleichermaßen zu reagieren.

Der Tod eines Bruders, die Geburt eines neuen, na ja, fast neuen Großvaters und die erste Liebe stellen in jedem Fall die Großpackung Schicksal dar. Viel mehr geht nicht. Nicht auf einer Insel und auch nicht anderswo. Jedenfalls für mich.

Malte saß schon auf der weißen Bank, genoss den allerletzten Sonnenstrahl und machte nicht den Eindruck, als würde er auf irgendetwas anderes warten als das Ende der blauen Stunde. Erst als ich näher kam, sah ich, dass er kleine Kopfhörer trug und Musik aus seinem iPod genoss, was auch das rhythmische Wippen seiner Füße erklärte.

»Hallo Gesa.« Wenigstens nahm er bei seiner Begrüßung die Stöpsel aus seinen Ohren.

»Hallo Malte, schöner Abend.« Bei der Begrüßung war ich für meine Verhältnisse deutlich fortgeschrittener.

»Ja, sah erst gar nicht danach aus, aber bei euch scheint sich das Wetter eh alle zehn Minuten zu ändern.«

»Wozu hast du Lust?«

Mir fielen tausende Dinge ein, aber alles, was ich tat, war mit den Schultern zu zucken.

»Hast du Lust, ein bisschen am Meer spazieren zu gehen?«

»Klar.«

Ich wäre mit ihm über glühende Lava gegangen, wenn er es vorgeschlagen hätte.

Direkt unterhalb der Promenade führt ein Betonweg zum Strand, und wenn man den hinter sich hat, fühlt man sich fast schon wieder in freier Natur.

Wenn es dunkel wird, gehört der Strand den Romantikern, Ehebrechern und abgebrannten Jugendlichen, die sich noch nicht mal mehr einen Campingplatz leisten können. An diesem Abend gehörte er nur uns, die wenigen Liebespärchen, die ähnlich wie ich dachten, blendete ich aus.

»Und, hast du dir schon ein konkreteres Bild von Nördrum machen können?«

»Schon. Oder sagen wir so, ich hab' ein Raster erstellt.«

»Kann kein großes sein.«

»Weiß nicht, unterschätz deine Insel nicht, ich glaub', es gibt eine ganze Menge zu erzählen. Hab zum Beispiel einen Typen kennengelernt, der in diese alte Dorfschule am Kliff eingezogen ist.«

»Wie, da wohnt doch keiner.«

»Jetzt offensichtlich schon.«

»Interessant, das Teil steht schon seit Jahren leer, will keiner haben, weil es die Vollruine ist.«

»Scheint dem Mann nichts ausgemacht zu haben, wirkte ganz glücklich damit.«

»Warst du da?«

»Nee, er hat nur davon erzählt, hab' ihn in eurem Bürgeramt kennengelernt.«

»Klingt spannend.«

Jetzt ging das schon wieder los, ich sagte etwas, nur um etwas zu sagen. Nichts daran war spannend. Das Bürgeramt war so spannend wie eine Schüssel gepulter Krabben.

»Spannend?«

Nun hatte er mich auch noch erwischt. Die Frage war sinnlos und behämmert wie nur was.

»Ja, ich meine, neue Leute kennenlernen ist doch immer irgendwie spannend, oder?«

»Ach so, ja. Stimmt.«

Glück gehabt.

»Und, was machst du jetzt so den ganzen Tag als Inselschreiber?«

»Ich sammele Geschichten.«

»Wo?«

»Hier.«

»Am Strand?«

»Überall, immer, Geschichten gibt es wie Sand am Meer.«

Selten hatte ein Spruch so gut gepasst wie an diesem Abend, als aus der Entfernung freudig erregte Juchzer aus den Dünen zu uns drangen.

»Um diese Zeit ist ja richtig was los hier?«, grinste Malte.

»Sind meistens Einheimische.«

»Echt?«

»Die Touristen ziehen sich um die Zeit nicht in die Dünen zurück.«

»Warum das denn nicht, ist doch romantisch.«

»Wer seine Zimmer bezahlt hat, geht nicht umsonst in die Dünen.«

»Darf ich das schreiben?«

»Natürlich, stimmt ja. Hast du heute schon eine Geschichte gefunden?«

»Ich denke schon, dieser Typ auf dem Bürgeramt.«

»Ach ja, der aus der Dorfschule. Ist das schon die Geschichte?«

»Nein, die Geschichte ist, er wohnt da, um ein Buch zu schreiben.«

»Cool, wusste gar nicht, dass hier Schriftsteller wohnen.«

»Er ist nicht von hier.«

»Sondern?«

»Er sagte, es spielt keine Rolle, obwohl ich ihn natürlich gefragt habe, aber eigentlich hat er recht, was spielt das für eine Rolle.«

»Okay.«

»Ich treff' ihn bald wieder.«

»Okay.«

»Bin gespannt, was er schreibt.«

»Mhm.«

»Es interessiert dich eigentlich nicht, oder?«

Malte hatte recht. Der schreibende Mann aus Nirgendwo interessierte mich null, aber wenn mich einer in dieser Sekunde gefragt hätte, was mich wirklich interessierte, hätte ich es auch nicht genau benennen können. Ich glaube, mich interessierte nichts, nur der Moment.

Mir war warm und kalt zugleich, und ich fragte mich einmal mehr, was da mit mir passierte. Ich marschierte dicht an dicht mit einem Menschen, der dafür sorgte, dass sich der Körper und all seine Funktionen irgendwie verselbständigen. Wenigstens hielt irgend so ein Rest von Gehirn die Beine einigermaßen auf Kurs. Was hätte ich dafür gegeben zu erfahren, was in ihm vorging. Anmerken ließ er sich nichts.

»Wofür brennst du?«, fragte mich Malte plötzlich.

Solche Fragen kann ich noch nicht mal aus dem Stand beantworten, wenn ich mich ein wenig vorbereiten kann. Als er diese Frage stellte, hätte mir aber auch ein Jahr Vorbereitung nicht gereicht.

»Wie meinst du das?« Ich versuchte Zeit zu gewinnen.

»Wie soll ich das meinen, wofür brennst du? Für was würdest du alles geben, was ist deine Mission, dein Ziel?«

Du, schoss mir durch den Kopf.

»Kann ich gar nicht so genau sagen, gibt einiges, wofür ich so …«

»… brenne!«

»Genau. Für was brennt du?«

Wahrscheinlich spürte er, dass ich mich mit einer billigen Gegenfrage aus der Affäre ziehen wollte.

»Ich schreibe ein Buch«, antwortete Malte, der selbstverständlich aus dem Stand wusste, wofür er brennt.

»Ein Buch, schön. Deshalb bist du ja auch Inselschreiber.«

»Ich meine nicht das hier, die Insel, ich schreibe noch eins, ein Sachbuch.«

»Du schreibst zwei Bücher?«

»Hm, interessiert es dich?«

»Klar.«

Mich hätte alles interessiert, wie er seine Schuhe putzt, welche Zahnpasta er benutzt, ob er sich noch an seinen ersten Kuss erinnern kann, ob er Paul Weller cooler findet als Oasis, alles!

»Ich schreibe ein Sachbuch über kuriose Todesfälle.«

Es war das mit Abstand einzige Thema, was mich nicht interessierte, doch statt ihm das zu sagen, heuchelte ich Interesse, indem ich ihn interessiert anschaute.

»Das klingt ’n bisschen komisch, oder?«

»Um ehrlich zu sein, ich …–«

Bevor ich gestehen konnte, dass ich dieses Thema alles andere als komisch fand, ging er in die Details.

»Kennst du William Husskisson … kennt kaum einer, starb

1830, war ein Politiker und Unternehmer und wurde von der ersten mechanisch betriebenen Lokomotive zerquetscht, ausgerechnet an dem Tag, an dem sie der Öffentlichkeit vorgestellt wurde.«

Wieder sagte ich nichts, und Malte fuhr fort.

»Der Kritiker Alexander Woolscott erlitt einen Herzinfarkt, 1943, während einer Diskussion über Adolf Hitler ... oder Tommy Cooper, ein Schauspieler, hatte auch einen Herzinfarkt, mitten in einer Fernseh-Live-Show, bis die gemerkt hatten, dass er richtig tot ist und nicht nur spielt, hat es ewig gedauert. Ich sag' dir, die Geschichte ist voll von solchen Todesfällen ... William Henry Harrison, sagt dir wahrscheinlich nichts ...«

Nein, er sagte mir nichts.

» ... der neunte Präsident der Vereinigten Staaten, starb an einer Lungenentzündung, die er sich bei seiner Antrittsrede zugezogen hat, es war arschkalt, und er hat zwei Stunden in klirrender Kälte nur mit einem Hemd bekleidet seine Vision eines amerikanischen Traums gepredigt, verrückt, oder?«

Malte hätte noch Stunden über kuriose Todesfälle erzählen können, es war Zeit, ihm zu sagen, was ich wirklich davon hielt.

»Was hältst du von einem jungen Mann, der mit einem Fallschirm in einem Apfelbaum gelandet ist?«, sagte ich, so emotionslos es eben ging.

»Tot?«

»Natürlich ... der Schirm hatte sich nicht geöffnet.«

»Super, hast du mehr Informationen?«

»Ja, jede Menge.«

36

Eine Diskussion über kuriose Todesfälle war das, was ich mir am allerwenigsten unter einem optimalen Malte-Abend vorgestellt hatte. Ich konnte nicht fassen, dass ein einziges Thema einen ganzen Abend komplett entzaubern kann. Meine Laune schwankte zwischen maximaler Enttäuschung und kontrollierter Traurigkeit. Deshalb war ich froh, Wilko zu sehen, als ich in mein Zimmer kam.

»Na, Schwesterchen?«

»Na.«

»Lief nicht so gut, oder?«

»Was weißt du?«

Ich legte meinen Kopf schief, um ihm zu signalisieren, dass ich verdammt scharf auf eine klare Antwort war.

»Viel.«

»Alles?«

»Kann sein. Glaub' nicht. Nicht alles.«

»Oh Mann, ist doch so schon alles kompliziert genug, musst du jetzt auch noch überall dabei sein?«

Eigentlich wollte ich das gar nicht wirklich wissen, mir reichte es, es einfach mal rausgelassen zu haben. Und ich fuhr fort mit der Entsorgung des ganzen Mistes, der sich an diesem Abend bei mir angesammelt hatte.

»Ich versteh' das nicht, wenn ich bei ihm bin, ist alles ganz anders als sonst, ich mach' mir null Gedanken, denk' an nichts und ...«

»Du bist verliebt.«

»Ja, aber ...«

»Du bist dir nicht sicher.«

»Kann man das sein? Sicher?«

»Hm, denke schon.«

»Aber wissen tust du's auch nicht. Ich dachte, wenn man verliebt ist und sich da ganz sicher ist, dann ist einem auch egal, was der andere so macht. Jedenfalls so grundsätzlich, aber es war mir nicht egal, es war mir überhaupt nicht egal. Es ging mir total auf den Keks.«

Wilko machte nur ein interessiertes Gesicht und hatte anscheinend beschlossen, mich einfach nur reden zu lassen.

»Ich weiß nicht, als er plötzlich anfing über diese …«

»… Todesfälle?«

»Hast du mich etwa verfolgt, Wilko?«

»Wieso sollte ich?«

»Du weißt, worüber wir gesprochen haben. Alles, nicht nur ein bisschen.«

»Natürlich weiß ich das.«

»Was heißt hier natürlich, was ist denn daran natürlich? Hier ist gar nix natürlich.«

Wilko nickte und begann die Bücher in meinem Regal zu studieren. Er tat es, ohne ernsthaft an dem interessiert zu sein, was ich las. Er tat es, um etwas zu tun.

»Ich finde es nicht schlimm, wenn er solche Geschichten sammelt.«

»Super, willst du eine davon sein?«

»Warum nicht?«

»Ich will das nicht.«

»Schwesterchen, nichts wird dadurch besser, dass man es verschweigt oder nicht mehr drüber spricht.«

»Ich will aber nicht, dass einer Geschichten über dich schreibt.«

»Noch nicht mal ER?«

»Noch nicht mal ER!«

»Wovor hast du Angst?«

»Ich habe keine Angst.«

»Doch, die hast du. Du willst die Geschichte nicht erzählen … oder erzählen lassen, weil du Angst davor hast, dass sie jemand plötzlich anders sieht.«

»Wilko, was erzählst du denn da für einen Scheiß, was soll denn jemand anders sehen?«

»Das weißt du genau.«

»Ah ja? Dann sag du's mir doch bitte noch mal. Statt hier immer nur drum herum zu reden. Na sag schon, was soll irgendjemand anders sehen? Was?«

»Wir streiten uns öfter als früher.«

»Vielleicht.«

»Sicher.«

»Vielleicht streiten wir uns, weil wir auf einmal mehr voneinander wissen, dann passiert so was eben öfter.«

»Stimmt.«

»Stimmt? Das ist alles?«

»Ja, du weißt mehr über mich als früher.«

»Blödsinn!«

»Hast du selber gesagt.«

»Dann habe ich es eben gesagt, aber ich meine was anderes.«

»Schwesterchen, du weißt mehr! Aber du weißt nicht alles, und davor hast du Angst.«

Wilko nahm ein Buch in die Hand.

»Heinrich von Kleist, *Das Käthchen von Heilbronn* … – gelesen?«

»Ja, in der Schule.«

»Habt ihr darüber gesprochen, dass es eine Parallele zu Adolf Hitler gibt?«

»Was soll das denn jetzt? Spinnst du?«

»Nein, mir fiel da nur gerade etwas ein.«

»Eine Parallele zwischen Kleist und Hitler? Fällt dir mal gerade so ein? Ich kenn' dich kaum wieder.«

»Schwesterchen!«

»Hör auf damit.«

»Du bist empfindlich geworden, warst du früher nicht.«

»Ich hab' mich nicht verändert, du hast dich verändert.«

»Stimmt, ich bin tot, du nicht.«

»Tut mir leid, so habe ich das nicht gemeint. Ich hatte nur Angst, dass jetzt wieder so eine Geschichte kommt, wie von diesem Alexander ...«

»... Woollscott! Der Mann, der bei einer Diskussion über Adolf Hitler gestorben ist. Nein, falsch! Rate weiter.«

»Du hast echt alles mitgehört.«

»Ich fand es interessant.«

»Ich nicht! Und ich hab' jetzt keinen Bock auf so was und jetzt leg' das Buch weg.«

»Schwesterchen?«

»Ja?!« Vielleicht klang ich hart und abweisend, ich weiß es nicht mehr, ich weiß nur noch, wie aufgewühlt ich an diesem Abend war und dass ich vieles von dem, was ich sagte, nicht so meinte.

»Du wirst alle Antworten finden.«

»Und wenn nicht?«

»Werden die Antworten dich finden.«

Wilko verschwand, und ich begann zu malen. Erst warf ich nur grobe schwarze Striche auf die Leinwand, ohne figürlich zu werden. Es war mir egal, was ich tat. Ich ließ den Pinsel einfach machen, und ich glaubte sogar, dass es so war. Als das Weiße der Leinwand fast verschwunden war, begann ich alles mit einem Messer aufzuschlitzen, um die Schnittkanten dann wieder zu verkleben. Dann ließ ich wieder den Pinsel über die verkrustete und verklebte Fläche fahren. Das Schwarz wechselte sich mit Rot ab, das Rot mit einem tiefen Braunton ... dann Gelb, dann Weiß, dann wieder Schwarz, und nach einer Stunde war aus den Strichen und Kanten und den vermischten Farben plötzlich ein Gesicht entstanden.

Im Radio spielte jemand Placebo, »Ashtray Heart«: »You are the birth and you are waste, you are the one who took my place, you took a jump into forever, a leap of faith I could not take.«

Ich konnte das Gesicht nicht genau erkennen, es hatte etwas Vertrautes, aber gleichzeitig Fremdes. Es zeigte sich nicht auf den ersten Blick, sondern erst dann, als ich die Augen zusammenkniff und die Bildpunkte sich vermischten. Je länger ich schaute, desto mehr Details wurden mir bewusst. Das Gesicht schien zu lächeln, aber es lächelte, als hätte es vorher noch etwas Schreckliches gesehen. Es war ein erleichtertes Lächeln. Es zeigte ein Gefühl, wie man es hat, wenn man aus einem schlimmen Traum erwacht, um dann festzustellen, dass nichts von all dem, was man eben noch geträumt hat, wirklich passiert ist.

Und dann wusste ich, welches Gesicht ich gemalt hatte. Es war ein Selbstportrait.

37

Offiziell war ich auf dem Festland zu einer Berufsberatung, dabei saß ich zum zweiten Mal bei Dr. Niedlich.

»Was haben Sie in der Zwischenzeit erlebt?«

»Wie?«

Ich verstand seine Frage nicht, inhaltlich schon, aber was wollte er konkret wissen, alles?

Ihm war klar, dass ich ihn nicht richtig verstanden hatte. Er beugte sich freundlich vor, wie zu einem kleinen Kind, was ich ihm nicht übelnahm, die Absicht war okay.

»Erzählen Sie mir, was Sie erlebt haben?«, bat er höflich.

»Alles?«

»Nur das, was Sie mir erzählen möchten.«

»Okay, gibt es irgendwas, was Sie besonders gerne hören möchten?«

»Ich richte mich da ganz nach Ihnen.«

Dr. Niedlich machte einen sehr entspannten Eindruck, wie jemand, der keine Probleme zu haben scheint oder keine, die ihn wirklich beschäftigten. Vielleicht muss das so sein bei einem guten Psychologen. Ein guter Mechaniker geht ja auch nicht mit einem kaputten Schraubenschlüssel an die Reparatur eines Kolbenfressers.

»Ich sehe noch immer meinen Bruder, aber ich habe nicht mehr das Gefühl, dass es was Krankhaftes ist.«

»Oh, Sie haben also Diagnosen erlebt in der vergangenen Woche?«

»Wieso?«

»Weil Sie mir erzählen sollten, was Sie erlebt haben. Und

Sie erzählen, dass Ihr Bruder, den Sie immer noch sehen, nichts Krankhaftes ist. Das ist kein Erlebnisbericht, sondern nur eine Selbstbeschreibung ihrer Situation.«

»Das heißt? Thema verfehlt, oder wie?«

»So in etwa.«

»Okay, dann erzähle ich eben was anderes. Ich habe erfahren, dass der Freund, oder Mitbewohner, oder … keine Ahnung, jedenfalls Piet, der bei uns wohnt, ist mein Großvater.«

Dr. Niedlich nickte nur, es schien ihn nicht weiter zu wundern, jedenfalls machte er nicht den Eindruck, als hätte ich ihm gerade eine unfassbare Geschichte erzählt.

»Mich hat's schon umgehauen, okay, meine Tante noch mehr als mich, und meine Mutter hat erstmal gar nichts dazu gesagt, was ich nicht verstehe, sie sagt momentan eh wenig, und wenn, dann spricht sie mit Jean-Pierre!«

»Wer ist das?«

»Eine Ente.«

»Ihre Mutter spricht mit ihm?«

»Mit ihr, Jean-Pierre ist ein Weibchen.«

»Verstehe.«

»Sie brauchen gar nicht so zu gucken, ich weiß auch, dass das völlig Banane klingt, aber es ist nun mal so, seit Wilko tot ist.«

»Kein Problem, fahren Sie fort, bitte.«

»Ist das denn so die Richtung, die Sie hören wollen?«

»Wenn es die Richtung ist, die Sie erzählen wollen?«

Ja, es war die Richtung, die ich erzählen wollte, und ich fuhr fort, wie er es sich gewünscht hatte.

»Und wir haben einen neuen Gast. Malte Andersen.«

Ich glaube, er wusste sofort, was hinter diesem Namen für mich steckte. Es war ein kleines Blinzeln, ein kleines Zucken seiner Mundfalten, das ihn verriet. Einer Künstlerin kann man nichts vormachen.

»Okay. Er sieht gut aus, er sieht sogar verdammt gut aus, und ich habe mich verliebt. Ja, aber das haben Sie ja sofort gewusst, Bingo?«

Für meine Begriffe hätte er jetzt etwas sagen können, tat er aber nicht. Ich wurde ein wenig nervös, weil ich nicht genau wusste, wie ich weitermachen sollte.

»Soll ich was über ihn erzählen? Über uns? Ist schwierig, gibt noch nicht viel. Ist alles noch ganz frisch. Wir haben noch nicht viel Zeit miteinander verbracht, jedenfalls nicht so in dem Sinne. Und so, das war es!«

»Gut. Oder sagen wir mal so, das war alles, was Sie mir erzählen wollten, richtig?«

»Oh Mann, das war alles, von dem ich *glaube*, dass es wichtig war.«

»Was ist für Sie wichtig?«

»Kann ich nicht sagen, kommt drauf an.«

»Auf was?«

»Mit Fragen ausdenken haben Sie aber anscheinend gar keine Probleme.«

Er zuckte nur mit den Schultern.

»Was für mich wichtig ist, da hab' ich noch nie drüber nachgedacht.«

Dr. Niedlich langte zu seinem Schreibtisch und gab mir einen Notizblock und einen Bleistift.

»Schreiben Sie doch mal ein paar Dinge auf, die Ihnen wichtig sind.«

Diesmal stellte ich keine Fragen, sondern nahm einfach den Block und begann zu schreiben, während mich Dr. Niedlich nicht aus den Augen ließ. Aber bevor ich etwas aufs Papier brachte, fühlte ich mit einem Mal eine totale Leere in mir, so als sei da nichts außer einem gigantischen Vakuum. Ich wusste nicht, was ich schreiben sollte. Nur um nicht völlig dämlich zu wirken, schrieb ich – Kunst.

Niedlichs Blick war eindeutig, er wollte mehr, und er wollte vor allem endlich alle Dinge sehen, die mir wirklich wichtig waren.

»Äh … Dinge, das heißt Sachen, Themen, Gegenstände, oder?«

»Entscheiden Sie.«

»Wie denn, Sie haben eine Aufgabe gestellt und die haben Sie echt nicht präzise gestellt.«

»Ich denke schon.«

Ich seufzte, der Mann war mir überlegen, und er wusste es.

»Einfach ist es nicht mit Ihnen, echt nicht.«

Gut, wenn er meinte, dass er präzise war – ich fand es nicht. Ich schrieb nun einfach das, von dem ich hoffte, dass er das meinte.

Familie
Liebe
Farben
Glück
Zukunft
Spaß

Dann legte ich den Block auf seinen Tisch.

»Sie brauchen es gar nicht zu lesen, alles Quatsch.«

Er las die kleine Liste dennoch.

»Warum, steht doch eine ganze Menge drauf.«

»Verarschen kann ich mich selber. Sie wissen genau, dass es

totaler Blödsinn ist, diese Liste hätten auch Sie für mich schreiben können.«

»Die Familie ist Ihnen wichtig, oder?«

»Ja.«

»Die Liebe auch?«

»Ja, natürlich.«

»Und Farben?«

»Soll ich noch mal alles vorlesen?«

»Nein, nicht nötig, ich wollte nur noch mal nachfragen.«

»Mal ist gut, Sie fragen ständig.«

»Berufskrankheit. Wenn Sie nun aus dieser Liste eine Hitliste machen müssten, was stände dann für Sie auf Platz eins?«

Ich wusste genau, was er von mir wollte, und ich wusste auch, was er aus dieser Liste bereits herausinterpretiert hatte.

»Steht doch alles da.«

»Diese Reihenfolge stimmt?«

»Wenn ich's sage?!«

»Gut.«

»Wie, gut, war's das jetzt schon, oder wie?«

»Ja, haben Sie etwas anderes erwartet?«

»Natürlich. Warum steht die Familie bei mir vor der Liebe. Bin ich eine, die sich unterordnet, die verzichtet und so … das haben Sie doch gedacht.«

»Es geht nicht um mich. Es geht um Sie.«

Ich versuchte seinem Blick auszuweichen, der mich auf meinem Stuhl festzutackern schien.

»Machen Sie doch jetzt bitte mal hinter jedem Begriff einen Haken, bei dem Sie das Gefühl haben, dass da alles in Ordnung ist.«

»Gerne, damit Sie wissen, wo es bei mir nicht so richtig läuft.«

»Nein, damit Sie wissen, wo alles in Ordnung ist.«

Ich nahm den Block zurück und starrte auf die Wörter. Ohne es wirklich zu wollen, beschäftigte ich mich mit mir so intensiv, dass ich Dr. Niedlich für einen Moment wirklich vergessen konnte.

Die Familie, war da alles in Ordnung? Natürlich nicht, dort einen Haken zu machen, wäre ein glatter Selbstbetrug gewesen. Die Liebe – keine Ahnung, irgendwie da, aber wahrscheinlich mit jeder Menge Luft nach oben. Die Liebe war zum jetzigen Zeitpunkt auf keinen Fall reif für ein Häkchen. Hinter Farben machte ich einen Haken, was sollte da auch nicht in Ordnung sein. Glück – musste ich kurz überlegen, einerseits ja, andererseits, in jedem Fall kein glatter Haken, also dann lieber – kein Haken. Zukunft – eindeutig kein Haken. Spaß – siehe Liebe.

Ich gab ihm meine Liste zurück.

»Mhm, sieht nicht so aus, als wäre vieles in Ordnung«, sagte Dr. Niedlich.

»Kann man 'n Haken dran machen, was«, versuchte ich zu scherzen.

»Och, sehe ich nicht so. Ich glaube nur, wir haben noch ganz schön was vor uns.«

»Sie meinen, bis ich ein paar Haken an die Dinge machen kann.«

»Ja! Und bis Sie einen Haken an sich machen können.«

Ich lächelte ihn an, er lächelte zurück, und ich bekam das Gefühl, dass er der Richtige für mich war, wenn es darum ging, die Dinge mit Haken zu versehen.

»Wann ist Ihre letzte Prüfung?«

»Morgen.«

»Vielleicht hat es ja schon was gebracht?!«

»Das hier?«

Er nickte.

»Kann sein. Vielleicht.«

»Ich drücke Ihnen auf jeden Fall die Daumen, was für ein Fach?«

»Bio.«

»Machbar.«

»Klar.«

Ich warf einen letzten Blick auf die Liste.

»Kann ich die mitnehmen?«

»Natürlich, ist Ihre!«

»Danke.«

Ich steckte die Liste in die Hose und verließ die Praxis, und dann hatte ich eine Idee. Bescheuert, gut und definitiv unaufschiebbar. Ich kramte einen Stift aus meiner Tasche und machte unter dem Klingelschild der Praxis einen kleinen Haken.

38

An Deck der Fähre Richtung Nördrum hatte ich plötzlich das Gefühl, das Leben ist wie eine falsch bestellte Pizza, die Form ist okay, aber der Belag stimmt nicht. Ich war unzufrieden, auch wenn der Besuch bei Niedlich mir geholfen hatte. Etwas stimmte nicht. Und ich suchte nach Gründen. Wenn man die Strecke zwischen dem Festland und unserer Insel schon so oft gefahren ist wie ich, hat man eine Menge Zeit, über so was nachzudenken. Die Menschen um mich herum waren da eindeutig mehr abgelenkt. Wer jeder einzelnen Möwe zujubelt und den versifftesten Kutter mit kleinen Digitalkameras fotografiert, macht sich selten Gedanken über andere Dinge. Schicksal, Vergangenheit, Gegenwart, Zukunft, so was. Die meisten Menschen um mich herum hatten wahrscheinlich auch nicht in letzter Zeit das erlebt, was ich erlebt hatte. Und wenn, dann war es mir egal. Ich musste mich mit mir beschäftigen, für andere gab es da keinen Platz. Für Möwenfütterer und Kutterfotografen schon gar nicht.

Ich weiß nicht, ob es besser ist, die Zahl der Schicksalsschläge langfristig zu verteilen oder lieber mit einem riesigen Bumm alles auf einmal zu bekommen. Aber darüber nachzudenken ist so sinnlos wie die Frage, warum die Touristen auf dem Oberdeck sich nun auf die völlig überteuerten Matjesbrötchen stürzten, als gäbe es sie nur hier. Vielleicht liegt in Sätzen wie »Jetzt fängt der Urlaub erst richtig an« oder »So frisch schmecken die nur hier« eine Antwort. Manchmal wünschte ich mir, dass meine Antworten auch irgendwo zwischen Matjesbrötchen und falschen Erwartungen lägen.

Als wir die Einfahrtrinne des schmalen Hafenbeckens Richtung offenes Meer verließen, sah ich auf der gegenüberliegenden Seite die Fähre, die gerade von Nördrum wieder Richtung Festland fuhr. An Deck standen Gitte und Sven. Beide hatten kein Matjesbrötchen in der Hand, aber wenn ich es auf die Entfernung richtig sehen konnte, waren sie trotzdem glücklich.

Meine Oma hatte etwas erreicht. Und mit Piets Outing als meinem wahren Großvater hatte sie noch mehr erreicht. Sie hatte sich von einer tonnenschweren Last befreit. Wahrscheinlich war sie jetzt eine der freiesten und glücklichsten Frauen von ganz Nördrum. Sie hatte zwar anderen, am meisten Tante Nele wehgetan, aber dafür war ihr eigener Schmerz jetzt weg. Vielleicht waren es die Umstände dieses Sommers, diese ganz besondere Dichte von Schicksalsschlägen, die sie dazu gebracht haben, endlich die Wahrheit ans Licht zu befördern, aber spielt das wirklich eine Rolle? Wenn es einem besser geht, zählen doch nicht mehr der Grund, der Auslöser oder sonst was. Wenn es einem besser geht, stirbt die Vergangenheit, und die Gegenwart beginnt zu leben, schoss es mir durch den Kopf, und ich gab mir recht.

Als ich anfing über all das nachzudenken, hatte ich auf einmal das Gefühl, ein Gewitter in meinem Kopf zu haben. Da war plötzlich eine Energie wie selten zuvor.

Und dieser Mann auf dem Festland hatte dieses Gewitter provoziert, der alte Fuchs. Schlau eingefädelt. Dr. Niedlich hatte mir mit seinem komischen Zetteltrick die Augen geöffnet, ich musste mir wirklich endlich mal klarmachen, was für mich wichtig war. Oma Insa war mir jetzt einen Schritt voraus. Es gibt viele Dinge im Leben, die man nicht wissen muss, aber was einem wichtig ist, was einem wirklich wichtig ist, das muss man wissen. Alles andere ist ziellos. Und das war ich nun lang genug.

Als die ersten kleinen Wellen vor den Bug der Fähre klatschen, schaltete ich den Autopilot meines Lebens ab und nahm das Ruder selber in die Hand.

Die Suche nach dem, was mir wirklich wichtig war, hatte genau in diesem Moment begonnen. Eine Liste brauchte ich dafür nicht, das war mir sofort klar. Und ich entschied mich auch gegen die großen abstrakten Ziele, die man sich setzt, wenn einem nichts Besseres einfällt oder Psychologen einen ohne jede Ankündigung danach fragen. Gesundheit, Glück, Familie, so was. Ich hatte das Gefühl, dass es wie bei meiner Malerei war: Je konkreter ich wurde, desto mehr konnte ich was damit anfangen.

Ich nahm die Liste aus meiner Tasche, zerriss sie in tausend Fetzen und schmiss sie in die Luft. Eine Möwe war zu blöd, um zu erkennen, dass es sich dabei nicht um klein gedrehte Kügelchen der Matjesbrötchen handelte, die Touristen so wahnsinnig gerne vom Oberdeck werfen. Die Möwe schnappte zu und schluckte mit einem gierigen Schnabelschlag ein kleines Stückchen Therapie.

39

Wenn einem das Leben wie eine falsch gelieferte Pizza vorkommt, dann muss man sich eine neue bestellen oder selber eine backen.

Diese Prüfung war für mich die Vorstufe für meine nächste Bestellung. Und das war jetzt keine Überraschungspizza mehr. Ich hatte jetzt viele Wünsche, und der erste war, das mündliche Abitur zu bestehen.

Sie hatten mir einen Text zum Thema Mukoviszidose gegeben, eine Erbkrankheit mit garantiert tödlichem Ausgang. Tödliche Ausgänge schienen mich in diesem Sommer zu verfolgen und das in allen Lebenslagen.

Jetzt hatte ich eine halbe Stunde Zeit zu überprüfen, in welchen Teilen meines Gehirns sich der passende Wissensvorrat für die korrekte Beantwortung der Fragen versteckt hatte.

Die Frage klang fair und einigermaßen vertraut: »Erläutern Sie den Erbgang und begründen Sie das Ergebnis.«

»Soll ich dir helfen?«

Ich konnte Wilko nicht so antworten, wie ich es gerne getan hätte, denn ich saß nicht alleine in dem sehr übersichtlichen Vorbereitungsraum. Ein mir völlig unbekannter Lehrer führte Aufsicht, und ein gutes Dutzend Schüler hoffte wie ich, dass der ganze Mist bald vorbei sein würde. Wie auch immer.

»Ey, ich bin gleich dran«, flüsterte ich, so leise es ging.

»Eben!«

Und dann wedelte er mit einem kleinen Bändchen – *Biologie AbiWissen kompakt*.

»Ist nur ein Angebot.«

»Kommst du da gleich etwa mit rein?«

»Nur wenn du willst.«

»Kannst du mir denn wirklich helfen?«

»Wenn wir's geschickt machen?!«

»Wie meinst du das?«

»Du solltest mir keine Fragen stellen. Ich glaube, Pfuschen mit Brüdern ist ein Grund, dir 'ne Sechs zu geben.«

»Auch wenn du eigentlich gar nicht da sein kannst?«

»Schätze schon. Pfusch ist Pfusch. Tot oder lebendig.«

Da die Suche nach passenden Wissensvorräten in meinem Gehirn zu keinem befriedigenden Ergebnis geführt hatte, nahm ich Wilkos Vorschlag an. Selbst wenn ich jetzt im Nachhinein noch vom Abitur ausgeschlossen werden sollte – ich musste es tun.

Nachdem ich ein paar Minuten mit sehr klug gesetzten Gedankenpausen referiert hatte, kam die erste Frage.

»Hatten Mutationen auch Vorteile im Laufe der Evolution?«, wollte der mittlere der drei Prüfer von mir wissen. Vielleicht sollte ich, um genau zu sein, eher darauf hinweisen, dass er es von mir wissen sollte, zu wollen schien er es nicht. Denn die Antwort erwartete er wohl irgendwo da draußen, dort ruhte sein Blick.

»Natürlich, die Mutationen hatten jede Menge Vorteile im Laufe der Evolution.«

Die beiden anderen Prüfer nickten mir zu, um mir Mut zu machen.

»Haben Sie auch ein Beispiel, Frau Petersen?«, fragte der Mittlere, immer noch mit den Dingen da draußen beschäftigt.

Wilko begann mit den Armen zu rudern. Ich kapierte nicht sofort warum.

»Ja?«, der Mittlere hakte nach. Und Wilko flog nun in Zeitlupe, jetzt fiel mir wieder ein, worauf er anspielte.

»Während der Industrialisierung gelang es zum Beispiel einer Schmetterlingsart, keine gelbe Farbe mehr zu produzieren, dadurch konnte sie sich besser tarnen.«

»Etwas präziser, bitte!«

»Die Schmetterlingsart passte sich der grauen Umgebung an. Ein Selektionsvorteil gegenüber den nicht gelb mutierten Schmetterlingen.«

Der Mittlere schaute mich nun zum ersten Mal an, und seine beiden Kollegen machten sich Notizen, während Wilko mir seinen gestreckten Daumen präsentierte.

Es gab noch ein paar Fragen, die ich auch ohne Wilkos Hilfe beantworten konnte, und dann wurde ich nach draußen geschickt.

Wilko begleitete mich.

»Du warst gut.«

»Danke, du auch.«

»Da nicht für.«

»Obwohl ich erst dachte, du machst den sterbenden Schwan.«

»Mach du mal einen Schmetterling, gar nicht so einfach.«

»Ging ja.«

»Danke, Schwesterchen, war mir ein Vergnügen. Du hast bestimmt bestanden.«

»Ich denke auch.«

»Und dann?«

»Wie?«

»Was machst du dann?«

»Geh' ich nach Hause!«

»Schwesterchen, du weißt genau, was ich meine.«

Erst jetzt fiel mir das Mädchen auf, das ich all die Jahre zwar oft gesehen hatte, aber dessen Namen ich bis zum Schluss nicht drauf hatte. Sie war unübersehbar, auch im Sitzen. Ein Meter vierundneunzig, ich übertreibe keinen Zentimeter, sind ein Fluch, wenn man auf einer Insel wohnt, wo es keine anderen großen Mädchen gibt. Für uns hieß sie immer nur der Leuchtturm. Und jetzt, wo sie da heulend in der Ecke saß, tat es mir zum ersten Mal leid, sie auch so genannt zu haben.

»Mit wem sprichst du da eigentlich die ganze Zeit«, wollte Leuchtturm von mir wissen.

»Ich? Mit niemandem!«

»Verarsch mich nicht!«

»Nee, echt nicht.«

»Ich hab's doch gehört.«

Wilko zuckte nur verlegen mit den Schultern. Er hatte sie auch nicht gesehen, obwohl sie wirklich unübersehbar war.

Irgendwie wollte ich sie trösten für die all die Gemeinheiten und den Spott, den sie die ganzen Jahre ertragen musste. Ich wollte sie trösten, indem ich ihr die Wahrheit sagte.

»Ich hab' mit meinem Bruder gesprochen.«

»Wilko?«

Ich nickte.

Sie schluckte und lächelte. »Traurige Sache, ich hab's in der Zeitung gelesen. Hast sehr an ihm gehangen, oder?«

Ich nickte erneut.

»Ich hatte auch einen Bruder, ist aber gleich bei der Geburt gestorben.«

»Scheiße.«

Ich weiß nicht, warum ich nicht mehr sagen konnte als nur »Scheiße«, aber ihr schien es zu reichen.

»Ich bin durchgefallen.«

Um nicht wieder nur Scheiße zu sagen, sagte ich gar nichts.

»Ich heiße Leonie. Wette, das wusstest du nicht.«

»Nee, ich kenn' dich nur unter Leuchtturm.«

Sie musste lachen.

»Ich weiß gar nicht, wie ihr auf diesen blöden Spitznamen gekommen seid.«

Jetzt musste ich auch lachen. Und Leonie schien vergessen zu haben, dass sie gerade die mündliche Prüfung verrissen hatte. Wir lachten wie alberne Hühner um die Wette. Dass Wilko sich diskret verzogen hatte, bekam ich gar nicht mit.

»Hast du Lust, mal was zu machen?«, fragte der ehemalige Leuchtturm.

»Warum nicht?«

Wir redeten noch eine Zeitlang über dies und das und die Hölle auf Nördrum, die Leonie nun noch ein Jahr aushalten musste, als sich irgendwann die Tür öffnete und der mittlere Prüfer mir mein Ergebnis verriet: »Herzlichen Glückwunsch – dreizehn Punkte – Eins minus!«

Ich konnte einen weiteren Haken machen.

40

Eigentlich wollte ich zuerst Malte von meiner bestandenen Prüfung erzählen, aber er war schon unterwegs, als ich nach Hause kam. Unser Möwennest schien komplett leer und verlassen, das Wetter war gut, und wer als Urlauber sein Geld unbedingt loswerden wollte, drängte zum Strand, um es für teure Strandkörbe und noch teurere Eistüten auszugeben, den Rest griffen die kleinen Geschäfte mit Drachen, Bastmatten, abgelaufenen Sonnencremes und Plastikschippen ab.

Ein wenig enttäuscht war ich schon, mein Prüfungsglück mit niemandem teilen zu können. Ich hätte es wissen müssen, im Pensionsgeschäft gibt es nur selten Gelegenheit dazu, private Dinge genießen oder feiern zu können. Irgendwas ist immer. Als ich in die Küche kam, wartete dort völlig überraschend meine Mutter. Ohne Jean-Pierre. Endlich mal. Und sie wartete tatsächlich ganz offensichtlich auf mich. Nicht auf einen der Getränkevertreter, einen Handwerker, der einen tropfenden Wasserhahn in einem der Gästezimmer reparieren sollte, und auch nicht auf einen Gast, dem sie auf dessen ausdrücklichen Wunsch zum hundertsten Mal den besten Weg zum Leuchtturm erklären musste. Sie wartete wirklich nur auf mich.

Auf dem langen Holztisch stand ein Stövchen mit einer frisch aufgesetzten Kanne Tee, und auf der alten Porzellanschale lagen selbstgebackene Kokosmakronen. Und meine Mutter saß in ihrem roten Blümchenkleid, das sie nur zu ganz besonderen Anlässen trug, auf dem Stuhl am Kopfende und schaute mich erwartungsvoll an.

»Und?«

»Eins minus.«

Sie stand auf und nahm mich in die Arme. Ich hätte schon beim Anblick der Kokosmakronen heulen können, jetzt war es völlig um mich geschehen. Ich war so überrascht von allem, dass es mich total umhaute.

»Ich bin so stolz auf dich.«

»Danke, Mama«, antwortete ich und schluckte heftig.

Wir standen eine ganze Weile eng umschlungen vor dem Tisch, während der Tee in seiner Kanne immer bitterer wurde.

Irgendwann spürte ich ihre Hand auf meinen Haaren, sie streichelte meinen Kopf in weichen Bögen, so wie wahrscheinlich nur Mütterhände streicheln können. Es gibt Momente im Leben, die man nie vergessen wird, ich wusste, dass dies so ein Moment war. Irgendwann hörte sie auf, mich zu streicheln.

»Magst du einen Tee?«

Ich nickte.

»Ist jetzt bestimmt ganz bitter, soll ich uns einen frischen machen?«

»Nee, lass mal.«

Wir setzten uns, und meine Mutter goss uns den Tee ein. Ich hatte Angst, nun das Falsche zu sagen, und ein bisschen war es so wie das Herumschleichen um den sprichwörtlichen heißen Brei. Für mich war es klar, dass diese Normalität keinen Bestand haben würde, irgendwann wäre es wieder so weit für ein Jean-Pierre-Thema oder das andere große Thema, das nie angesprochen wurde, aber trotzdem immer im Raum stand.

»Ist er dir wirklich nicht zu bitter?«

»Ist okay.«

»War es schwer?«

»Ging.«

»Was wollten sie denn wissen?«

»Mukoviszidose«, antwortete ich, so lapidar es ging, aber meine Mutter hakte trotzdem nach.

»Ist das nicht 'ne Erbkrankheit?«

»Ja.«

»Davon stirbt man, oder?«

»Ja.«

»Erstickung?«

Ich nickte nur.

»Schrecklich.«

Das andere große Thema war wieder da, und ich wusste nicht, wie ich damit umgehen sollte. Zu meiner Überraschung schien meine Mutter keinerlei Probleme damit zu haben.

»Bin froh, dass es in unserer Familie keine Erbkrankheiten gibt, jedenfalls nicht dass ich wüsste. Es sei denn Piet ... da weiß ich natürlich nicht alles, aber so wie der aussieht, wirkt er ganz gesund. Wir scheinen da richtig Glück gehabt zu haben. Iss mal eine Makrone, hab ich extra für dich gebacken. Dass die euch so was fragen, Erbkrankheiten, wusste gar nicht, dass das mit Biologie zu tun hat.«

»Vererbungslehre.«

»Ja gut, aber so was haben die uns nicht gefragt. Muss man wahrscheinlich heutzutage wissen.«

Ich verstand nicht, warum meine Mutter so überraschend redselig war und warum sie selbst das noch so frische Thema Piet behandelte, als sei es das Normalste der Welt. Ich nahm eine Makrone, biss hinein, um nicht nur sie in aller Ruhe zu verdauen.

»Mama?«

»Ja.«
»Ich muss dich mal was fragen.«
»Noch Tee?«
»Nein. Weißt du eigentlich, was dir wichtig ist?«
»Natürlich. Was für eine Frage. Das weiß doch jeder.«
»Ich bin mir da nicht so sicher.«
»Wie kommst du denn jetzt da drauf?«
»Weiß nicht, einfach so«, log ich.
»Meine Kinder sind mir wichtig.«
Sie sprach noch immer von ihren Kindern, auch wenn eines davon nicht mehr da war. Aber ich glaube, so etwas ist einer Mutter egal. Kinder sind immer da, ob sie tot sind oder lebendig.
»Und Papa?«
»Was soll mit ihm sein?«
»Ist er dir noch wichtig?«
»Warum willst du das wissen?«
»Weil ich wissen muss, was dir wichtig ist.«
»Das versteh' ich nicht, du hast gerade dein Abitur bestanden, und dann fragst du so was. Willst du nicht doch noch ein bisschen Tee?«
»Nein, ich möchte nur ...«
Sie seufzte kurz, sah dann aber wohl, dass ich es wirklich wissen wollte. Mir zuliebe gab sie eine Antwort.
»Er war mir mal wichtig, jetzt ist er mir egal. Zufrieden?« Sie sagte es, ohne ihre Stimme zu heben, ohne jeden weiteren Kommentar, nüchtern, wie eine Auskunft über die Uhrzeit, an der man nichts ändern kann.
Zufrieden war ich nicht mit ihrer Antwort, aber ich fühlte, dass ich nicht das Recht hatte, sie noch mehr mit meinen Fragen zu bedrängen.

»Kann ich noch eine Makrone, Mama?«

»Natürlich, sind alle für dich!«

Sie schob mir die Schale rüber und streichelte erneut meinen Kopf, als wäre nichts gewesen.

41

Wenn morgens um zehn Menschen vom Strand weggehen, gibt es nur zwei Möglichkeiten: Es sind Einheimische, die dort irgendwas zu tun hatten, oder Gäste, die mit Oma Insa von einer ihrer Frühwattwanderungen zurückkehren. In dieser Saison musste Oma Insa die Frequenz ihrer kinderbringenden Tätigkeit im Watt deutlich aufstocken. Die Nachfrage stieg, während die Arbeit im Möwennest liegenblieb. Da Oma ihre Prioritäten eindeutig gesetzt hatte, schien sie damit keine Probleme zu haben.

Ich erkannte die kleine Gruppe schon von weitem. Meine Oma vorne weg, mit leicht gebücktem Gang, als ob es darum ging, die Last der Verantwortung auch nach außen deutlich zu machen, und dahinter zwei Pärchen. Eines eher jung, das andere in dem Alter, in dem man schon gerne von der allerletzten Chance spricht. Direkt hinter den Wattgläubigen und meiner Oma kam noch jemand zum Vorschein – Malte.

Es war ja klar, dass er irgendwann auch dieses Thema recherchieren musste. Die normalen Geschichten Nördrums sind schnell geschrieben, da ist so etwas wie die Wattfee schon ein echtes Highlight. Sie wäre es wahrscheinlich auch in Hamburg, Berlin oder München, nur eben ohne Watt.

Während Oma und ihre Kindersuchenden im Möwennest verschwanden, wartete ich auf unserer kleinen Holzterrasse auf Malte. Er schien sich zu freuen, mich zu sehen. Ich tat es auch. Aber mit jedem Meter, den er mir näher kam, wurde mir klarer, dass die Zeit der unkontrollierten Körperreaktionen schon vorbei war. Bei allen anderen dauert die akute

Phase des Verliebtseins länger, ich weiß, aber bei mir eben nicht. Keine Ahnung, warum. Es hatte nichts mit unserer letzten Begegnung zu tun, obwohl – vielleicht doch, ich weiß es nicht mehr. Es war jedoch nicht so, dass ich gar nichts mehr spürte, da gab es schon noch dieses Kribbeln, das leichte Aufgeregtsein, nur weil ich ihn sah, aber ich hatte nun mal eben nicht mehr das Gefühl, gleich zu kollabieren. Vielleicht gibt es irgendwo im Gehirn so einen Mechanismus, der bei bestimmten emotionalen Ausnahmesituationen übertriebene Hormonausschüttungen abriegelt. So wie bei einem Sportwagen, ab einer bestimmten Geschwindigkeit ist eben Schluss – damit der Motor nicht platzt.

»Hi Gesa.«

»Hi Malte.«

»Tolle Luft.«

»Ja.«

»Ich war mit deiner Oma und den Leuten im Watt. Irre.«

»Ja. Irre.«

Wir schwiegen uns kurz verlegen an.

»Ist der Strandkorb da Deko, oder darf man sich da auch reinsetzen?«

Wir setzten uns hinein, und nach dem grässlichen Smalltalk waren wir uns nun wenigstens körperlich wieder nahe.

»Warum stellen sich Menschen eigentlich einen Strandkorb in den Garten oder auf die Terrasse, die gehören doch an den Strand.«

»Warum halten Menschen Fische in einem kleinen Aquarium, die gehören doch eigentlich ins Meer.«

»Stimmt. Ich glaube, das ist der Wunsch, seinen Sehnsüchten ein Bild zu geben.«

»Und was soll das für ein Bild sein, bei einem Strandkorb?«

»Sehnsucht nach dem Meer?«, schlug Malte vor.

»Wir haben den hier stehen, weil er kaputt ist. Kriegen wir nicht mehr vermietet. Am Strand, wo er hingehört.«

»Okay. Deine Oma ist echt 'ne Marke.«

»Hast du die ganze Wanderung mitgemacht?«

»Hm … die haben an ihren Lippen gehangen, als würde sie das Geheimnis der Bundeslade erzählen, unfassbar.«

»Was hat sie denn erzählt?«

»Nichts, also jedenfalls nichts, wo ich sagen würde, Wahnsinn … sie hat über das Watt gesprochen, die Gezeiten, irgendwelche Würmer und so was, aber nichts, aber auch rein gar nichts, was mit Kindern und so zu tun hätte. Noch nicht mal so'ne Hokuspokusnummer. Nichts.«

»Tja, so ist sie.«

»Aber das Irre ist, sie hat trotzdem ein Charisma, das einen umhaut, kann ich aber gar nicht richtig beschreiben.«

»Das ist schlecht.«

»Wieso?«

»Für einen Inselschreiber?«

»Ach so, klar. Ich werde mit ihr noch mal alleine eine Tour machen, vielleicht geht es dann besser, sie läuft mir ja nicht weg.«

»Nee, bestimmt nicht.«

»Sie hat Erfolg damit, oder?«

»Ja, kommen immer mehr.«

»Und wie hat das angefangen?«

»Wird das jetzt ein Interview?«

»Nein, entschuldige, ich frag' sie selber.«

Das Thema war zu Ende, weil es ein anderes gab, das aber keiner von uns beiden anzusprechen wagte. Wir drückten uns davor. Stattdessen grinsten wir uns an, blinzelten in die Sonne, grinsten uns wieder an, blinzelten noch mal in die Sonne, dann schaukelte ich mit den Beinen, und Malte grinste noch ein bisschen mehr, das Spiel dauerte ziemlich lange, bis er es endlich beendete.

»Tut mir leid.«

»Was?«

»Unser letztes Treffen, ich wusste nicht … die Geschichte mit deinem Bruder, ich wusste es nicht.«

»Schon okay.«

»Nein, es ist nicht okay, du musst gedacht haben, dass ich völlig neben der Spur bin. Schreib' ein Buch über kuriose Todesfälle und …«

»… der kurioseste Todesfall sitzt dir direkt gegenüber.«

»Na ja, nicht direkt.«

»Von wem hast du's erfahren?«

Er musste nicht antworten, ich ahnte die Antwort.

»Wie blöd. Gibt nicht viele Geschichten, die man einem Inselschreiber erzählen kann, stimmt's?«

Er nickte.

»Willst du mehr wissen?«, fragte ich ihn.

»Eigentlich nicht.«

»Aus Rücksicht?«

»Nein … ja.«

»Vielleicht wäre es gar nicht so schlecht, mal darüber zu reden.«

»Manchmal hilft es.«

»Aber nicht hier.«

»Wo du willst. Wann?

»Jetzt?«

»Gerne.«

Wir gingen, ohne viel zu reden, in die Dünen, zu einer

Stelle, von der ich glaubte, dass sie nur mir und Wilko gehörte.

»Schön hier«, sagte Malte.

»Leg mal dein Ohr auf den Sand«, bat ich ihn.

»Was, warum?«

»Mach's einfach.«

Malte legte sein Ohr auf den Sand, und ich tat es ihm gleich.

»Und jetzt?«

»Nichts.«

»Was soll das?«

»Malte, du musst still sein.«

»Gesa, ich weiß nicht, was …–«

»Bitte! Für mich, ja? Einfach still sein.«

»Okay.«

Wir waren still, so still, dass die Welt um uns herum wie abgekoppelt schien mit all ihren unwichtigen Geräuschen.

»Hörst du's?«

»Was?«

»Das Lachen der Sandflöhe?«

»Was? Nein.«

»Wilko konnte es hören.«

Er kommentierte dies mit keinem Wort, er ließ den Satz so stehen. Er glaubte mir einfach, und jetzt wusste ich, dass er mehr für mich war als nur ein hübscher Grund zum Verliebtsein.

»Das habe ich noch nie jemandem erzählt.«

»Ich weiß.«

»Woher weißt du was?«

»Manche Dinge weiß man, weil man sie spürt.«

Er nahm meine Hand, und ich ließ es geschehen, während

eine Träne an meiner Wange herablief. Ganz langsam, so als ob sie es genießen würde.

»Alles okay?«, fragte er.

Und ich antwortete.

»Nein. Ja. Keine Ahnung. Vielleicht.«

42

Die Tage vergingen nun wie im Flug. Malte und ich lernten jeden Zentimeter der Insel gemeinsam kennen und immer mehr auch uns. Meistens verbanden wir das eine mit dem anderen. Je nach Kennenlernstatus suchten wir Orte auf der Insel auf, die entweder gut besucht waren oder garantiert einsam. Abhängig vom Ort verbrachten wir die Zeit mit Quatschen oder Schweigen, mit zärtlicher Nähe oder freundschaftlicher Distanz.

Tante Nele hatte erste Gespräche mit Piet begonnen, die endlich über ein höfliches, verschämt weggeducktes »Wie geht's?« hinausgingen, und Oma Insa war immer mehr der Meinung, alles richtig gemacht zu haben – mit ihrem Outing und im feuchten Schlick, als bekennende Ehebrecherin wie auch als praktizierende Wattfee. Onkel Onno jagte weiter seinem Schatz hinterher und war bei den Touristen mindestens so bekannt wie der Grundriss von Nördrum, den sich Wiederholungstouristen voller Stolz auf den Wagenlack klebten. Meine Mutter versuchte unterdessen mit einer unfassbaren Geduld, Jean-Pierre dazu zu bringen, aus einem Teller zu essen. Was selten gelang, ihr aber nichts auszumachen schien. Bei der Erziehung von Wilko und mir war sie wesentlich ungeduldiger gewesen, vielleicht hatte sie damals auch nur einfach weniger Zeit oder war zu jung, um den ganzen Belastungen durch Pension, Ehe und Kinder gerecht werden zu können. Jetzt machte es ihr noch nicht mal etwas aus, wenn Jean-Pierre den nagelneuen Teppichboden in ihrem Wohnzimmer ruinierte, ganz zu schweigen davon, dass diese Ente jeden Teller nur für einen willkommenen Badeplatz hielt. Irgendwie war alles kurz davor, wieder normal zu werden. Selbst die Gespräche mit Wilko wurden seltener, und wenn ich mit Malte unterwegs war, hielt sich mein Bruder sogar grundsätzlich fern.

Da sich aber mein Leben irgendwie fest vorgenommen hatte, in diesen Sommer alles zu packen, was es an Überraschungen, Drehungen und Wendungen, fiesen Tricks und netten Dingen im Programm hatte, war die Normalität so schnell vorbei wie das einmalige Aufflackern eines Glühwürmchens.

»Ich hab' dir doch von diesem Typen erzählt, der in der alten Dorfschule wohnt?«, fragte Malte.

Natürlich erinnerte ich mich, ich war verliebt, aber nicht doof.

»Was ist mit dem?«

»Ich will ihn heute besuchen, hast du Lust mitzukommen?«

»Stör' ich nicht?«

»Du störst nie.«

Ich nickte, denn die Aussicht, mit Malte den Tag zu verbringen, erschien mir um ein Vielfaches angenehmer als die Aussicht, mich mit den Routineaufgaben im Möwennest zu beschäftigen.

»Willst du weg, Gesa?«

Die Art, wie meine Mutter diese Frage stellte, machte mir schnell klar, dass in dieser Frage bereits jede Menge Antwort steckte und ein Hauch von Vorwurf. Sie wusste, dass ich auf dem Sprung, war und es war ihr nicht recht, schon gar nicht an einem Anreisetag, an dem die neuen Gäste neben strahlendem Sonnenschein, einem freien Platz am Strand und günstigen Menüpreisen gut gelaunte Pensionswirte und frische Betten erwarteten.

»Ich wollte mit Malte ...«

Meine Mutter seufzte, schenkte mir dann aber plötzlich ein Lächeln, mit dem sie mir alles zu gönnen schien.

»Wird nicht spät, ich helf' dir dann später bei der Wäsche, okay?«

Sie nickte und lächelte erneut. Ich war ihr so dankbar, dass ich mich spontan zu einem Angebot hinreißen ließ, dessen Konsequenzen ich nicht mal ansatzweise erahnen konnte.

»Soll ich Jean-Pierre mitnehmen?«

»Das würdest du tun?«

»Klar, warum nicht?«

»Da wird er sich freuen. Ich mach' ihm sein Kistchen fertig.«

Während ich nun allmählich zu begreifen begann, was ich da soeben vorgeschlagen hatte, beeilte sich meine Mutter mit den Kurztripvorbereitungen für Jean-Pierre. Keine fünf Minuten später hatte sie alles beisammen. Die Spezialfuttermischung, die alte Werkzeugkiste, die Jean-Pierre je nach Tagesform entweder komplett vollpinkelte oder zerlegte, eine kleine blaue Kinderbadewanne, fünf mit Leitungswasser gefüllte Plastikflaschen für die kleine Entendusche zwischendurch und unseren großen Bollerwagen, der eigentlich nur für den Getränkekistentransport eingesetzt wurde. Jetzt war er so etwas wie Nördrums erstes Entencabrio.

»Bitte vergiss nicht, ihn ab und zu ...–«

»Mama?!«

»Was denn?«

»Zu baden, richtig?«

»Genau.« Mama lächelte schon wieder. Für sie schien es etwas ganz Besonderes zu sein, dass Jean-Pierre und ich einen kleinen Ausflug machten.

»Du magst ihn, oder?«

»Ja, ich mag ihn.« Dabei log ich noch nicht mal mehr.

»Er mag dich auch.«

»Cool.«

43

Jean-Pierre saß brav in seinem Bollerwagen und hatte keine Probleme, sich von uns durch den schweren Sand ziehen zu lassen. Im Gegenteil, er schien es zu genießen, während Malte und mir der Schweiß in Strömen die Stirn hinunterfloss.

Die Alte Dorfschule hat ihre besten Jahre nicht hinter sich, sondern wahrscheinlich nie gehabt. Bei ihrer Eröffnung war die Bereitschaft, in Bildung zu investieren, so gering, dass man weder vernünftiges Mauerwerk benutzte, noch so etwas wie eine Heizung oder einigermaßen solide und dichte Fenster. Die unmittelbare Nähe zum Meer musste die Windgeräusche während des Unterrichtes unerträglich gemacht haben, was aber mit Sicherheit weniger schlimm war als die klirrende Kälte im Winter. Ich glaube, die einzige Wärmezufuhr für die Schüler war der Rohrstock des Lehrers. Miese Zeiten für den kleinen Bildungshunger.

In den letzten Jahren hatten Sturm und Regen das letzte bisschen Gegenwehr der alten Schule entweder weggewaschen oder weggeblasen. Der Begriff Ruine für diese Ansammlung von verwitterten Steinen und dem mickrigen Rest eines Reetdaches war noch schmeichelhaft. Nicht mal die Touristen interessierten sich für diesen erbärmlichen Restbestand eines Bildungsauftrags. Dass die alte Dorfschule in den letzten Jahren in keinem Nördrumer Reiseführer mehr erwähnt wurde, versteht sich von selbst. Auch Nordsee-Idyllen haben ihre Leichen, die man am liebsten verbuddelt.

»Dass man die nicht abgerissen hat«, sagte Malte.

»Tja, das ist Nördrum, manche Dinge hier wirst du nie begreifen.«

Die Dorfschule lag nur noch wenige hundert Meter vor uns. Die Entfernung schmeichelte ihr, die größten Schäden waren so nicht zu sehen. Aus der Distanz war das alte Gemäuer wenigstens die Illusion einer alten Schule. Aber ich wusste genau, wie sie drinnen aussah. Als kleine Kinder hatten wir oft genug dort gespielt, schon damals war es genau der richtige Platz, um sich an rostigen Nägeln, die aus den Bohlen ragten, blutige Schürfwunden und Schlimmeres zu holen.

»Sollte ja längst abgerissen sein, aber 'ne Zeitlang wollte man ein kleines Museum draus machen, ist aber dann am Geld gescheitert. Und irgendwann hat man die alte Schule einfach vergessen.«

»Bis er kam.«

»Wer?«

»Der Mann, der da jetzt wohnt.«

Aus dem Schornstein stieg Rauch auf. Mitten im Sommer.

»Heizt der?«

»Keine Ahnung. Vielleicht kocht er sich was«, schlug Malte vor.

»Tee für uns, nett«, hoffte ich.

Die letzten Meter zur Schule führten durch einen Wildgarten, der sich von niemandem mehr vollständig zähmen lassen würde. Der kleine Pfad, der sich durch das undefinierbare Gestrüpp gebrochen hatte, war eine nette Geste der Natur oder das Ergebnis eines harten, langen Kampfes.

»Hast du ihn eigentlich noch mal gesprochen?«, fragte ich Malte.

»Mehrmals, interessanter Typ, hat viel zu erzählen.«

»Was so?«

»Alles Mögliche, über die Insel, seine Arbeit.«

»Da bin ich mal gespannt. »

»Was machen wir mit der Ente?«

Jean-Pierre saß noch immer in seinem Bollerwagen.

»Keine Ahnung, mit reinnehmen?«

»Weiß nicht, 'ne Ente?«

»Okay, ich mach' ihm sein Bad fertig und dann soll er hier eben warten.«

Während ich Jean-Pierre die kleine blaue Kinderbadewanne füllte, hob Malte die Ente auf seinen Arm.

»Lieb ist sie ja, warum heißt sie eigentlich Jean-Pierre, ich meine, sie ist eine Ente!«

Ich schaute ihn nur an.

»Ah ja, Nördrum, manche Dinge werde ich nie begreifen, richtig?«

»Nee, da ist Nördrum mal unschuldig, die Idee mit dem Namen hatte meine Mutter.«

»Hat es was mit ...«

»Was?«

»Schon gut, ich ...«

Malte setzte Jean-Pierre in die Badewanne. »Scheint ihm zu gefallen, meinst du, er haut nicht ab?«

»Ich denke nicht.«

»Und wenn, er wird ja nicht weit kommen. Inselvorteil«, ergänzte Malte.

»Genau.«

Dann tat ich etwas, das mich verdammt viel Überwindung kostete: Ich sprach mit Jean-Pierre.

»Pass auf, du bleibst hier, wir gehen da jetzt rein, und wenn wir wiederkommen, dann bist du noch da, okay?«

Malte grinste.

Als Malte an die alte Eichentür klopfte, geschah zunächst einmal nichts. Ich versuchte durch das kleine Fenster zu spähen, konnte aber kaum was erkennen, denn die Glasscheibe war durch ein milchig grünes Feuchtbiotop undurchsichtig geworden.

Dann hörten wir Schritte, ich lächelte Malte an, irgendwie war ich auch gespannt auf den Menschen, der sich in diesem Loch vergraben hatte. Ich hatte keine Ahnung, wer es war, was auf einer Insel wie Nördrum ungewöhnlich ist, denn hier sind Geheimnisse so selten wie blühende Zitronenbäume. Als die Tür sich öffnete und ich den Mann sah, erstarb mein Lächeln in Sekundenschnelle.

»Gesa?!«

»Ihr kennt euch?«, fragte Malte.

Ich nickte nur, es hatte mir die Sprache verschlagen.

»Das ist meine Tochter. Kommt doch rein.«

Mein Vater winkte uns mit einer einladenden Geste ins Haus. Von einer Überraschung, mich zu sehen, war bei ihm nichts zu spüren. Vielmehr schien er auf mich gewartet zu haben. Natürlich, die Gespräche mit Malte. Dem musste er nicht nur viel erzählt haben, er hatte Fragen gestellt, und es war sein Plan, mich über Malte zur Schule zu locken. Klar, was sonst. Es fiel mir wie Schuppen von den Augen. Ich habe ihn nicht getroffen, weil er es nicht wollte. Ich musste den Weg zu ihm finden. In sein Versteck, am hintersten Ende der Insel, wo niemand freiwillig hinkommt. Wie blöd kann man sein. Auf Nördrum trifft man jeden, früher oder später. Meistens früher. Es sei denn, man haust in einer Ruine wie dieser.

Vielleicht war es ein Fehler, dass ich Malte bislang nichts von meinem Vater erzählt hatte. Dass ich ihn seit Wilkos Tod weder gesehen noch gesprochen hatte, dass er im Möwennest einfach kein Thema war. Noch nicht mal ein Thema, über das man sich tagelang aufregen konnte. Mein Vater wurde mit keinem Wort erwähnt. Er wurde totgeschwiegen, wie so vieles bei uns. Und ich war auch daran beteiligt. Ich hatte keine Fragen gestellt, ich hatte mich nicht bemüht, ihn zu suchen, ich hatte seinen Weggang einfach zur Kenntnis genommen. Vielleicht ahnte ich irgendwo, was in ihm vorgegangen war, vielleicht spürte ich sogar, dass es besser war, ihm keinen Vorwurf zu machen, aber dazu hätte ich ihn erst mal treffen müssen. In der Zeit nach Wilkos Tod war mein Vater für mich wie ein schwarzes Loch im Universum, irgendwo da, aber ganz weit weg. Und auf keinen Fall etwas, um das man sich nun besonders kümmern musste.

Ich vermied es, ihm in die Augen zu schauen, weil ich nicht wusste, wie ich mit der Situation umzugehen hatte. Malte war das Ganze sehr unangenehm, das spürte ich. Er hatte instinktiv begriffen, dass etwas nicht stimmte und dass diese Begegnung eines Vaters mit seiner Tochter nichts Normales hatte.

»Ich habe Tee gekocht.«

»Oh, gut«, sagte Malte.

Ich schwieg, auf Maltes aufmunterndes Lächeln reagierte ich nicht.

»Magst du auch einen Tee, Gesa, mit Milch, wie immer?«, fragte mich mein Vater.

Ohne eine Antwort zu geben, schaute ich auf den Tisch, um wenigstens einen richtigen Beweis dafür zu finden, dass er mich erwartet hatte. Die Anzahl der Tassen hätte gereicht. Aber auf dem alten weißen Küchentisch, dessen Farbe an den Beinen abgeblättert war, stand nur eine alte Schreibmaschine, und daneben lagen ein paar beschriebene Manuskriptseiten. Er schien tatsächlich zu schreiben. Ich hatte meinen Vater bislang nie schreiben sehen.

Er war dünner geworden und sein Haar länger. Und am auffälligsten waren seine Hände. Sie müssen schon lange keine Creme mehr gesehen haben. Mein Vater war immer stolz auf seine Hände gewesen, die frei von Hornhaut und Schwielen waren, weil er sie als sein Arbeitsgerät ansah und sie mehrmals am Tag sorgfältig eincremte. So sehr, dass manche Nördrumer schon ihre Witze drüber machten. Jetzt sahen seine Hände aus, als hätten sie schon ewig keine Oboe mehr berührt, sondern nur noch schweres Werkzeug und Ähnliches.

»Wollt ihr vielleicht auch was essen?«, fragte er.

»Ich nicht, bin noch satt vom Frühstück«, antwortete Malte höflich.

»Du, Gesa?«

»Nein danke, keinen Hunger.«

Ich gab mir alle Mühe, meine Antwort so eisig klingen zu lassen wie möglich. Malte konnte das nicht entgangen sein. Er bemühte sich unbeholfen, ein richtiges Gespräch in Gang zu setzen. Er tat mir leid, das war ja alles nicht seine Schuld, aber das war mir jetzt egal.

»Ja, ich hab' Gesa gefragt, ob sie mitkommen will, Sie haben doch nichts dagegen?«

»Natürlich nicht, ich freu' mich.«

Während mein Vater immer wieder versuchte, mit mir Augenkontakt aufzunehmen, mied ich seinen Blick. Ich wusste nicht, ob ich verschwinden sollte, oder ob es besser wäre, allein mit ihm zu sein. Ich wusste gar nichts, ich war total durch den Wind.

»Sollen wir uns vielleicht nach draußen setzen, ist doch so schön«, schlug Malte vor.

»Gute Idee, geht schon mal, ich bring' den Tee nach draußen.«

Malte griff meine Hand und führte mich nach draußen.

Als wir auf dem kleinen Hof der alten Dorfschule standen, schnappte ich nach Luft, als wäre ich stundenlang unter Wasser gewesen.

»Was ist los?«

»Ich kann dir das nicht erklären.«

»Kannst du es wenigstens versuchen? Ich meine, habt ihr euch gestritten?«

»Nee.«

»Was denn?«

»Nichts.«

»Wie, nichts … ich habe gerade gedacht, irgendeiner hätte den Kühlschrank angemacht, die Raumtemperatur muss unter Null gewesen sein.«

Malte hatte alles Recht der Welt auf eine einigermaßen vernünftige Erklärung.

»Ich habe meinen Vater seit Wilkos Tod nicht mehr gesehen, ich wusste noch nicht mal, dass er wieder auf Nördrum ist. Er ist damals einfach so abgehauen! Einfach so! Ohne alles! Reicht das?«

Das konnte ihm nicht reichen.

»Bist du sauer?«

»Scheiße, nein, ich bin nicht sauer, Malte, ich bin gar nichts, ich bin … Scheiße, ich weiß es nicht.«

Malte nahm mich in den Arm und stellte keine Fragen mehr. Wenigstens er schien zu begreifen, was zu tun war, was richtig war und was falsch.

»Möchtest du, dass wir gehen?«

»Ich weiß nicht.«

»Ich könnte ihm sagen, dass dir schlecht geworden ist oder so was. Soll ich?«

»Nee, wir hauen einfach ab, okay?«

»Ohne ihm …–«

»Ja. Ohne.«

Dann begann ich zu laufen, und Malte folgte mir, während mein Vater bestimmt ahnte, was geschehen war. Er war immer gut im Ahnen, und meistens lag er damit richtig.

Ich rannte nicht um zu fliehen, sondern weil es für mich die einzige Möglichkeit war, noch mal zu ihm zurückzukehren. Klingt bescheuert, aber so war es. Manchmal rennt man eben nur weg, um noch mal richtig Anlauf zu nehmen.

»Gesa, bleib stehen! Warte!«

Maltes Stimme klang wie durch eine Nebelwand. Ich konnte nicht anhalten, der Anlauf war noch längst nicht lang genug.

44

Oma Insa hatte an diesem Abend einen ihrer berüchtigten Abreiseeintöpfe gekocht, aus denen sie ein großes Geheimnis machte, was die genauen Zutaten betraf. Da wir alle wussten, dass Oma es nicht über das Herz brachte, den Inhalt von halbvollen Gästetellern einfach wegzuwerfen, ahnte jeder von uns, was in diesen Eintöpfen war. Best of everything, oder anders formuliert, der Abfall der anderen, was so oder so dazu führte, dass ein Großteil meiner Familie sich frühzeitig um Ausreden bemühte, nur um nicht am gemeinsamen Abendessen teilnehmen zu müssen. Der König dieser Disziplin war Wilko, und er war der Einzige, dem Oma Insa es nicht übelnahm, wenn er ihre kreativen Kochversuche mit einer seiner Charmeoffensiven scheinbar mühelos umging. Papa hatte da weniger Glück. Ihm glaubte sie kein Wort und durchschaute jede seiner Ausreden als plumpen Versuch, ihre Mühe zu missbilligen. Zur Strafe bunkerte sie nicht selten einen Teil des Eintopfes in einem Plastiktopf, um ihn dann in einem Moment zu servieren, in dem Papa damit nicht rechnete. Ihr ins Gesicht zu sagen, was er von diesen Eintöpfen hielt, brachte er nicht übers Herz.

Ich schaffte es nicht immer, rechtzeitig zu verschwinden oder wenigstens einen plausiblen Grund zu finden, um nicht an diesem Recyclingmahl teilnehmen zu müssen. Nur Piet machte sich nichts aus den möglichen Zutaten, er kannte weder Ekel noch einen guten Geschmack. Er aß, was auf den Teller kam, und besonders gerne das, was Oma Insa zauberte. Geschadet hat es ihm nie, wie er gerne betonte. Besonders genutzt aber auch nicht, wie Wilko ihm gelegentlich steckte.

Während Oma schweigsam eine lehmfarbene Masse, in der vereinzelte altrosafarbene Wurststückchen für einen Hauch von Kontrast sorgten, auf die Teller schaufelte, musterte ich meine Mutter, die sich ebenfalls nicht vom Eintopf hatte abschrecken lassen. Wahrscheinlich so ein Mutter-Tochter-Ding, eine Mischung aus Respekt und ewiger Dankbarkeit. Sollte ich ihr nun sagen, dass ich Papa getroffen hatte, ausgerechnet jetzt, wo es ihr wieder besser zu gehen schien?

Weil ich viel zu sehr mit dieser Frage und einer vernünftigen Antwort beschäftigt war, achtete ich nicht darauf, wie schwer mein Teller mit Oma Insas Eintopf beladen wurde.

»Na, dann hau mal rein, meine Kleine«, forderte sie mich auf.

»Was?«

»Essen! Du musst sehr hungrig sein, den ganzen Tag unterwegs.«

Ich war nicht hungrig, ich war durcheinander. Heute Morgen schien alles wenigstens einigermaßen wieder in Ordnung, und jetzt wirbelten erneut Gedanken durch meinen Kopf, die da nicht hingehörten. Einerseits *musste* ich nichts erzählen, andererseits spürte ich die Verpflichtung dazu. Vielleicht auch so ein Mutter-Tocher-Ding, diesmal Second-Generation.

»Die Neuen sind ganz nett«, bemerkte Piet mit halbvollem Mund, was die Attraktivität des Eintopfes keineswegs steigerte.

»Ja, scheint so«, bestätigte Oma.

»Bald kommen nur noch die Schippenlosen«, sagte meine Mutter.

»Oh je …«, bemerkte Oma Insa.

Beinahe synchron fuhren die Löffel mit einem Klecks Abreiseeintopf in die Münder meiner Familie.

Ich entschloss mich die Wahrheit zu sagen, solange Oma, Mama und Piet mit der Verarbeitung des Essens beschäftigt waren. Ganz kurz, ganz knapp wollte ich ihnen meine Begegnung mit Papa stecken.

»Wisst ihr, wen ich heute getroffen habe?«

Ein Schulterzucken von allen, aber bevor ich die Antwort geben konnte, lugte Malte durch die halbgeöffnete Küchentür.

»Gesa, kann ich dich mal eben sprechen?«

»Ich komm' gleich, ich wollte nur gerade …«

»Jetzt? Bitte!«

»Is' was passiert?«, fragte meine Mutter mit vollem Mund. Ihr war der eindringliche Ton in Maltes Stimme nicht entgangen.

»Ich komm«, sagte ich zu Malte.

»Nee, alles gut, muss nur eben schnell was mit Ihrer Tochter klären«, versuchte er sie zu beruhigen – mit erstaunlichem Erfolg: Meine Mutter nickte nur knapp und widmete sich wieder ihrem Essen.

»Ach, Gesa, weißt du, wer heute hier war?«, fragte mich Oma zu einem denkbar ungünstigen Zeitpunkt, denn ich hatte mit einem Mal eine Ahnung, warum Malte mich unbedingt sprechen wollte.

»Nee!«

Malte drängelte, was ich aus dem Augenwinkel beobachten konnte.

»Erik, von Feinkost Jensen. Hab ich vergessen zu sagen.«

»Nicht schlimm.«

»Er wollte sich noch mal melden.«

»Okay.«

»Aber er hat nicht gesagt, wann.«

»Gut.«

»Was will er denn von dir?«

»Oma, keine Ahnung, echt nicht. Bin gleich wieder da.«

»Der kommt doch sonst nie.«

»Armer Junge!«, kommentierte meine Mutter.

»Armer Kerl«, pflichtete Piet ihr bei.

Das war die Gelegenheit, um endlich abzuhauen. Ich stand auf und verließ die Küche, um dann leider sehr schnell erfahren zu müssen, dass Malte allen Grund dazu hatte, mich so schnell wie möglich sprechen zu wollen.

»Wir haben Jean-Pierre vergessen!«

»Scheiße!«

»Hat deine Mutter noch nichts bemerkt?«

»Nein. Oh mein Gott, die tickt aus, wenn sie's erfährt.«

»Los komm, wir suchen ihn.«

45

Enten sind reviertreu, das wusste ich. Wie sich diese Treue bei fremden, unbekannten Revieren ausdrückte, war mir unbekannt.

Natürlich rannten wir zunächst in Richtung Dorfschule, wo Jean-Pierre im Idealfall seit Stunden in seiner blauen Kinderbadewanne seine Reviertreue zum Ausdruck brachte.

»Scheiße, wenn der weg is', meine Mutter, die … – ich darf gar nicht dran denken.«

»Wir finden ihn.«

»Und wenn nicht?«

»Wir finden ihn.«

Die Gewissheit, mit der Malte aus einer Suche ein garantiertes Finden machte, beruhigte mich.

»Vielleicht hat dein Vater ihn ins Haus geholt?«

»Eine Ente? Mein Vater? Nie!«

Wir rannten, so schnell es ging, zur Dorfschule. Ich sehnte mich förmlich nach einem kleinen Entenquaken, das mich von meiner Angst befreite, aber es gab kein Quaken.

Der Abendhimmel erschwerte die Sicht, und als die Schemen der alten Schule in unsere Blicknähe rückten, hätten die konturlosen Schatten rund um das Gelände alles sein können, auch eine Ente, die auf uns wartete.

»Ich seh' ihn nicht«, keuchte ich, völlig außer Atem.

»Er kann nicht weit sein.«

»Scheiße.«

Der Pfad zur Schule wirkte im Dämmerlicht noch jämmerlicher und richtungsloser als bei meiner ersten Begehung.

Die kleine blaue Kinderbadewanne war leer, von Jean-Pierre keine Spur.

»Weg.«

»Er kann nicht weit sein. Ich renn' runter zum Strand. Du fragst deinen Vater, vielleicht hat er ihn ja doch ...«

Malte rannte in Richtung Strand, während ich zur Tür ging. So schnell hatte ich nicht mit einem Wiedersehen gerechnet. Vielleicht sollte es so sein, vielleicht nimmt sich das Schicksal auch eine Ente zur Hand, um mal schnell zu zeigen, was es so drauf hat.

Ich klopfte an die Tür, und es dauerte nicht lange, bis mein Vater öffnete. Er war so schnell da, dass es fast schon den Anschein hatte, als wartete er auf mich.

»Gesa.«

»Papa, ich suche eine Ente.«

»Was?«

»Jean-Pierre, eine Ente, wir ... ich habe sie hier vergessen.«

Erst jetzt schien er die kleine Wanne zu sehen und den Bollerwagen. Mein Vater hatte das Haus seit meiner Flucht nicht verlassen.

»Du hast eine Ente vergessen?«

»Das habe ich doch gerade gesagt. Du hast sie also nicht gesehen.«

»Nein, willst du nicht erst mal reinkommen?«

»Scheiße, nein, ich muss die Ente finden.«

Die Hysterie in meiner Stimme, die Sorge um meine Mutter und das Gefühl, in Sachen Aufsichtspflicht komplett versagt zu haben, konnte er so nicht begreifen; dass er sich trotzdem entschloss, mit mir die Ente zu suchen, muss ich ihm auch im Nachhinein hoch anrechnen.

»Enten schlafen gerne auf dem Wasser.«

»Was?«

»Sie schlafen auf dem Wasser«, wiederholte mein Vater. »Wenn es irgendwie geht, glaub' ich.«

»Was heißt das?«

»Da müssen wir suchen.«

»Malte ist schon am Strand.«

»Wir gehen zum Löschteich am alten Friedhof.«

»Und wenn er da nicht ist?«

»Keine Ahnung.«

Mein Vater rannte voraus, ich folgte ihm. Und das Gefühl, mich auf ihn verlassen zu können, erleichterte mich ungemein. Es war wie früher, als ich noch glaubte, dass keine Macht dieser Erde mir etwas anhaben könne, solange mein Vater mich beschützt. Jetzt war er wieder der Mann, der mir alle Ängste nahm, auch wenn ich es hätte besser wissen müssen. Manchmal ist es schön, einer Illusion vertrauen zu können. Das gehört zu den ganz großen Vorteilen, die man hat, wenn man noch ein Kind ist. Vielleicht ist das sogar einer der größten Vorteile, neben dem, nicht für jeden Mist, den man gebaut hat, zur Rechenschaft gezogen werden zu können, jedenfalls nicht langfristig. Die Amnestiefristen für Kinder sind beneidenswert kurz.

»Siehst du was?«

»Nein, nichts«, antwortete ich.

Der alte Löschteich war zu einem Biotop geworden. Frösche quakten, tausende von Insekten tanzten sirrend, schwirrend über die Wasseroberfläche, aber von Jean-Pierre war keine Spur. Mitten im Sommer zog es niemanden freiwillig zum alten Löschteich, die kleine Idylle war fest in Mückenhand.

»Vielleicht ist er doch zum Meer«, vermutete ich ängstlich. Und allmählich schwand meine Zuversicht, dass mein Vater auch diese Situation würde meistern können.

»Wie geht's Mama?«

»Super, toll, dass du jetzt fragst.«

»Im Ernst, wie geht's ihr?«

»Was glaubst du, Papa?«

»Diese Ente, das ist ihre Ente, stimmt's?«

»Woher weißt du das?«

»Ich bin immer noch verheiratet mit deiner Mutter, ich kenne sie.«

»Ja, es ist ihre Ente. Seit Wilko tot ist. Ich glaube, sie …«

»Schon gut, mehr will ich nicht wissen.«

»Super, *du* hast doch gefragt.«

»Lass uns lieber die Ente suchen.«

»Jean-Pierre.«

»So heißt sie?«

Ich nickte.

»Klar.«

»Was ist denn daran klar?«

»Nichts.«

»Ich will jetzt wissen, was daran so klar ist.«

»Später, Gesa, bitte!«

Als es dunkel wurde, gaben wir die Suche auf. In den einschlägigen Filmen gibt es nach einer dramatischen Suche immer ein Happy End. Die Erschöpften kehren nach Hause zurück, haben die Köpfe gesenkt und die Schultern dank der zentnerschweren Last tief gebeugt, und dann passiert das Wunder. Der, die oder das Gesuchte sitzt auf dem Sofa, als wäre nie etwas gewesen. So was in der Art wünschte ich mir, auch wenn es in diesen Filmen nie um verschwundene Enten geht. Doch irgendwie hatte ich das Gefühl, dass die Zeit reif für ein Happy End wie in einem Film war. Mit allem Drum und Dran.

46

Jean-Pierre saß nicht auf dem Sofa, stattdessen fand ich meine Mutter. Als ich in das Zimmer kam, saß sie aufrecht und angespannt, als wartete sie auf den Einlass in eine Arztpraxis, wo sie ein schrecklicher Befund, eine tödliche Diagnose oder Ähnliches erwartete. Sie hatte noch nicht mal aufgeschaut, als ich mich neben sie setzte, und ich wusste, dass es an diesem Abend kein Happy End geben würde.

»Es tut mir leid, Mama.«

»Schon gut.«

»Ich hab's total verrissen, Scheiße, echt.«

»Schon gut. Es ist nicht deine Schuld.«

»Was? Natürlich ist es meine Schuld. Ich hab' Jean-Pierre vergessen, es ist absolut meine Schuld.«

»Nein, das ist es nicht. Er ist verschwunden. Genau so war es. Ja, genau so.«

Ich verstand sie nicht, und ich hatte große Angst, dass etwas mit ihr geschehen war, was ich nicht mehr steuern konnte.

»Mama, ich hätte auf ihn aufpassen müssen.«

»Nein, das konnte niemand, ich konnte es auch nicht. Er wollte weg. Weg von uns. Weg von allem. Weg, weg, weg.«

»Blödsinn, ihm ging es doch gut hier, der wollte nicht weg. Wenn ich nicht …–«

Erst jetzt begriff ich, dass meine Mutter nicht von Jean-Pierre sprach, sondern von meinem Bruder.

»Mama?«

Sie hörte mich nicht mehr. Und als ich meinen Arm um sie legte, hatte ich das Gefühl, eine eisige Kälte bei ihr zu spüren.

»Mama? Ich mach' uns einen Tee, ja?«

Sie antwortete nicht. Als ich in ihre Augen schaute, erschrak ich über die Ausdruckslosigkeit. Sie schien mich nicht mehr zu erkennen.

»Mama!«, schrie ich sie an. Immer lauter. Ich rüttelte an ihrem Arm, keine Reaktion. »Mama.«

Ihr Oberkörper kippte zur Seite.

»Hilfe!«

Piet kam als Erster, und ich war unfassbar glücklich, nicht mehr alleine mit meiner Mutter zu sein, die sich keinen Millimeter bewegte.

»Was ist passiert?«, fragte er.

»Keine Ahnung, sie sagt nichts mehr.«

»Puls?«

»Was?«

»Hat sie Puls?«

»Natürlich hat sie Puls, sie ist doch nicht tot.«

»Wir müssen Tante Nele holen.«

Während Piet meine Mutter zudeckte, suchte ich meine Tante und hoffte, dass sie nicht wieder einen Patienten hatte.

»Sie hat einen katatonischen Stupor«, stellte Tante Nele emotionslos und, wie ich fand, eine Spur zu sachlich fest. Dann steckte sie die Taschenlampe, mit der sie irgendwelche Reflexe bei meiner Mutter getestet hatte, zurück in ihre Tasche.

»Was ist das?«

»Ihr Körper hat reagiert und den Notschalter gedrückt.«

»Wie, was für'n Notschalter?«

»Sie konnte nicht mehr. Gesa, deine Mutter hat eine schwere Depression. Und nicht erst seit heute.«

»Scheiße.«

Ich begann zu weinen.

»Beruhig dich, wird alles wieder gut. Piet, ruf einen Krankenwagen. Schnell!«

Piet nickte und beeilte sich. Er rannte aus dem Zimmer. Tante Nele nahm mich in den Arm. Und dann brach ich zusammen. Eine heftige Heulattacke durchzuckte meinen Körper.

»Alles gut, ganz ruhig.«

»Es ist meine Schuld. Ich hab' Jean-Pierre verloren«, schluchzte ich.

»Ganz ruhig, erzähl mir alles in Ruhe. Ja?«

»Ich kann nicht, ich kann nicht.«

»Du musst, Gesa, hörst du?«

Ich hörte sie, aber ich war nicht mehr in der Lage, zusammenhängende Sätze zu formulieren.

»Gesa? Ich muss alles wissen, damit ich den Kollegen sagen kann, was los war, ja?«

Das Gefühl, meine Mutter in diesen Zustand, diesen katatonischen Dingsbums, befördert zu haben, lähmte mich. Der große Vorwurf fraß sich durch meinen ganzen Körper, und ich fühlte mich schrecklich allein dabei.

Ich erzählte Tante Nele alles, auch das mit meinem Vater. Und als es um ihn ging, schaute ich vorsichtshalber meine Mutter an, um sicherzugehen, nicht noch einen Fehler zu machen. Und wenn diese ganze beschissene Situation auch nur einen einzigen Sinn hatte, dann vielleicht den, dass ich nun ganz genau wusste, was mir wichtig war. Aber so ein Hammer der Erkenntnis wäre nicht nötig gewesen, echt nicht.

47

Es war meine Idee, mich mit ihm zu treffen. Ich musste mit jemandem reden, der eine Distanz zu allem hatte und doch ganz tief in dieser Geschichte verwurzelt war. Ein wenig beneidete ich ihn darum, der Enge des Möwennests entflohen zu sein, auch wenn seine Flucht verdammt egoistisch war, aber er musste seine Gründe gehabt haben, und vielleicht hatte ich nicht das Recht, ihn dafür zu kritisieren. Er war mein Vater, und er wird es für immer bleiben, mit seinen Fehlern, seinen Gründen und auch den ganzen anderen Dingen, die ich nicht über ihn weiß und auch nicht wissen will.

Keine Ahnung, wann ich das letzte Mal mit meinem Vater in den Dünen war. Dort, wo ich sonst so oft mit Wilko gelegen hatte, lag ich nun neben ihm. Und es tat gut, es tat so verdammt gut, eine ganze Weile lang nichts zu sagen, sondern in die Wolken zu starren und dem Klatschen der Wellen zu lauschen. Ein Gefühl der Vertrautheit stellte sich ein und so was wie Frieden, jedenfalls das, was ich mir unter Frieden vorstelle. Der Himmel war wolkenverhangen und die Temperatur für die Jahreszeit deutlich zu kühl, wie es die Stimme im Radio am Morgen vorausgesagt hatte. Die Kühle hat Vorteile, wenn man alleine sein will, ohne den Lärm der erholungsuchenden Kurtaxenzahler. Ohne den Geruch von Sonnencreme in der Nase und das unterdrückte Quieken von Pärchen in den Ohren, die den Schutz der Dünen zum Abreagieren eines Hormonstaus brauchen.

Irgendwann schält sich aus jedem Schweigen der Wunsch

zu sprechen heraus, und als ich ihn spürte, war es genau der richtige Moment.

»So! Was willst du wissen, Papa?«

»Was willst du erzählen?«

»Wird das ein Spiel?«

»Besser nicht …«

»Ich erzähl' dir von Mama, okay?«

Er nickte nur.

»Sie liegt jetzt in Oldenburg, in der Psychiatrischen. Sie haben ihr Elektroschocks gegeben, um eine Art künstlichen epileptischen Anfall zu erzeugen. Ansprechbar ist sie jetzt wieder. Sie muss da bleiben, wie es aussieht, 'ne ganze Zeit.«

»Und du?«

»Ich … was soll ich sagen, geht mir alles nicht aus dem Kopf, mach' mir immer noch Vorwürfe.«

»Hast du mit ihr schon sprechen können?«

»Die Ärzte meinten, das wäre keine gute Idee, sie braucht totale Ruhe. Muss sich 'ne Menge angesammelt haben bei ihr. Jean-Pierre hat ihr dann wohl den Rest gegeben.«

»Ist er wieder aufgetaucht?«

»Nee, weg. Darf ich dich was fragen, Papa?«

»Alles.«

»Am Tag, als du … als ihr gesprungen seid, über was habt ihr geredet?«

»Über alles Mögliche. Wetter, die Maschine, die Ausrüstung, so was …«

»Komm, konkret, bitte!«

»Ich weiß es nicht mehr.«

»Das glaub' ich dir nicht.«

»Aber was spielt das jetzt für eine Rolle, es ändert doch nichts mehr an dem, was passiert ist.«

»Es ändert nichts an dem, was passiert ist, aber es ändert was an dem, was passiert, verstehst du das, Papa?«

»Da hinten wird es ganz dunkel, ich glaube, wir sollten sehen, dass wir hier wegkommen.«

»Lenk nicht ab.«

»Tu' ich nicht, wir sollten wirklich weg.«

»Bitte, Papa!«, bat ich ihn eindringlich.

»Ich hab' nicht viel mit ihm gesprochen, dein Bruder hat die ganze Zeit von sich erzählt.«

»Was?«

»Er war …«

Es fiel ihm schwer darüber zu reden, aber ich wollte endlich die ganze Wahrheit wissen. Die Wahrheit war etwas, von dem ich wusste, dass sie auf meiner Wichtig-Liste stehen würde.

»Was hat er erzählt?«

»Lass uns zu mir gehen, es gibt gleich wirklich was.« Mein Vater zeigte auf die dunkle Wolkenwand, die vom Meer her direkt auf uns zumarschierte.

Es war eines dieser grässlichen Unwetter, die eine Insel wie Nördrum in eine No-Go-Area verwandeln. Wir hatten es so eben noch geschafft, in die Dorfschule zu kommen, als der Regen an die Fenster klatschte, wie von einem gigantischen Hochdruckreiniger beschleunigt.

»Tee?«, fragte mein Vater.

»Ja, gerne.«

Während er versuchte, den Ofen in Gang zu bringen, warf ich einen Blick auf die Manuskriptseiten.

»Du schreibst jetzt?«

»Ja, schon etwas länger.«

»Und deine Musik?«

»Mhm, schon lange nicht mehr. Und bevor du fragst, seit damals nicht mehr.«

»Verstehe. Was schreibst du?«

»Ein Kinderbuch.«

»Du?«

»Warum nicht?«

»Warst nie der große Geschichtenerzähler.«

»Manche Dinge entwickeln sich eben erst später.«

»Und was genau schreibst du?«

»Einen Krimi.«

»Für Kinder?«

»Für Kinder. Kinder lieben spannende Geschichten.«

Er hatte recht, aber er war mir noch nie aufgefallen als der Mann, der die spannenden Geschichten erzählt. Er war mir ja noch nicht mal aufgefallen als der Mann, der überhaupt etwas erzählte. Mein Vater hatte sich verändert, oder ich hatte ihn nie richtig gekannt.

»Es geht um einen Mord in einem Wald.«

»Super, da gehen die Kinder bestimmt steil.«

»Nicht so plump, es fließt kein Blut, es gibt kein Gemetzel, da ist einfach nur einer tot.«

»Ah ja. Und dann?«

»Dann beginnen die Ermittlungen.«

»Im Wald?«

»Ja, im Wald. Aber es sind keine Menschen, die ermitteln, sondern Tiere. Und eines ganz besonders. Das Eichhörnchen.«

»Das Eichhörnchen?« Ich war mir nicht mehr sicher, was ich davon zu halten hatte.

»Weißt du noch, als du und Wilko mal mit uns im Schwarzwald wart?«

»Das ist ewig her.«

»Du hast da ein Eichhörnchen gesehen, zum ersten Mal in deinem Leben in Natura. Weißt du, was du gesagt hast?«

»Keine Ahnung.«

»Das ist das schlauste Tier auf der ganzen Welt.«

»Ich soll das gesagt haben?«

»Und du hattest auch eine Begründung. Weil das Eichhörnchen alles findet, was es versteckt hat. So schlau ist es, vergisst nichts.«

»Wie doof.«

»Warum, stimmt doch.«

»Und jetzt schreibst du über dieses Eichhörnchen, weil ich das mal gesagt habe.«

»Ja, weil du das mal gesagt hast.«

Ich strich über die Manuskriptseiten und überlegte, was ich mit all dem anfangen sollte. So blöd es klingt, aber in diesem Moment war ich sogar ein bisschen stolz, dass mein Vater etwas schrieb, weil ich ihn dazu gebracht hatte.

»Schreibst du das alles auch für Wilko?«

Mein Vater hob die Teekanne und schaute mich fragend an.

»Mit Zucker und Milch?«

Ich schaute zurück.

»Kurz bevor wir gesprungen sind, hat er gesagt, das ist der schönste Tag in meinem Leben.«

»Dann ist er gesprungen?«

»Er hat den Satz noch einmal wiederholt, und ich habe ihm in die Wange gekniffen.«

Er kniff auch mir nun in die Wange, und diesmal fand ich es nicht so schlimm wie früher, als ich diese liebevolle Geste noch für eine schmerzhafte Bestrafung hielt.

»Er ist vor dir gesprungen?«

»Ja. Und er hat gelacht. Und ich habe auch gelacht. Wir waren beide glücklich.«

Ich nahm meinem Vater die Teekanne aus der Hand, damit er seine Tränen abwischen konnte.

48

»Du hast gewusst, dass er wieder da ist?«

Ich konnte es nicht fassen, dass mein Bruder mir das vorenthalten hatte, während er damit überhaupt kein Problem zu haben schien.

»Bist du auch bei ihm, oder woher wusstest du das?«

»Schwesterchen, ein paar Vorteile hat man schon, wenn man tot ist.«

»Sehr witzig, warum hast du mir nichts gesagt?«

»Wozu, du hast es doch auch so rausgefunden. Malst du eigentlich nicht mehr?«

Wilko schlenderte durch mein Zimmer, wie auf der Suche nach irgendwas. Er blätterte in meinen alten Skizzen, was mich schon wahnsinnig gemacht hatte, als er noch lebte, jetzt war es mir noch unangenehmer. Ich hatte sein Zimmer früher auch gründlich durchsucht, aber das war etwas anderes. Mädchen dürfen das, Jungs nicht. So!

»Du müsstest doch wissen, ob ich noch male!«, provozierte ich ihn.

»Ich frag' dich trotzdem.«

»Würdest du bitte aufhören herumzuschnüffeln. Sag mir lieber, ob du mir noch was verschweigst.«

»Schwesterchen, du klingst gereizt.«

»Ich bin es. Und ich hab' allen Grund dazu, verdammte Scheiße.«

Er setzte sich zu mir aufs Bett und hatte mit einem Mal diesen Erzähl-doch-mal-Blick. Und so sehr er mich damit auch nervte, so dankbar war ich für diesen Blick.

»Ich kann nicht mehr, ich hab' die Schnauze voll von dieser Achterbahn. Ich weiß nicht mehr, wo oben und unten ist, was ich will, was für Ziele ich noch hab … und Scheiße, ja, ich mal' auch nicht mehr … ich mach' überhaupt nichts mehr, und wenn, mach' ich's verkehrt.«

»Und Malte?«

»Nein, da mach ich nichts verkehrt. Ist schön mit ihm.«

Er schaute mich nur an, und ich wusste, was er sagen wollte.

»Ja, es ist sogar sehr schön … aber irgendwie … wenn ich gerade anfange, es zu genießen, kommt irgend so ein Gong von oben und haut mich wieder runter.«

»Das ist das Leben, Schwesterchen.«

»Nee, komm, ich will jetzt keine Pseudoweisheiten, das ist das Leben und so … Das Leben kann mich mal …«

»Was?«

»In Ruhe lassen!«

»Oh, oh, das wird schwer.«

»Oder es soll sich gefälligst auch mal um andere kümmern. Mir reicht es. Ich will langsam mal wieder selber sagen, wo es langgeht.«

»Hast du einen Plan?«

»Was für'n Plan, ich brauch' keinen Plan, ich will keinen Plan, du hattest auch nie einen Plan.«

»Jetzt brauch' ich auch keinen mehr.«

»Tut mir leid.«

»Schon gut.«

»Ich weiß noch nicht mal, wie es hier jetzt weitergehen soll. Mama in der Klinik, Oma im Watt, Onkel Onno sucht jetzt nur noch seinen Schatz und Piet … ach, er meint es gut, aber das Möwennest kann er alleine nicht stemmen.«

»Tante Nele?«

»Soll das ein Witz sein? Sie würde sich um das Möwennest nur kümmern, wenn hier ausschließlich Männer absteigen würden.«

Jetzt schaute ich ihn an.

»Du weißt doch nicht alles.«

»Sagen wir mal so, ich versuche mit dir normal zu sprechen, und dazu gehört auch, dass ich dir Fragen stelle, von denen ich die Antworten bereits kenne.«

»Super, echt nett, danke.«

»Kein Problem.«

»Hast du eigentlich Hunger?«

Er lachte, wahrscheinlich über meine Ahnungslosigkeit.

»Nein. Und jetzt willst du wissen, wovon man so lebt, wenn man tot ist, stimmt's?«

»Ja, so bescheuert es klingt, wovon lebt man denn, wenn man tot ist?«

Ich musste grinsen.

»Die gute Nachricht, wenn man tot ist, kann man nicht mehr verhungern.«

Aus meinem Grinsen wurde ein sich allmählich steigerndes Lachen.

»Die schlechte Nachricht: Man muss auf eine Menge verzichten. Krabben, Pommes, Fleisch …«

»… bist du jetzt Vegetarier?«

»Schön wär's, dann würde ich wenigstens den Tieren ihr Futter wegessen … ich esse nichts!«

»Nein.«

»Doch. Was soll denn passieren? Ich hab' dir gesagt, es gibt auch Vorteile, wenn man tot ist, keine Diäten, keine Mangelerscheinungen, kein Völlegefühl … noch nicht mal Verdauung … man spart jede Menge Zeit, obwohl ich mich frage, warum ich in meinem Zustand noch Zeit sparen muss. Wenn ich von einem genug habe, dann von der Zeit.«

Wilko sprach über sein Dasein als Toter, und die Leichtigkeit, mit der er darüber sprach, ließ mich die anderen Dinge vergessen. Ich fragte weiter.

»Musst du schlafen?«

»Wozu, um fit zu bleiben?«

»Also, kein Schlaf?«

»Keine Sekunde.«

»Wirst du älter?«

»Muss man dazu nicht leben?«

»Und was ist mit Freunden?«

»Jede Menge, wir verabreden uns regelmäßig, und ich lerne ständig neue kennen.«

»Cool, freut mich und was macht ihr?«

»Chillen, Musik, trinken.«

»Trinken?«

Erst jetzt kapierte ich, dass er mich verarscht hatte. Ich warf ihm ein Kissen an den Kopf, das seltsam dumpf von ihm abprallte, so als hätte es ihn gar nicht richtig berührt.

»Es gibt keine Freunde mehr, jedenfalls nicht so, wie du es kennst«, sagte Wilko, und seine Stimme war nun sehr leise.

»Bist du manchmal traurig?«

Die Leichtigkeit unseres Gespräches war verschwunden, er stand auf und ging zum Fenster. Ich hatte Angst, ihm hinterherzugehen.

»Wilko?«

Er sagte nichts.

»Wilko, ich hätte es wissen müssen. War ’ne blöde Frage.«

Er blieb am Fenster stehen und schwieg.

»Komm wieder zu mir. Wir reden über was anderes«, schlug ich vor.

Dann drehte er sich um und schaute mich an, so wie er als kleiner Junge geschaut hatte, wenn irgendwas passiert war, das ihn überrascht hatte, was er sich nicht erklären konnte. So wie damals, als einer seiner Fische auf der Wasseroberfläche des Aquariums trieb und er versuchte, ihn mit einem Fön wieder zum Leben zu erwecken, weil er gehört hatte, dass das bei Warmwasserfischen so üblich war.

»Ja, ich bin manchmal traurig, aber nicht weil alles vorbei ist, sondern weil ich jetzt alles noch vor mir habe … ein Leben lang, oder wie auch immer man das hier nennt. Es wird nie aufhören. Es bleibt für immer, ewig.«

»Wilko, ich würde alles dafür geben, wenn du wieder …«

»Nein, das würdest du nicht, das könntest du nicht, Schwesterchen. Und es macht auch keinen Sinn.«

Er hatte recht.

»Darf ich dich noch was fragen?«

»Kommt drauf an.«

»Worüber habt ihr gesprochen, du und Papa, als es passiert ist?«

»Warum willst du das wissen?«

»Weil ich deinen Tod erst verstehen kann, wenn ich mehr von deinem Leben weiß.«

»Hui, klingt schlau.«

»Blödmann. Also?«

»Keine Ahnung, vergessen.«

»Du lügst.«

»Stimmt.«

49

Das letzte Mal, dass ich eine Nacht in einem unserer Gästezimmer verbrachte, war ewig her. Ich hatte mit Wilko gewettet, dass ich mich trauen würde, obwohl es für uns Kinder streng verboten war – was das Interesse nur steigerte, logisch. Der Haken an der Wette bestand darin, dass das Zimmer belegt war und ich eine ewig lange Nacht unter dem Bett eines mittelalten Ehepaars aus Remscheid verbracht habe, das die Hälfte der Zeit mit ehelicher Beziehungsgymnastik verbrachte und die andere Hälfte mit dem Reden darüber. Geschlafen haben die beiden Sexmonster nicht eine Sekunde. Für eine große Portion Eis, die mir Wilko als fairer Verlierer spendierte, war mein Aufwand unverhältnismäßig hoch.

Jetzt lag ich neben Malte fast schon legal in einem Gästebett. Wir hatten uns zuvor immer bei mir oder irgendwo auf der Insel getroffen, wenn wir mal ungestört sein wollten. Sein Zimmer erschien uns wie ein weiterer Höhepunkt unserer Beziehung. So wie mir eigentlich die ganze Beziehung wie ein einziger Höhepunkt vorkam, verglichen mit dem eher beschissenen Rest meines Lebens.

»Wann darfst du sie denn besuchen?«, fragte Malte und kuschelte sich dabei in meine Armbeuge, was er besonders mochte.

»Nächste Woche, die Ärzte meinen, sie wäre jetzt stabil. Willst du mitkommen?«

»Weiß nicht, vielleicht. Du riechst so gut.«

»Aber nicht da.«

»Überall.«

»Das kitzelt.«

Er grub sich nun noch mehr an mich ran.

»Bist du sicher?«

»Ja, das kitzelt.«

»Das auch?«

Jetzt fuhr er mit seiner Hand über mein Schulterblatt und blies mir dabei sanft seinen warmen Atem auf die Haut. Das kitzelte nicht, das machte mich verrückt.

»Schön?«, fragte er.

»Ja … und wie.«

»Dann hör' ich jetzt auf.«

»Warum?«

»Weil man aufhören muss, wenn es am schönsten ist.«

Er hörte wirklich auf.

»Ich habe nur gesagt, dass es schön ist, nicht dass es schon am Schönsten ist.«

»Haarspalterei, ich mach' trotzdem nicht weiter.«

»Das kannst du doch nicht machen.«

»Siehste doch.«

Er seufzte tief und warf sich demonstrativ auf den Rücken wie ein Mann nach getaner Arbeit. Ich lächelte ihn an, glücklich und sehr zufrieden mit dem, was war und was kommen würde. Dachte ich.

»Wie laufen eigentlich deine Geschichten, Malte?«

»Welche?«

»Die von hier.«

»Geht so. Irgendwie hab' ich das Gefühl, das wird doch nur so was wie ein Reiseführer.«

»Liegt doch an dir.«

»Ich bin Inselschreiber, ein Chronist, kein Erfinder.«

»Kann man das so trennen, sind nicht alle Geschichten irgendwo auch erfunden?«

»Vielleicht, aber die, die mich interessieren, sind nicht erfunden.«

»Welche sind das?«

»Willst du das wirklich wissen?«

»Würde ich sonst fragen?«

Ich hätte ihn nicht fragen dürfen, aber es war zu spät.

»Die Geschichten von deinem Bruder …«

»Was ist mit denen?«

»Willst du darüber was schreiben?«

»Weiß nicht, man erzählt sich einfach 'ne Menge drüber.«

»Ach, was erzählt man sich denn?«

»Dies und das.«

»Was heißt das, warum erzählt man dir das?«

»Is' doch klar, ich mein', die wissen doch alle, dass du und ich, dass wir …«

»Komm mal zum Punkt.«

»Die erzählen mir alle was. Über deinen Bruder und über dich.«

Ich spürte eine Aufregung in mir aufsteigen, ich strich die Haare zurück und setzte mich aufrecht, während Malte noch immer ausgestreckt auf dem Bett lag. Ich wollte die Oberhand behalten und die Situation kontrollieren. Ihm schien das alles extrem unangenehm. Er machte eine viel zu lange Pause, und ich spürte, dass ich nicht nur aufgeregt war, sondern wütend, obwohl er mir eigentlich keinen richtigen Anlass gegeben hatte.

»Okay, vielleicht drücke ich mich nicht so klar aus. Was erzählt man sich?«

»Nun mach kein Drama daraus. Scheiße, warum hab' ich bloß davon angefangen.«

Jetzt richtete er sich auch auf, vielleicht hatte er das Gefühl, dass es besser wäre, mit mir auf Augenhöhe über dieses Thema zu sprechen und nicht wie ein kleiner Hund, der sich auf den Rücken wirft, wenn die Situation zu brenzlig wird oder der Gegner übermächtig zu sein scheint.

»Manche sagen, er war komisch.«

»Mein Bruder war komisch, was soll denn die Scheiße?«

»Er hat sich komisch verhalten.«

»Hä? Wie kommen die da drauf, was meinen die damit?«

»Gesa?«

Er schob seine Hand in meine Richtung, zog sie aber schnell zurück, als er das Abwehrfunkeln in meinen Augen sah.

»Und wen meinst du damit eigentlich? Manche?«

»Gesa, es sind viele, okay? Ich komm' viel rum auf der Insel, ich führ' dauernd Gespräche, die Sachen mit deinem Bruder hat mir nicht nur einer erzählt.«

Ich versuchte mich zu beruhigen, was mir schwerfiel. Wer hektisch atmet und mit seinen Armen herumrudert wie bei einer Trockenschwimmübung und mit seinen Augen kleine Blitze verschickt, der wirkt selten kontrolliert. Also verschränkte ich die Arme vor meiner Brust, atmete betont flach und tat so, als wäre dieses ganze Gespräch so belanglos wie eine Diskussion über die Wetteraussichten von morgen.

»Okay, dann erzähl' doch mal eine von diesen Geschichten, scheißegal von wem du die hast.«

Ich weiß nicht, ob er wirklich glaubte, dass ich mich schon wieder beruhigt hatte, er fing jedenfalls wirklich an, etwas zu erzählen.

»Einmal, da hat einer Wilko in einem Strandkorb gefunden, nackt, er war halb erfroren.«

»Ach, und das reicht, um komisch zu sein, weißt du wie viele Leute hier auf Nördrum nackt im Strandkorb hängen, wenn die alle komisch sind, dann ist aber jede Fähre voller Clowns.«

»Es war wohl kurz vor Weihnachten.«

Die Geschichte stimmte, ich hatte sie vergessen. Nein, falsch, ich hatte sie nicht vergessen, ich hatte sie verdrängt. Sie hatte sich sehr gut versteckt hinter all den schönen Erinnerungen, die ich an meinen Bruder hatte. Er war damals dreizehn oder vierzehn Jahre alt und wollte mit mir auf eine Geburtstagsparty, zu der nur ich eingeladen war. Ich hatte aber auch keine Lust, ihn mitzunehmen, und ging alleine. Am nächsten Morgen haben sie ihn ins Möwennest gebracht, er war wirklich halb erfroren, nachdem er die ganze Nacht nackt in einem Strandkorb verbracht hatte. Passenderweise in einem Strandkorb der Konkurrenz, was die Verbreitungsbeschleunigung dieser Geschichte auf ein Raketenniveau brachte.

»Na und, das war wahrscheinlich irgend so eine Pubertätsscheiße. Keine Ahnung, ich war noch ein Kind, und er hatte wahrscheinlich schon seine ersten Hormonprobleme.«

»Vielleicht«, kommentierte Malte.

»Was soll denn sonst dahinter gesteckt haben?«

»Weiß nicht, keine Ahnung, seltsame Geschichte.«

»Man muss sie aber auch nicht überdramatisieren.«

»Schon gut.«

»Und das war's, oder wie?«

»Nee.«

»Na dann, weiter. Was gibt's denn noch für Geschichten?«

»Diese Geschichte mit dem Boot.«

»Die haben sie dir auch erzählt, super, welche Version denn?«

»Ich weiß nicht, welche Versionen es alles gibt, ich kenne nur die, dass er in einem Segelboot getrieben ist, dass sie ihn gefunden haben und dass er nicht gesegelt ist, obwohl er hätte segeln können. Das Boot soll völlig okay gewesen sein.«

»Er ist nicht mit dem Boot getrieben. So ein Quatsch! »

»Okay, mir haben sie erzählt, dass er ziemlich weit draußen war, und das Erste, was er gesagt hat, als sie ihn gefunden haben, war … ich weiß nicht, welches Segel ich setzen soll …«

»Blödsinn, das haben die sich zusammengesponnen, er war ein super Segler, der hat immer gewusst, was er macht.«

Meine Stimme war schriller geworden, die Oberhand hatte ich längst verloren. Die Atmung war nicht mehr flach, sondern hektisch.

»Ja, glaub' ich dir doch, ich sag' doch nur, was man so erzählt.«

»Warum erzählen die Leute so was, warum erzählen die so eine Scheiße?«

»Beruhig dich, Gesa, bitte.«

»Ich will mich nicht beruhigen, ich will nicht, dass man dir so eine Scheiße erzählt. Wilko war überall beliebt.«

»Ja, bestimmt.«

»Nicht ja, bestimmt. Ja, sicher!«

»Von mir aus.«

»Du kannst jeden fragen, ich kenne niemanden, der ihn nicht mochte.«

»Ich hab' nichts anderes behauptet.«

»Warum erzählt man dir dann so was?«

»Keine Ahnung.«

»Warum. Scheiße! Warum, warum, warum?«

»Ist gut.«

Seinen Versuch, mich in den Arm zu nehmen, wehrte ich ab.

»Warum bist du so empfindlich? Kann dir doch egal sein, was die anderen sagen.«

»Es ist mir aber nicht egal.«

»Gesa, bitte, lass uns das hier nicht versauen, wegen so was.«

»Bist du bescheuert? Wegen so was? Du redest von meinem Bruder.«

»Du bist überspannt.«

»Ja, vielleicht, ich habe aber auch verdammt nochmal jede Menge Grund dazu.«

»Und was hab' ich damit zu tun?«

»Was?«

»Ich mach' dir keinen Stress.«

»Doch, du stellst Fragen!«

»Ich werde dich doch wohl mal was fragen dürfen.«

»Nicht so einen Scheiß!«

»Du wiederholst dich.«

»Was?«

»Svenja hat recht.«

»Svenja? Hast du mit der auch gesprochen?«

Seit Wochen war Svenja kein Thema für mich, ich hatte sie komplett aus den Augen verloren und nicht das Gefühl gehabt, daran unbedingt etwas ändern zu müssen. Wir hatten uns nicht gestritten oder so was, es war nichts passiert zwischen uns, und ich ging einfach davon aus, dass wir in einer Phase waren, wo jeder mal für sich alleine klären muss, wie es weitergehen soll. Für mich war das völlig normal. Um so mehr haute es mich um, dass Malte sich mit ihr getroffen hatte.

»Hätte ich nicht mit ihr sprechen dürfen, oder wie?«

»Was hat sie dir erzählt?«

»Dass man dich nicht auf Wilko ansprechen darf.«

»Wie kommt die da drauf?«

»Sie ist deine Freundin, oder?«

»Ja.«

»Und sie war mit ihm zusammen.«

»Was war sie?«

»Sie war Wilkos Freundin.«

»Quatsch.«

»Hat er dir das nicht gesagt?«

Ich schüttelte den Kopf. »Und warum hast du dich mit ihr getroffen?«

»Moment, ja, was wird das jetzt?«

»Warum?«

»Ich glaube nicht, dass ich dir was erklären muss. Ich habe lediglich mit ihr gesprochen, und dafür musste ich mir nicht deine Genehmigung holen.«

»Du kannst dich doch nicht einfach mit meiner Freundin treffen und mir nichts davon sagen und dann noch so tun, als wäre das völlig normal. Ist es nicht! Kapierst du das?«

Ich war eindeutig zu laut, zu eifersüchtig, zu enttäuscht, zu traurig, zu aufgebracht, zu weit weg von all dem, was er an mir mochte.

Er stand auf, ohne zu antworten.

»Was hast du vor?«, fragte ich.

»Ich brauch' Luft, ich muss hier raus!«

»Glaub' ja nicht, dass ich mitkomme.«

»Das habe ich nicht erwartet.«

»Du willst auch gar nicht, dass ich mitkomme?«

»Exakt. Gute Nacht, Gesa!«

50

Malte und ich gingen uns aus dem Weg, so weit das auf einer überschaubaren Insel in einer kleinen Pension möglich war. Wenn er frühstückte, blieb ich in der Küche, um frische Rühreier für die anderen Gäste zu machen, und wenn er fertig war, kam für mich der Moment, die Rühreier in den Frühstücksraum zu bringen. Natürlich erst, wenn ich mir sicher war, dass er den Raum verlassen hatte. Wahrscheinlich operierte er ähnlich, das hoffte ich jedenfalls. Bei Liebeskummer oder komplizierten Beziehungsstörungen müssen immer beide Parteien etwas davon haben. Alles andere ist ungerecht.

»Das ist albern«, sagte Oma Insa, der man nicht viel erklären musste. Sie hatte für alles den Blick, Tragik, Leid und Glück. Im Erkennen von Tragik war sie sogar unschlagbar.

»Na und, dann ist es eben albern.«

»Wenn ihr euch gestritten habt, müsst ihr sprechen.«

»Oma, du hast fast ein ganzes Leben gebraucht, um über bestimmte Dinge zu sprechen.«

»Stimmt. Und deshalb weiß ich im Unterschied zu dir auch ganz genau, wovon ich spreche.«

Es hatte keinen Sinn, mit ihr zu diskutieren. Ich wollte nicht mit Malte sprechen und keine Macht der Welt konnte mich davon überzeugen, es doch zu tun.

»Wie lange seid ihr beiden denn jetzt zusammen?«

»Warum?«

»Gesa, ich habe dir eine Frage gestellt.«

»Ich dir auch, Oma.«

»Ich zuerst.«

»Ich kann es dir nicht so genau sagen.«

»Schlechtes Zeichen. So was muss man wissen.«

Falls sie die Absicht hatte, mich zu verunsichern, dann hatte sie damit Erfolg. Normale Liebesbeziehungen können den Kennenlerntag ein Leben lang memorieren. Echte Profis wissen auch noch die genaue Uhrzeit, den Ort und die Kleidung des anderen. Ich konnte noch nicht mal sagen, wie lange wir zusammen waren. Und da es nicht vor dem Krieg war, betrachtete ich dieses Defizit als ein echtes Problem. Was ich natürlich nicht zugeben wollte.

»Das muss man nicht wissen, wozu, in den Geschichtsbüchern werden wir nicht auftauchen, und ich glaube auch nicht, dass sich jemand die Mühe machen wird, über uns ein Drama zu schreiben.«

»Du weißt genau, was ich meine, Gesa, und du weißt, dass ich recht habe.«

Ich wusste es, aber ich hätte mir lieber die Zunge abgebissen, als ihr das zu gestehen.

»Aber du würdest dir wahrscheinlich lieber die Zunge abbeißen, als das zuzugeben, mhm?!«

Es war besser nicht zu antworten. Es war ohnehin unmöglich, meine Oma davon zu überzeugen, dass sie vielleicht doch nicht recht hatte, genau so unmöglich wie der Versuch, seinen eigenen Ellbogen abzulecken. Netterweise hakte sie auch nicht weiter nach, sondern wechselte das Thema. Erträglicher wurde die Situation dadurch aber nicht.

»Ich habe heute zwei Wattwanderungen, kannst du den Mittagstisch machen?«

»Ich wollte eigentlich jemanden besuchen.«

»Dann besuch ihn danach, Piet kümmert sich um das Abräumen.«

»Oma, kann Piet nicht auch das Essen machen?«

»Kindchen, warum habe ich dich wohl gefragt?«

»Aber..«

»Danke, Gesa! Ach, und Erik hat auch schon wieder angerufen. Ruf ihn doch mal zurück, dann freut er sich.«

Sie streichelte meine Wange, lächelte mich einmal knapp an und verschwand.

»Scheiße!«

Wütend klatschte ich eine Extraportion Petersilie auf die Rühreier. Ich hatte lange gebraucht, um mich zu einem Besuch bei Svenja durchzuringen. Ich wollte nicht mit all der aufgestauten Wut zu ihr, ich suchte ein sachliches Gespräch. Blödsinn, man kann keine sachlichen Gespräche führen bei einem Thema, das einen so sehr im Herzen berührt. Aber man kann sich Mühe geben. Ich war endlich soweit, hatte das Gefühl, mich wieder vollständig im Griff zu haben, und jetzt hatte ich mich zu diesem Dienst einteilen lassen.

Ein Blick auf die Menükarte des Tages machte mir klar, dass der Mittagstisch kein großer Akt war, es gab Labskaus. Leicht zu tragen, schnell zu servieren, und für die zwei, drei Dauernörgler, die grundsätzlich alles erst mal ablehnen, mussten Bratkartoffeln gemacht werden, die Oma aus den übriggebliebenen Petersilienkartoffeln des Vortages bereits angebraten hatte. So etwas kann jeder servieren, sogar Piet. Ich entschloss mich alles vorzubereiten und ihn dann selber zu fragen, ob er den Mittagstisch machen könnte.

Als einer der Dauernörgler seinen kalkweißen Kopf durch den Spalt in der Tür streckte, hätte er keinen besseren Augenblick erwischen können.

»Da ist kein Rührei mehr«, sagte er mit einem Unterton, der schlechte Laune machte.

»Ich habe gerade frisches gemacht.«

Kurz überlegte ich, ihm die Schüssel in die Hand zu drücken, nur um ihn zu provozieren, beließ es aber bei der Überlegung.

»Warum ist da so viel Petersilie drauf, da is' ja nix mehr vom Ei zu erkennen.«

»Ich verspreche Ihnen, da ist ganz viel Rührei drunter.«

»Nee, so krieg ich das nicht runter, machen Sie noch mal eine frische Portion?«

Kein Bitte, kein freundliches Wort, in Augenblicken wie diesem war die Vorstellung, über den Sommer hinaus im Möwennest zu bleiben, so verlockend wie ein überhitzter Reisebus voller Schweinegrippe.

»Selbstverständlich, gerne.«

51

Sie hätte wenigstens überrascht wirken können, als ich sie besuchte – sie war es nicht. Zumindest tat sie so. Sie saß scheinbar entspannt auf einem ledernen Ohrensessel, der mir vorher nie aufgefallen war. Svenja hatte sich verändert, rein optisch. Ihr Haar trug sie nun raspelkurz und mit einer roten Tönung, die mich eher an Pumuckl erinnerte als an einen modischen Trend.

»Neue Haare?«, fragte ich, nur um überhaupt etwas zu sagen.

»Mhm, gefällt's dir?«, antwortete Svenja.

»Geht, vorher fand ich's besser.«

»Ich auch.« Sie lachte. Warum war sie nicht enttäuscht, alle Menschen sind enttäuscht, wenn man ihre Veränderungen mit einem »Vorher fand ich's besser« kommentiert. Svenja nicht.

»Ist aber nur 'ne Tönung, noch 'n paar Mal waschen, dann ist es eh raus.«

Abgenommen hatte sie auch. Nicht dass sie es nötig gehabt hätte – man sah es trotzdem, und es stand ihr. Ich fand es nicht richtig, weil ich zickig war und neidisch und noch immer aufgebracht, obwohl ich mich sehr zusammenriss.

»Willst du was trinken?«

»Nein, ich will nur mit dir quatschen.«

»Cool, setz dich doch.«

Ich stand noch immer im Raum und dachte mir, dass sie wenigstens in diesem Punkt recht hatte. Es war besser, sich zu setzen und ihr direkt in die Augen zu schauen, als von oben herab.

»Ich hab' einen Studienplatz. In Marburg.«

»Ja?!«

»Das ist in Hessen, kleines Kaff, total süß.«

»Mhm.«

»Lehramt, Deutsch und Geschichte. Blöd, oder?«

»Warum?«

»Na ja, Lehrerin, ich weiß nicht, ich schau's mir erst mal an, kann ja immer noch wechseln, ich muss jetzt einfach mal weg.«

»Verstehe.«

»Und du?«, fragte sie und schien es wirklich wissen zu wollen.

»Weiß noch nicht.«

»Was sagen deine Eltern dazu?«

»Nichts, wieso?«

»Meine Eltern haben ständig genervt, am Ende wären sie sogar froh gewesen, wenn ich 'ne Lehre bei Feinkost Jensen mach'.«

Ich dachte an Erik, der so oft bei uns angerufen hatte, ich nahm mir fest vor, ihn zurückzurufen, nur um wenigstens einem Menschen mal wieder eine Freude zu machen.

»Gesa, ich hab' das mit deiner Mutter gehört, tut mir echt leid.«

»Tja.«

»Ist sie noch in diesem Krankenhaus?«

»Du darfst ruhig Klapse sagen.«

»Warum, find' ich … muss man doch nicht …«

»Ist 'ne Klapse.«

»Psychiatrisches Krankenhaus kann man auch sagen.«

»Man kann so vieles sagen.«

»Hast du irgendwas, Gesa?«

»Du?«

Sie wusste, was ich meinte, und sie wusste auch, dass es keinen Sinn mehr hatte, so zu tun, als wäre nichts geschehen.

»Malte hat es dir gesagt?«

Ich nickte.

»Ich hätte es dir lieber selber gesagt.«

»So?«

»Ist nicht einfach.«

»Und mit Malte ging es einfach?«

»Ich hab' mich nicht mit ihm getroffen, um über deinen Bruder zu reden, wir haben uns zufällig getroffen.«

»Und dann zufällig das Thema gefunden.«

»Er hat mich gefragt.«

Ich glaubte ihr, aber ich konnte es nicht zugeben, weiß der Teufel warum.

»Das soll ich dir glauben.«

»Er wollte alles über deinen Bruder wissen, und dann ist es mir rausgerutscht. Ich hab' sofort gedacht, Scheiße, jetzt wirst du es auch erfahren.«

»Ja, Scheiße.«

»Mensch, ich hätte es dir wirklich gerne selber gesagt.«

»Und warum hast du nicht?«

»Wollte ich ja, aber als …«

» … als er gestorben ist, da war es zu spät.«

»Ja«, sagte Svenja kleinlaut.

»Du hättest es mir auch dann sagen können.«

Sie nickte, denn jetzt hatte *ich* recht. Sie hätte es mir sagen müssen.

»Wie lange wart ihr zusammen?«

»Nicht lange. Zwei Wochen.«

»Hast du Schluss gemacht?«

»Nein, er.«

»Warum?«

»Was spielt das jetzt für eine Rolle?«

»Svenja, für mich spielt alles eine Rolle. Ich habe das Gefühl, dass um mich herum ständig Dinge passieren, die ich nicht mitbekomme. Auf einer kleinen Insel wie dieser ist das echt 'ne Leistung.«

»Ich weiß es nicht. Wilko hat mir keinen Grund genannt. Er hat einfach Schluss gemacht. Einfach so.«

»Da muss doch was passiert sein, mein Bruder hätte nie einfach so Schluss gemacht.«

»Ich glaub, du kanntest ihn nicht.«

»Soll das ein Witz sein?«

Ich wurde sauer, sehr sauer, dass Svenja ihre Beherrschung behielt, rechne ich ihr noch heute hoch an.

»Er war nicht immer so, wie du ihn kanntest, er hat es mir erzählt.«

»Spinnst du jetzt, er hat dir erzählt, dass er nicht so ist, wie ich ihn kenne, was soll denn der Scheiß?«

»Er war unglücklich, und er hat immer gedacht, dass er dich nicht damit belästigen darf, niemanden von euch. Deine Mutter nicht, deinen Vater nicht, dein …«

»Hör auf, ich will das nicht hören.« Meine Stimme überschlug sich.

»Er war traurig.«

»Hör auf!«

»So traurig, dass er sich nicht verlieben wollte.«

»Halt deinen Mund.«

»Deshalb hat er Schluss gemacht. Deshalb!«

Ich rannte aus ihrem Zimmer, zu den Dünen, zum Meer, zu unserer Stelle.

Wie wild schlug ich auf den Sand ein, immer wieder, immer heftiger, als gelte es, einen unsichtbaren Feind zu besiegen. Als meine Kräfte nachließen und sich die Knöchel rot verfärbten, schmiss ich mich der Länge nach hin, legte mein Ohr auf den Boden, lauschte und begann zu weinen.

»Ich kann euch nicht hören. Scheiß Sandflöhe. Ihr könnt gar nicht lachen! Scheiße!«

52

Er hatte mir ein Glas Wasser angeboten, nicht um meinen Durst zu bekämpfen, sondern um meinen Redeschwall zu stoppen. Im Gegensatz zu meinen ersten Besuchen bei Dr. Niedlich hatte ich diesmal von selber angefangen zu reden. Ohne Punkt und Komma, ich hatte nichts ausgelassen, jedes noch so kleine Detail floss in meine Schilderungen ein, bis er das Glas vor mich stellte.

»Wird Ihnen guttun«, versprach er lächelnd.

»Danke.«

Ich trank und spürte erst jetzt, wie trocken mein Mund geworden war.

»Ganz schön viel passiert seit unserer letzten Begegnung«, bemerkte er.

»Ja. Es reicht, reicht völlig.«

»Und wie fühlen Sie sich dabei?«

»Super.«

Die Antwort schien ihm nicht zu gefallen.

»Scheiße.«

Diese Antwort gefiel ihm.

»Die Dinge, die Sie über Ihren Bruder erfahren haben, waren Ihnen wirklich unbekannt?«

Ich fand sein besorgtes Stirnrunzeln etwas zu übertrieben.

»Ja natürlich, sonst hätten sie mich ja nicht so umgehauen.«

Er schaffte es, seinem Stirnrunzeln noch mehr Tiefe zu geben, und ich überlegte dabei, was man alles in seinen tiefen Hautfalten verstecken könnte. Keine Ahnung, wie ich auf so eine Überlegung kam.

»Gesa?«

»Ja.«

»Woran denken Sie?«

»Ich denke gerade darüber nach, was man alles …– keine Ahnung, was ich gerade gedacht habe.«

Dr. Niedlich schien mir zu glauben und fuhr fort. »Würden Sie ihren Bruder immer noch so beschreiben wie … sagen wir mal … vor ein paar Wochen noch?«

»Was soll sich denn geändert haben?«

»Sagen Sie es mir!«

»Geht das Spielchen wieder los?«

»Gesa, es geht hier nicht um Spielchen, es geht um Sie, ich möchte einfach von Ihnen wissen, ob Sie ihn immer noch so beschreiben würden wie vor diesen ganzen neuen Fakten.«

»Fakten, das klingt so … wie ein Fall … mein Bruder, das ist doch kein Fall …«

»Fakten sind Dinge, die stimmen.«

»Ich weiß, was Fakten sind, aber ich weiß auch, dass mein Bruder kein Fall ist.«

Dr. Niedlich hakte nicht weiter nach. Reine Taktik – und er erreichte damit sein Ziel.

»Ich habe angefangen nachzudenken, ähm, über uns, über früher …«, begann ich zaghaft.

»Zum Beispiel?«

»Manchmal wenn er Geschenke bekam, da ist er ausgedroppt vor Freude, wie ein Bekloppter, hat einen fast totgedrückt und dann, kurze Zeit später … saß er da und hat nichts mehr gesagt. Null Freude, verstehen Sie?«

Er verstand.

»Himmelhoch jauchzend, zu Tode betrübt, das ist das passende Bild, oder, Dr. Niedlich?«

»Ja, so ungefähr.«

»Das war der komplette Kontrast. Eben noch total gut drauf und auf einmal … zack, bumm, aus!«

»Wie haben Sie sich dabei gefühlt?«

»Normal.«

»Hat es Sie geärgert?«

»Nee, wieso?«

»Haben Sie sich gewundert?«

»Damals nicht, jetzt schon. Das heißt, ich hab' mich nicht gewundert. Nur jetzt, im Nachhinein, da seh' ich alles irgendwie anders.«

»Sind Sie deswegen enttäuscht?«

»Wie meinen Sie das?«

»Entschuldigung, falsch gefragt. Sind Sie enttäuscht, weil Sie das damals nicht gesehen, nicht erkannt haben?«

»Ich war noch ein Kind.«

»Sehen Sie ihren Bruder noch?«

»Ja, nicht mehr so häufig. Ab und zu.«

»Gibt es eine Struktur, eine Ordnung, wann Sie ihn sehen?«

»Nein.«

»Möchten Sie das?«

»Weiß nicht, vielleicht.«

»Wäre es leichter, wenn Sie bestimmen könnten, wann Sie ihn sehen.«

»Glaub' schon.«

»Haben Sie es schon versucht, haben Sie ihn mal gerufen?«

»Bis jetzt noch nicht. Er kam immer, wenn irgendwas war.«

Dr. Niedlich stellte keine Fragen mehr, obwohl diesem Menschen wahrscheinlich nie die Fragen ausgehen würden.

Er stellte einfach keine mehr, weil er wollte, dass ich mich mit meiner Antwort beschäftigte. Er hatte mich dahin gebracht, etwas zu sagen, was mir vorher nicht bewusst war. Wilko tauchte tatsächlich immer dann auf, wenn etwas passiert war, wenn eine Frage im Raum stand oder eine Information, mit der ich nicht genau umzugehen wusste.

»Heißt das, ich sehne ihn mir herbei?«

»Könnte sein, aber so weit sind wir noch nicht.«

»Super, dachte schon, ich wäre geheilt. Wüsste gar nicht, was ich mit meiner Zeit anfange, ohne das hier und die ganzen … Fakten!«

»Möchten Sie eigentlich mit Ihrem Bruder über diese ganzen Dinge sprechen, die Sie erfahren haben?«

»Weiß nicht, ich denke schon.«

»Was erwarten Sie davon?«

»Die Wahrheit.«

»Und die ist Ihnen wichtig?«

»Na, sonst würde ich ja wohl nicht mit ihm über diese Dinge sprechen wollen«, antwortete ich eine Spur zu patzig.

»Fühlen Sie sich von ihm verraten?«

»Keine Ahnung.«

»Denken Sie darüber nach«, forderte er mich auf und lehnte sich in seinen Stuhl zurück. Mir fiel dabei auf, wie unbequem ich auf dem Stuhl saß, ganz vorne auf der Sitzfläche, den Rücken gekrümmt, die Beine grotesk angewinkelt. Super Körpersprache, sehr opfermäßig. Ich machte es mir bequem, um das Nachdenken zu erleichtern.

Nein, verraten war der falsche Ausdruck. Ich war enttäuscht, ich hatte gedacht, dass er mit allem, was ihm wichtig ist, zu mir kommt, mit allem. Er hat es nicht getan. Auch jetzt nicht. Und ich war enttäuscht, dass ich es auf diese Art erfahren musste. Über Umwege, unfreiwillig, aus heiterem Himmel. Aber das wollte ich Dr. Niedlich nicht sagen.

»Ich habe Angst, dass dieses Bild, das ich von ihm habe, dass es immer mehr kaputt gemacht wird, dass es nicht mehr stimmt, dass es vielleicht nie gestimmt hat. Das ist es, genau so.«

»Wie geht es Ihrer Mutter?«

»Wie kommen Sie denn jetzt auf meine Mutter?«

»Sie ist ein Teil von Ihnen.«

»Quatsch, sie ist meine Mutter und kein Teil von mir.«

Er hörte sich meine Korrektur an, kommentierte sie aber nicht.

»Haben Sie mit ihr schon gesprochen?«

»Noch nicht, bald.«

»Sie werden ihr nicht alles erzählen?«

»Ich bin doch nicht bescheuert, ihr geht es gerade besser.«

»Aber Sie verschweigen ihr die Wahrheit.«

»Haben Sie nicht gehört, ihr geht es gerade besser.«

»Vielleicht geht es Ihnen auch besser, wenn Sie die Wahrheit nicht erfahren.«

»Ich bin nicht krank!«

»Aber gut geht es Ihnen auch nicht.«

Ich hasste es, wenn er mich an diesen Punkt brachte, an dem es ihm gelungen war, Dinge über mich herauszuarbeiten, die er im Gegensatz zu mir schon kannte. Es war mir unangenehm, dass ein Fremder sich so intensiv in mir umschauen konnte, fast ohne dass ich es bemerkte.

»Was soll das heißen?«, fragte ich ihn. »Soll ich aufhören zu fragen, mir die Ohren zuhalten, wenn mir wieder einer was stecken will. Ist es das?«

»Nein, das ist es nicht. Ich möchte, dass Sie begreifen, dass alles ein Teil Ihrer Geschichte ist, auch die hässlichen Seiten, und dass diese Seiten nicht schöner werden, nur weil man sie bunt anmalt.«

»Schön gesagt. Kalenderspruch?«

Er zuckte mit den Schultern und schüttete mir erneut ein Glas Wasser ein.

»Sprechen Sie mit Ihrer Mutter und sprechen Sie auch mit Ihrem Vater.«

»Vielleicht.«

»Sprechen Sie!«

»Okay.«

Er hatte recht, es gab ein paar Dinge, die ich mit beiden besprechen musste, und vielleicht hatte ich wirklich zu oft die Farbe benutzt. Vielleicht ist das Leben an einigen Stellen doch nur monochrom, unter all dem Bunten.

53

Es ging ihr wirklich besser. Während der Fahrt nach Oldenburg hatte ich meine Zweifel. Ärzte verwechseln manchmal die trostvolle Absicht, Angehörige zu beruhigen, mit der Übermittlung von Routinefloskeln.

Wir trafen uns nicht in ihrem Zimmer, sondern in einem wirklich gemütlich eingerichteten Aufenthaltsraum. Viel Holz, viele Farben, ein bunter Klecks Beruhigung. Bis auf uns waren nur noch zwei andere Patienten da, die sich auf ein Schachspiel konzentrierten und immer mal wieder auf uns. Vom Pflegepersonal war nichts zu sehen. Hatte ich mir anders vorgestellt. So eine dicke Matrone im weißen Kittel mit dem frustrierten Blick einer zu früh Verblühten, die mit vor der Brust verschränkten Armen darüber wacht, dass nichts passiert. Das war das Mindeste, was ich erwartet hatte. Ich kannte Psychiatrien bislang nur aus Filmen. Schlechten Filmen, wie ich jetzt feststellen musste. Blöd, wenn man sein Wissen aus schlecht recherchiertem Unterhaltungskitsch bezieht. An den Wänden hingen nicht die üblichen Kunstdrucke aus den Einrichtungshäusern großer Möbelketten. Es waren offensichtlich Gemälde der Patienten. Aber auch diese Bilder entsprachen keinem Klischee: keine Hinweise auf traumatische Erlebnisse in der Kindheit, Drachen, die gegen Ritter mit langen Säbeln kämpfen, keine Albtraumphantasien in düsterem Schwarz, keine Suizidpanoramen in sattem Blutrot. Es waren Bilder von neutraler Schönheit. Manche naiv und unbeholfen, andere erstaunlich professionell. Alles hier wirkte wie ein Ort, an dem sich aufzuhalten sinnvoll erschien.

Ein Ort, der nicht nur Hilfe versprach, sondern sie auch geben konnte.

»Du hast abgenommen, stimmt's?«, fragte meine Mutter.

»Kein Gramm. Du?«

»Wie denn, entweder reden wir hier oder essen. Das bisschen Sport, was wir machen, ist ein reines Alibi.«

Sie lachte und griff sich spielerisch in ihre kleine Bauchrolle, wie um mir beweisen zu wollen, dass Abnehmen in diesem Krankenhaus so unwahrscheinlich war wie das Ausbleiben der Flut vor unserer Insel.

»Was machen die anderen?«, wollte sie wissen. Mir stockte der Atem, wie war das noch mal mit der Wahrheit.

»Alles gut, wie immer.«

»Und Oma?«

»Kennst sie doch, den ganzen Tag unterwegs.«

»Die Wattfee.«

»Ja, die Wattfee. Gestern ist sie mit einem Paar raus, da hat die Frau wohl schon nach den ersten Schritten gesagt, dass sie etwas spürt.«

»Schlick!«

»Nee, das auch, sie meinte zu Oma, dass sie ihre Gebärmutter spürt.«

»Die sind doch alle verrückt.«

»Aber sie zahlen.«

»Können einem auch leid tun.«

»Sie zahlen freiwillig.«

»Nee, das tun sie nicht. Sie zahlen für die letzte Hoffnung ganz bestimmt nicht freiwillig.«

»Ja, wahrscheinlich ist das so. Der Kinderwunsch muss echt was Irres sein, wenn man bereit ist, dafür alles zu tun.«

»Kinder sind das Größte, was du bekommen kannst.«

Ich hatte es nicht bemerkt, aber plötzlich war es da, das Thema, das ich eigentlich unbedingt vermeiden wollte. Der behandelnde Arzt hatte es mir nicht ausdrücklich verboten, er hatte gesagt, dass ich mit ihr über alles reden kann und mich so normal wie möglich verhalten sollte, aber das konnte doch nicht sein. Ich musste doch das Thema umschiffen, das auf einmal da war, den Grund ihrer Verletzungen. Man zündet doch auch kein Feuer an, um Brandblasen zu heilen. Da muss man doch kein Arzt sein, um so was zu wissen.

»Ja, sag mal, wie lange könnt ihr hier eigentlich morgens schlafen?«

»Bis sieben.«

»Geht doch. Zu Hause musst du früher raus.«

»Ja, stimmt, obwohl ich meistens früher wach bin.«

»Musst ja nicht aufstehen.«

»Mach' ich aber. Gewohnheit. Ich kann gar nicht anders.«

»Musste dich halt mal zwingen. Das tut dir gut.«

»Ja, kann sein.«

Ich war froh, die Kurve bekommen zu haben. Wenn auch nur für einen kurzen Moment.

»Kinder. Erst macht man sich einen Kopf, bis sie da sind, dann macht man sich einen Kopf, wenn sie da sind. Und wenn sie weg sind, dann macht man sich auch einen Kopf. Man macht sich eigentlich immer einen Kopf«, sagte meine Mutter.

»Na ja, jetzt aber mal nicht, jetzt bin ich ja da, und da musst du dir keinen Kopf machen.«

»Ach Gesa, wenn das alles so einfach wäre.«

»Was macht ihr eigentlich den ganzen Tag hier ... außer essen?«

Sie antwortete nicht auf meine Frage.

»Als ich erfahren habe, dass ich wieder schwanger bin, mit

dir, da habe ich es nicht geglaubt. Bei Wilko, da wusste ich es von der ersten Sekunde an. Ich habe es deinem Vater sofort gesagt. Du spinnst, hat er gemeint, das kann doch nicht sein. So schnell geht das nicht. Aber ich habe nur den Kopf geschüttelt und gesagt, wir werden Eltern. Wir bekommen einen Jungen. Ich wusste es ganz genau und habe bis zu seiner Geburt keinen Zweifel daran gehabt.«

Ich fühlte mich wie in einem Auto, das einen Abhang runterrast, ohne Bremse, ohne Kontrolle über das Lenkrad, und wartete nur noch auf den großen Knall.

»Aber bei dir, da hab' ich nichts gespürt, lange nicht.«

»Okay«, murmelte ich so bemüht neutral es eben ging.

Ich bildete mir ein, dass einer der Schachspieler im Raum, der ältere Herr mit Strickjacke und Cordhose, mich mitleidig anschaute. Für einen Bruchteil von Sekunden berührten sich unsere Blicke. Ich antwortete ihm mit einem Kein-Problem-Ausdruck, obwohl ich ein Problem hatte. Es machte mich traurig, was sie da erzählte. Wilko, der Junge, der schon da war, bevor die erste Wölbung des Bauches ihn ankündigte, die allmähliche Vergrößerung der Brüste und das Ausbleiben der Regel. Ich hingegen, die Tochter, die Zweitgeborene, die sich nicht bemerkbar machte, die ihre Mutter überraschte wie ein plötzlicher Regenguss im Sommer, auf den man nicht vorbereitet ist. Ich war eifersüchtig, und ich versuchte dieses Gefühl zu bekämpfen. Jetzt war ich es, die mit dem Thema nicht zurechtkam. Was hatte Dr. Niedlich gesagt – ich muss mit meinen Eltern sprechen. Prima Idee.

»Weißt du, wer es als Erster gespürt hat?«, fragte sie.

»Papa?«

»Wilko. Er hat immer wieder seine kleine Hand auf meinen Bauch gelegt und DA! gesagt. DA!«

Sie nahm meine Hand, legte sie auf ihren Bauch und wiederholte, was sie sagte.

»Da!«

Ich wollte meine Hand nicht auf ihren Bauch legen, doch sie hielt sie fest mit leichtem Druck.

Das war der Sommer der Tränen. Ich hatte mir so fest vorgenommen, mich nicht mehr von meinen Gefühlen überrennen zu lassen. Doch es geschah, ohne dass ich irgendwas dagegen unternehmen konnte.

»Gesa? Warum weinst du denn?«

»Ich wein' doch gar nicht.«

»Gesa, mein Kind.«

»Schon okay, Mama.«

Sie nahm mich in den Arm, und es sah nun so aus, als wäre ich die Patientin und Mama mein Besuch.

»Du hast immer geglaubt, dass ich ihn bevorzuge, hab' ich recht?«

»Nein.«

»Ich weiß es, aber es stimmt nicht.«

»Mama, ist schon okay, gibt's irgendwo Kaffee?«

»Das Besondere an dir war, dass ich es nicht wusste.«

»Ich bräuchte jetzt echt 'n Kaffee oder so was, habt ihr eine Kantine? Oder wenigstens einen Automaten? Ich hol' uns was.«

»Du warst ein Geschenk, und das sag' ich nicht nur so. Du warst ein Geschenk, mit dem ich nicht gerechnet habe, ich war so glücklich, weil du nicht geplant warst. Du warst wie etwas, das ich bekommen sollte, weil es richtig war, verstehst du das?«

»Mama?«

»Wilko war etwas, das dazugehörte, wir waren frisch verheiratet, hatten gerade das Möwennest übernommen, und ein Kind, das war eben normal, du aber warst …«

Ich schaute sie an, während sie mit dem Ärmel ihres Kleides meine Tränen abwischte.

» … das ganz Besondere.«

Ich vergrub mich in ihren Armen, genoss die Wärme und den Geruch ihres Körpers. Es tat so gut und fühlte sich richtig an, weil dieser Augenblick nun auch etwas ganz Besonderes war. Obwohl dieser Raum in der Psychiatrischen Klinik ganz bestimmt nicht immer dazu geeignet war, Familiengeschichten zwangsläufig bei einem Happy End zu begleiten – an diesem Tag war er es. In diesem Augenblick war er für mich der schönste Ort auf der ganzen Welt.

»Das Schlimmste an Wilkos Tod war nicht das Endgültige, das Schlimmste war …«

Sie schluckte, hielt inne und wirkte, als würden ihre eigenen Gedanken sie überrollen. Ich bekam eine unfassbare Angst, dass sich nun alles wiederholen würde. Dass sie wieder in diesen Zustand verfiel. Der Schachspieler lächelte mich an und nickte mir zu, wie um mir zu sagen – alles gut, alles gut.

»… das Schlimmste war und ist für mich die Angst, dich auch noch zu verlieren.«

Dr. Niedlich hatte recht gehabt: Ich musste mit ihr reden, und jetzt musste ich es auch noch mit meinem Vater.

54

Manche Dinge passieren in einer zeitlichen Abfolge, die genauso dämlich und vorhersehbar konstruiert wirkt wie blöde Daily Soaps oder Popmusik von Castingbands.

Als ich die klappernde Metalltreppe der Fähre verließ und auf die Busse im Hafen schaute, die die neuen Urlauber in ihre schnuckeligen Hotels und Pensionen bringen mussten, sah ich ihn heftig winken. Keine Ahnung, wie lange er da schon gewartet hatte, denn niemand wusste, wann ich vom Festland zurückkommen würde. Erik hatte sich dafür einen ganzen Tag freigenommen.

»Na?«, sagte Erik und schaute mich an, als wäre es das Selbstverständlichste auf der ganzen Welt, dass ausgerechnet er mich von der Fähre abholt.

»Hallo Erik, woher wusstest du, dass ich hier bin?«

»Deine Oma.«

Stimmt, er hatte so oft angerufen, dass sie es ihm gesagt haben musste, aus Mitleid, aus Höflichkeit, aus Respekt vor seiner Hartnäckigkeit, keine Ahnung warum.

»Wie lange wartest du denn schon?«

»Jetzt bin ich da.«

»Ja, das stimmt Erik. Schön.«

»Hast du es dir überlegt?«

»Was?«

»Heiraten.«

»Erik? Nicht böse sein, aber ich habe dir doch schon erklärt, dass ich …«

»Gut.«

»Wie, gut?«

»Ich möchte dir einen Kaffee kaufen.«

»Ich möchte keinen Kaffee, ich möchte eigentlich jetzt nach Hause.«

»Ich komme mit.«

»Erik? Musst du nicht arbeiten?«

»Ich komme mit.«

»Das ist vielleicht keine ganz so gute Idee, ich bin nämlich müde und ich …«

»Ich bin auch müde, bin früh aufgestanden.«

Ich machte ein paar Schritte in Richtung der Busse, allein schon um ein wenig Distanz zu schaffen zu den anderen Reisenden, die unser amüsantes Gespräch mit großem Interesse verfolgten.

»Du gehst zu schnell, Gesa.«

»Ich will ja auch nach Hause.«

»Zu schnell.«

»Nimm du doch den Bus, ich laufe immer so schnell, okay?«

»Zu schnell.«

»Erik? Kann ich bitte so schnell laufen, wie ich will?«

»Ja.«

»Danke, Erik.«

»Zu schnell.«

Erik ist ein liebenswürdiger Junge, wirklich nicht der hellste, und ihm etwas zu sagen, was ihn verletzte, fiel mir schwer. Ich stoppte den Lauf und schaute ihm tief in die Augen.

»Erik, jetzt hör mir mal genau zu, und bitte nicht böse sein, ja?«

»Jetzt bist du nicht mehr zu schnell«, stellte er freudig fest.

»Du und ich, das wird nichts, ich habe schon einen Freund. Tut mir leid, echt.«

»Kein Problem«, sagte Erik überraschend.

»Das freut mich«, antwortete ich erleichtert.

»Malte?«

»Ja, genau, das ist mein Freund.«

»Kenn' ich.«

»Ah, echt?«

»Mhm.«

Ich war froh, dass er es wusste, das schien mir die Sache leichter zu machen.

»Aber du bist nicht verheiratet mit dem.«

»Nein, das nicht, aber wir sind trotzdem zusammen«, sagte ich, ohne zu wissen, ob es noch stimmte.

»Macht nichts. Kann dein Freund sein, ich heirate dich trotzdem.«

Ich nahm wieder Fahrt auf. Wenn es schon nicht möglich war, ihn mit Argumenten abzuhängen, dann vielleicht mit einem schnellen Schritt.

»Zu schnell«, japste Erik hinter mir.

Jetzt bloß nicht umdrehen, seinen Blick hältst du nicht aus, dachte ich, dafür bist du zu weich. Nicht die schlimmste Eigenschaft, die ein Mensch haben kann, aber in solchen Situation sollte man sie nicht unbedingt auch noch besonders provozieren. Ich hatte schon einen Meter Vorsprung gewonnen. Erik war nicht besonders fit, bei einem jungen Mann, der die meiste Zeit des Tages damit beschäftigt ist, die Kisten in einem Feinkostgeschäft zu öffnen, nicht ohne den einen oder anderen Inhalt zu probieren, ist das kein Wunder.

»Zu schnell.« Seine Stimme klang nun schon nicht mehr so entspannt wie bei seiner Begrüßung.

Ich hatte die Distanz zu dem Mann, der mich heiraten wollte, auf über zwanzig Meter geschraubt.

»Zu schnell!« Seine Stimme war jetzt nur noch eine Ansammlung gehechelter Laute.

Ich hatte noch Reserven, legte noch einen Gang zu, als er mich mit einem Wort zum Stoppen brachte.

»Ente!«

55

Jean-Pierre saß in einer leeren Orangenkiste und schien nicht sonderlich begeistert zu sein, mich wiederzusehen. Er gab sich jedenfalls nicht die geringste Mühe, wenigstens so zu tun.

»Deine Ente«, sagte Erik.

»Nicht direkt, sie gehört meiner Mutter.«

»War lieb.«

»Super. Wo hast du sie gefunden?«

»An der Schule.«

»An der alten Dorfschule?«

»Bei deinem Papa.«

»Wann?«

»Weiß nicht.«

»Hast du mich verfolgt?«

»Weiß nicht.«

»Das darfst du nicht, hörst du, du darfst mich nicht verfolgen.«

Vielleicht klang meine Stimme ein bisschen zu böse, Erik wich einen Schritt zurück und er tat mir im selben Augenblick schon wieder leid. Er war verliebt in mich, das lässt vieles verzeihen.

»Erik, komm, gib mir deine Hand.«

Er zögerte.

»Komm!«

Dann kam er wieder näher, reichte mir seine Hand und strahlte.

»Gehen wir jetzt heiraten?«

»Nein, das nicht, aber wir gehen jetzt ein Eis essen. Du und ich und Jean-Pierre, okay?«

»Schokolade und Erdbeer.«

»Von mir aus.«

»Mit Sahne.«

Wenn alle Probleme so einfach zu lösen wären, dann würden die Eispreise explodieren.

Wir brachten Jean-Pierre zurück ins Möwennest und machten uns dann direkt auf den Weg zur teuersten und leider auch schlechtesten Eisdiele sämtlicher Nordseeinseln. Aber das war es mir wert.

Erik schaufelte sich sein Schokoladeneis hinein und es war eine Freude, ihn dabei zu beobachten.

»Lecker«, grunzte er zwischen zwei schwerbeladenen Löffeln.

Die Schokolade hatte sich auf beiden Wangen verteilt und aus Erik einen glücklichen Jungen gemacht.

»Sieht man, Erik.«

»Gut.«

»Ja, gut.«

Erik war damit beschäftigt, auch den Rest des riesigen Eisbechers zu vertilgen, als ich ein paar Tische weiter etwas sah, was mir die gute Laune mit einem Schlag vernichtete.

Malte und Svenja schienen sich nett zu unterhalten, mich hatten sie noch nicht gesehen. Die große Eiskarte, die ich mir nun schnell vor das Gesicht hielt, sollte daran nichts ändern.

»Wo bist du, Gesa?«

»Hier, hinter der Karte.«

»Warum?«

»Ich such' mir noch was aus.«

»Schokoladeneis?«

»Nein.«

»Spaghetti-Eis?«

»Nein.«

»Zeig mal.«

Erik wollte mir die Karte abnehmen, was ich unbedingt verhindern musste.

»Erik, ich möchte noch ein bisschen schauen«, behauptete ich hinter der Eiskarte.

»Ich helfe dir, zeig mal.«

Erik zog nun immer mehr, während ich versuchte, die Deckung zu retten.

»Lass los, Gesa.«

»Nein.«

»Doch.«

»Erik, lass das, bitte.«

»Ich will dir helfen.«

»Nimm dir eine eigene Karte.«

»Warum?«

»Erik, bitte.«

Er schien darin keinen Sinn zu sehen und bestand darauf, in meine Karte zu gucken. Es war ihm zudem gelungen, die Aufmerksamkeit der anderen Gäste auf uns zu ziehen, was mir auch in der Deckung nicht entging.

»Gesa? Komm, gib!«

Mit einem völlig überraschend festen Ruck zog er die Karte zu sich und gab den anderen Gästen freien Blick auf mich. Während Erik sich nun sofort durch das große Angebot verschiedenster Eisbecher wühlte, um für mich das Beste herauszusuchen, hatten mich nun auch endlich Malte und Svenja entdeckt. Super!

Im Gegensatz zu mir schienen die beiden kein Problem damit zu haben, mich zu sehen. Malte winkte mir zu. Ich winkte zurück. Svenja beließ es bei einem neutralen Nicken. Das alles war auch Erik nicht entgangen. Sensibel war er, das musste man ihm lassen.

»Malte hat noch eine Freundin.«

»Das ist nicht seine Freundin.«

»Doch.«

»Nein, die beiden sind nur …«

Vielleicht wusste Erik mehr als ich, wenn er mich schon beobachtet hatte, dann vielleicht auch seinen Nebenbuhler.

»Wie kommst du darauf, dass es seine Freundin ist?«, wollte ich nun von ihm wissen.

»Gesehen.«

»Wann?«

»Oft.«

Malte lächelte zu mir herüber, ich antwortete ihm mit dem kühlsten Blick, den ich drauf hatte. Jetzt hätte er ahnen können, was los war.

»Wie oft, Erik?« Ich fragte wie eine eifersüchtige Ziege. Dabei gehöre ich gar nicht zu den Menschen, die glauben, dass eine funktionierende Beziehung nur noch aus Zweisamkeit besteht, selbst dann, wenn man sich nicht sieht. Natürlich hat jeder das Recht, sich auch mit anderen zu treffen, das ist völlig okay. Nur Malte hatte dieses Recht nicht. Nicht hier. Und schon gar nicht mit Svenja.

»Oft.«

Ich schluckte und spürte, wie die Information wie eine Bleikugel durch meinen Magen schoss.

»Und wo?«

»Überall.«

Die Bleikugel in meinem Magen vergrößerte sich.

»Du hast sie beobachtet?«

»Ja.«

Malte suchte erneut den Blickkontakt zu mir, ich ignorierte ihn so offensichtlich, dass ich hoffte, ihn damit zu verletzen.

»Was haben die beiden denn gemacht?«

»Alles?«

Die Bleikugel wuchs auf Medizinballgröße heran.

»Was heißt das?«

»Alles.«

Ich war kurz vorm Platzen.

Einen kleinen Augenblick dachte ich darüber nach, ob es richtig war, ein schlichtes Gemüt wie Erik so auszuhorchen, nur um meine Eifersucht mit neuer Nahrung zu füttern. Aber Eifersucht kennt kein Richtig oder Falsch. Das steht fest.

»Erik? Haben sie sich geküsst?«

Ich hätte mir auf die Zunge beißen können, als die Frage raus war. So blöd kann man doch eigentlich gar nicht fragen. Das war doch nicht mehr ich, die hier fragte, das war ein kleines dämliches und bis in die letzte Pore eifersüchtiges Monster. Erik schien das nicht zu beeindrucken, er antwortete brav und mit aller Unschuld.

»Nein.«

»Sicher?«

»Ja.«

»Du hast doch gesagt, sie haben ALLES gemacht.«

»Ja.«

»Erik, was meinst du denn damit?«

»Früchtebecher.«

»Was?«

»Der ist lecker. Meine Mama isst den immer. Mit Sahne. Soll ich bestellen?«

Auf seiner Hitliste der Wichtigkeiten stand nun auf Platz Eins der richtige Eisbecher für mich, alles andere kam danach. Was hatte er auch mit meiner Eifersucht zu tun. Von uns beiden war er der eindeutig Überlegene, weil er sich durch sachliche Themen wie die korrekte Eisauswahl pflügte und sich nicht durch irrationale Wirrungen beeinflussen ließ.

»Soll ich bestellen?«, hakte Erik nach.

»Nein, wir gehen.«

»Wohin?«

»Weg.«

»Gut.«

Ich stand auf, nahm demonstrativ Eriks Hand und führte ihn, der noch immer ein Gesicht wie ein glückliches Schokoladenkind hatte, am Tisch von Malte und Svenja vorbei. Wie klein kann man sein.

»Gesa, komm setz dich zu uns«, bat Malte und machte die passende Handbewegung in Richtung Eisdielenstuhl. Lieber hätte ich mich freiwillig auf einen Haufen Möwenkacke gesetzt.

»Ja, komm«, fügte Svenja hinzu.

»Danke, keine Zeit, Erik und ich wollen noch …«
» … heiraten«, ergänzte Erik stolz und ließ seine schokoladenverschmierten Zähne blitzen.

»Nein, Erik, das nicht, wir wollen … wir müssen … weg. Wir sehen uns!«

56

Es war nicht leicht, Erik davon zu überzeugen, dass wir nun nicht auch noch die Nacht gemeinsam verbringen würden, aber irgendwann hatte er es dann doch begriffen und war mir noch nicht mal böse.

»Mach's gut, Erik.«

»Du auch.«

»Ich liebe dich, Gesa!«

»Das ist gut.«

»Ich weiß.«

Im Möwennest wartete bereits die nächste Überraschung auf mich. Alles andere hätte mich gewundert.

Ich sah Onkel Onno zum ersten Mal in meinem Leben in den Armen meiner Tante Nele. Zuerst glaubte ich, dass es ein Fremder war. Einer der Männer mit den seltenen Erkrankungen, die Tante Nele so gerne und leidenschaftlich für sie erfand. Der Anblick machte mich sprachlos.

Die beiden saßen eng umschlungen auf der kleinen Bank vor unserer Pension. Wenn es einen Soundtrack für dieses Bild hätte geben müssen, dann »Old friends, new lovers« von The Thrills, einer Band aus Irland, die sich dem Kalifornienpop der 60er verschrieben hat, mit nöligem Gitarrenbrei und zuckersüßen Melodien. Irgendwas zwischen Neil Young und den Birds, Musik für alle, die mit diesen Namen nichts anfangen können, weil es uncool ist und man altes Zeugs nur dann hören darf, wenn die Musiker, die es spielen, Eltern haben, die in den 60ern geboren worden sind.

Ich hätte es nicht gewagt, diesen Augenblick in seiner Einmaligkeit zu zerstören, weder durch einen Soundtrack noch durch mich, aber Tante Nele hatte mich längst gesehen.

»Gesa, komm zu uns!«

Sie winkte mich zu ihnen und ich hatte leider schon den richtigen Moment verpasst, um ihrem Winken nicht zu folgen. So sehr mich ihre völlig unerwartete Zweisamkeit auch erfreute, ich wollte lieber alleine sein. Ging aber nicht, selber schuld, hätte gleich ins Haus laufen sollen.

Onno blinzelte verlegen, als müsse er sich für die Nähe zu seiner Frau schämen, als ich bei den beiden ankam.

»Na, alles klar?« fragte ich so unbeeindruckt wie möglich.

»Onkel Onno hat was gefunden.«

»Nee?«

»Doch.«

»Erzähl doch mal«, forderte sie ihn auf.

»Ach, nichts Großes, ein paar kleine Münzen.«

»Nun komm, nun mach die Sache mal nicht kleiner, als sie ist, erzähl mal alles, ich mach' uns eben einen Tee. Du willst doch bestimmt auch einen, Gesa?«

Bevor ich ihr antworten konnte, war Tante Nele schon aufgestanden und ging in die Pension. Ihre innige Umarmung mit Onno sollte nicht die einzige Überraschung bleiben. Einen Tee hatte sie für mich und ihren Mann so selten gemacht, wie sie ihn in meiner Gegenwart in den Arm genommen hatte. Irgendwas war passiert. Irgendwas außerhalb ihrer ganz speziellen Sprechstunden und seiner stundenlangen Schatzsuche. Das Schicksal hat wohl mal wieder ein Ass aus dem Ärmel geschüttelt. Wenigstens durfte ich bei dieser Schicksalsrunde ausnahmsweise aussetzen.

»Ich hab' wirklich was gefunden.«

»Wurde aber auch Zeit. Was war's denn jetzt? Ein richtiger Schatz?«

»Ja, ein richtiger Schatz.«

So wie er es betonte, hätte ich wissen müssen, dass es etwas anderes war als ein Schatz, wie man ihn sich normalerweise vorstellt.

»Nun sag schon, was denn genau?«

Er nickte in Richtung Möwennest.

»Wie, versteh' ich nicht.«

»Tante Nele.«

»Hä?«

Dann begriff ich, das war sein Schatz, den er gefunden hatte, der eigentliche Schatz, nach dem er so lange gesucht hatte.

»Willst du meinen Arrett, Gesa, ich brauche ihn nicht mehr.«

»Warum nicht?«

»Er gehört dir.«

»Super, danke!«

»Kannst du denn was damit anfangen?«

»Natürlich, Onkel Onno. Jedes Mädchen sollte einen Metalldetektor haben.«

Er lachte, widersprach mir aber nicht.

»Willst du wissen, was passiert ist?«

»Ich weiß nicht, ich glaub' nicht.«

»Warum nicht?«

»Schlechte Erfahrungen, Onkel Onno.«

»Womit?«

»Mit dem Wissen. Haut einem manchmal alles kaputt.«

»Und wenn es was Schönes ist?«

»Dann auch. Ich glaub' sogar, dann erst recht.«

Ich war geradezu erleichtert, als mich Tante Nele rief. Sie hing aus dem Küchenfenster und wedelte mit einer leeren Teedose.

»Weißt du, wo der frische Tee ist?«, rief sie laut und eindringlich zu mir herüber.

»Wo er immer ist.«

»Da ist er nicht.«

»Doch, hab' ich gestern noch nachgefüllt.«

Wir unterhielten die halbe Insel damit, denn zwischen der Bank vor unserer Pension und unserer Küche lagen einige Meter, die wir lautstark überbrückten.

»Ruhe!«, brüllte einer unser Gäste, der in einer Sonnenliege versuchte, den Stress des Alltags mit ein paar UV-Strahlen wegzubrutzeln.

»Ich komme, Tante Nele.«

Meine Tante hielt die volle Teepackung in der Hand, als ich die Küche betrat.

»Ich muss dir was sagen, Gesa.«

»Nee, schon gut, musste nicht.«

»Setz dich, bitte.«

»Du, wegen Onkel Onno und dir, find' ich super, will gar nicht wissen, was und warum ihr …«

»Bitte, setz dich.«

Ich tat ihr den Gefallen, denn es schien ihr wichtig zu sein.

»Es geht nicht nur um diesen Schatz«, sagte sie.

»Sondern?«

»Ich mein', er ist wirklich glücklich wegen dieser Kiste, die er da gefunden hat. Ein paar Münzen, ein Besteck und irgendwas Nautisches.«

»Ah ja.«

»Er ist direkt in meine Praxis gekommen, um mir das zu erzählen.«

»Klasse, hat ja auch lange genug danach gebuddelt. Ich versteh' trotzdem nicht, was du meinst.«

»Er kommt sonst nie in die Praxis.«

»Ich weiß.«

Ich hoffte, dass sie nun nicht mit diesem anderen Thema anfing, über das ich mit ihr nicht sprechen wollte.

»Tante Nele, das geht mich alles nichts an, echt nicht.«

»Du findest es schlimm, was ich gemacht habe.«

»Nein, ist dein Leben.«

»Er hat mir nie einen Vorwurf gemacht, jedenfalls nicht direkt.«

»Du, es geht mich nichts an, echt nicht«, wiederholte ich.

»Er war so glücklich, als er da vor mir stand, mit diesem lächerlichen Gerät in der Hand und diesem seligen Blick in den Augen, wie so ein kleiner Junge stand er da.«

»Ich versteh' wirklich nur Bahnhof! Wegen des Schatzes?«

»Meinetwegen.«

»Was hast du damit zu tun, hast du ihm gesagt, wo er suchen muss?«

»Irgendwie schon.«

Sie streichelte über ihren Bauch, und es dauerte einen Moment, bis ich begriff, was sie damit meinte.

»Ich bin schwanger.«

»Du bist was?«

In meiner Vorstellung war Tante Nele keine Frau, die einfach schwanger wurde, nicht nur wegen ihres Alters, sondern weil ich mir einfach nicht den passenden Vater dazu vorstellen konnte.

»Ja, ich bin schwanger.«

»Und Onkel Onno weiß das?«

»Ja. Als er in meine Praxis kam, hat er das Laborergebnis gesehen. Ich hab' gedacht, jetzt ist alles vorbei, jetzt hat er endlich ein paar dämliche Münzen gefunden und einen Grund sich zu freuen, der ihn sogar in meine Praxis treibt, und dann das.«

»Hammer.«

»Irgendwann hätte ich es ihm natürlich sagen müssen, aber ich hab' mich einfach nicht getraut.«

»Ist es von ihm?«

Sie brauchte nicht zu antworten, ich wusste es auch so.

»Und das gerade auf der Bank?«

»Ist passiert, einfach so. Als er das Ergebnis gelesen hatte, hat er erst mal gar nichts gesagt und dann …«

Sie streichelte wieder über ihren Bauch.

»… dann hat er gesagt, das wäre jetzt sein Schatz.«

»Das Kind?«

Sie nickte.

»Ich weiß, dass du das nicht verstehen kannst, ich verstehe es ja selber nicht, aber als er da vor mir stand, da war auf einmal alles so wie früher. Als wir uns kennengelernt haben. Du kannst dir wahrscheinlich nicht vorstellen, dass ich mich damals in einen Bestattungsfachwirt verliebt habe.«

»Ehrlich gesagt, nein.«

»Doch, hab' ich, Onno war nicht immer so. Damals, da hab' ich geglaubt, mit diesem Mann werde ich die Welt aus den Angeln heben, mindestens. Wir haben so viel Blödsinn zusammen gemacht, so viel irre Sachen erlebt … aber dann begann auf einmal das normale Leben, ich hatte einen Job im Krankenhaus, die Routine, die langen Schichten, die Abende, an denen ich völlig übermüdet beim Essen eingeschlafen bin und nichts mehr um mich herum mitbekommen habe. Am allerwenigsten die Dinge um Onno. Er hat sich dann auch immer mehr um sein Geschäft gekümmert. Leider hat es Onno dann irgendwann nicht mehr geschafft, seine beruflich verordnete Trauer von seinem normalen Leben zu trennen. Und als sein Betrieb pleiteging, da war er auf einmal irgendwie tot. Und ich, ich habe mich getröstet. Mit dem Leben. Mit dem anderen Leben. Ich rede Blödsinn, oder?«

»Nein, nein«, versuchte ich sie vom Gegenteil zu überzeugen, mit mäßigem Erfolg.

»Ich will einfach, dass du ein bisschen was verstehst, von mir und Onno, von dem, was war und wie es dazu gekommen ist. Ich hab' versucht, mit deiner Mutter darüber zu sprechen, sie hat es nie verstanden, für sie war alles falsch, was ich gemacht habe. Das Einzige, was sie gut fand, war mein Studium, aber wie ich meine Ehe geführt habe, das war für sie was Fürchterliches.«

»Und Oma?«

»Oma. Tja, die sah das irgendwie schon immer lockerer, na ja, kein Wunder, oder?«

Nein, ein Wunder war es nicht. Schließlich war auch sie lange Zeit ein Opfer ihrer Zwänge gewesen.

»Ich hätte nie gedacht, dass ich für deinen Onkel noch einmal mehr empfinde als nur Mitleid oder das Gefühl, ihn nicht verlassen zu dürfen, weil es sich nicht gehört. Und ausgerechnet heute sehe ich ihn plötzlich wieder mit anderen Augen. Ich weiß, das wird für dich wirklich völlig bescheuert klingen, aber es ist so.«

»Klingt nicht bescheuert.«

»Ich bin froh, dass wir vielleicht doch noch mal zusammen einen Schatz gefunden haben, und es ist doch egal, woher er kommt, oder?«

»Tante Nele, ich …«

Sie legte mir ihren Finger auf die Lippen, und ich schwieg.

»Aber das ist erst mal unser Geheimnis, ja?«

Ich nickte und wusste, beim nächsten As, das das Schicksal an diesem Tag auf den Tisch werfen würde, wäre ich wieder dabei.

57

Es gibt keine lauen Sommernächte auf Nördrum. Auch nicht Ende Juli, wenn man sich auf dem Festland schwitzenderweise schon auf den Herbst freut, nur um endlich mal wieder durchschlafen zu können. Auf Nördrum ist auch der Sommer anders. Kein Grillenzirpen, keine bleierne Schwüle, die den letzten Tropfen Energie aus dem Körper saugt, dafür gibt es frische Nächte. Die beste Voraussetzung für klare Gedanken, sollte man meinen.

Ich saß auf dem alten Landungssteg und ließ die Beine im kalten Wasser baumeln. Meine Gedanken kreisten um die Dinge, die geschehen waren, und die, die bald kommen würden. Dieser Sommer hatte alles durcheinandergewirbelt und zerstört, wie eine Welle die Sandburgen am Strand.

Vielleicht ist es besser, wenn alles in einem Rutsch passiert, wenn nichts mehr so bleibt, wie es war. Vielleicht ist der kurze heftige Schmerz besser als das permanente leichte Leiden. Vielleicht, vielleicht, Schwachsinnsgedanken. Am Ende kann man es eh nicht steuern.

Wilko warf einen kleinen Stein ins Wasser und steckte dann auch seine Beine hinein.

»Weißt du noch, früher?«, fragte er.

»Ja. Wer als Erster die Füße aus dem Wasser nimmt, hat verloren.«

»Du hast immer verloren.«

»Nur weil du diesen Scheiß mit dem Monster erzählt hast, das einem die Füße abbeißt, wenn man sie lange genug im Wasser hat.«

»Du hast die Geschichte geglaubt.«

»Das war mal.«

»Und wenn es das Monster doch gibt?«

»Dann soll es sich mal schön bedienen.«

Ich ließ meine Füße heftig im Wasser kreisen, wie um ihm meine Furchtlosigkeit zu präsentieren.

»Hast du keine Angst?«

»Soll das ein Scherz sein?«

»Ich hätte Angst.«

»Ich nicht.«

»Mir kann nichts passieren. Nicht mehr.«

»Mir auch nicht.«

Die kreisenden Bewegungen meiner Füße wurden langsamer, und als ich es bemerkte, beschleunigte ich sie wieder.

»Man weiß nicht, was kommt, das macht Angst.«

»Wilko, was soll das?«

»Ich hatte auch Angst, schreckliche Angst. Auch vor dem Monster.«

»Es war deine Geschichte.«

»Na und … ich bin oft nachts davon aufgewacht, weil ich so viel Schiss hatte.«

»Und warum hast du dann immer so getan, als wäre ich die größte Schissbuchse?«

»Ich hab' gedacht, das macht mich stärker. Blöd, oder?«

Wilko nahm die Füße aus dem Wasser. Ich ließ sie drin, jetzt erst recht.

»Ich habe immer viel mehr Angst gehabt als du, aber ich wollte sie besiegen, und je mehr ich das versucht habe, desto schlimmer wurden meine Ängste.«

»Wilko, was erzählst du denn da?«

»Die Wahrheit. Ich habe mein Leben lang eine scheißerbärmliche Angst gehabt. Vor dem Meer, vor den Wellen …«

»Wilko?«

»Ich bin mir nicht sicher, ob du wirklich alles über mich weißt.«

»Ich weiß genug, das reicht doch.«

Es reichte nicht, und ich wusste es.

»Papa hatte diese Idee mit dem Fallschirmsprung.«

»Was?«

»Man muss sich seinen Ängsten stellen, um sie zu überwinden. Klang überzeugend.«

»Ich dachte, das war deine Idee?«

Er schüttelte den Kopf.

»Warum hast du es gemacht, du hättest nein sagen können.«

»Wollte ich nicht. Ich wollte, dass er recht hat.«

»Das ist doch bescheuert.«

»Schwesterchen, ich hab's für mich gemacht.«

»Warum hast du nicht mit mir über das alles gesprochen?«

»Hab' ich.«

»Hast du nicht.«

»Vielleicht hast du nicht richtig hingehört.«

Sein Vorwurf saß, ich wusste nun, dass ich einiges nicht mitbekommen hatte, dass ich nicht richtig hingehört und dass ich die Dinge einfach überhört hatte, die für meine Ohren zu leise oder zu unwichtig waren.

»Ist nicht schlimm«, sagte Wilko, als hätte er gewusst, worüber ich nachdachte.

»Doch, ist es.«

»Mit Mama habe ich auch nicht drüber gesprochen.«

»Verstehe.«

»Sie hat auch Angst, sie hat auch ihr Leben lang Angst gehabt.«

»Und jetzt ist sie krank davon.«

»Sie war es schon immer, und deshalb habe ich ihr nie was gesagt, obwohl ich glaube, dass sie es wusste.«

»Meinst du, sie hat dich immer so …«

» … bevorzugt?«

» … ja, sie hat dich bevorzugt, um dich zu schützen.«

»Ich denk' schon.«

»Warst du traurig, als du …«

»Nein, ich war glücklich, ich war der glücklichste Mensch auf der ganzen Welt.«

»Verarsch mich nicht.«

»Es stimmt, Gesa. Frag Papa.«

58

Der August bereicherte die Sonnenstatistik der Insel um zwei zusätzliche Hitzerekorde. Die Rasensprenger arbeiteten rund um die Uhr, um das Image einer grünen Insel zu wahren. Etwas abseits der touristischen Wege schien ihre Arbeit sinnlos, und dort sparten ihre Besitzer das kostbare Wasser, die Energie und auch die Leidenschaft, die Pflege der Rasenfläche aus einem anderen Grund zu betreiben als ausschließlich zur reinen Freude der zahlenden Gäste.

Malte und ich waren nicht mehr zusammen und auch nicht richtig getrennt. Er wohnte noch immer bei uns und ich hoffte, dass er es nicht nur tat, weil es während der Saison keine Alternativen mehr gab, bis auf das Hotel Nordblick, das sich seine arrogante Superlage mit unverschämten Preisen finanziert, die sich niemand leisten kann, der nicht im organisierten Drogenhandel unterwegs ist oder ahnungslosen Menschen riskante Wertpapiere vertickt. Für einen armen Inselschreiber ist das Möwennest der maximale Luxus.

Mein Leben hatte ein paar Tage auf sämtliche Pirouetten verzichtet. Es war fast schon langweilig, so langweilig, dass sich die Fragen mehr und mehr von der Vergangenheit entfernten, um sich ganz allmählich mal wieder in Richtung Zukunft zu bewegen. Und da lag für mich ein fettes, schwarzes Loch, in dem sich alles verstecken konnte oder nichts. Der Abschied von Nördrum war aufgrund der Ereignisse in weite Ferne gerückt, was nicht weiter schlimm war, aber was meine Zukunft auf Nördrum anging, hatte ich keine Ahnung.

Als ich Malte durch den Spalt in der Tür beim Frühstück beobachtete, hoffte ich auf eine Reaktion in meinen Körper, die mir was verriet, was ich nicht mehr so genau wusste. Ein Grummeln im Bauch, ein kleiner Herzstich, ein bisschen Puls, nur um sicher zu sein, dass da noch was für ihn war. Aber mein Körper schwieg, und ich musste mich fragen, ob diese ganze Geschichte zwischen ihm und mir nur etwas war, was sein musste, weil ich dem ganzen anderen Mist entfliehen wollte. Verliebtsein als Droge, als Taxi ins Glück, so was. Dabei sehnte ich mich nach ein bisschen Gefühlschaos, einem kleinen Ofen voller Leidenschaft, bei dem nur vorübergehend das Feuer ausgegangen ist. Malte musste mich dabei beobachtet haben, er trank seinen Kaffee, lächelte mir zu, aber der Ofen blieb aus. Ich lächelte zurück. Nicht mehr. Ich eilte zurück in die Küche, mittelmäßig enttäuscht, aber nicht komplett frustriert.

Während Oma Insa die rühreiverklebten Teller unserer Gäste vom Gröbsten befreite, tat sie das, was sie tun musste: Sie kümmerte sich um mich, weil es sonst keiner mehr aus meiner Familie tat. Nicht dass ich es besonders vermisst hätte, die meisten waren ja entschuldigt, aber ich lief halt so mit, wie man mitläuft, wenn der Alltag und die Routine keinen Platz mehr lassen für ein bisschen Seelenpflege zwischendurch.

»Du siehst schlecht aus Kind, Liebeskummer?«

»Nicht mehr.«

»Habt ihr Schluss?«

»Irgendwie nicht.«

»Irgendwie gibt es nicht. Entweder man hat Schluss oder man hat es nicht.«

»Die Liebe ist ein Kreisverkehr, erst läuft es rund und plötzlich muss man raus.«

Ich lachte, Oma Insa nicht. In Kalenderweisheiten war ich schon immer unschlagbar schlecht, entweder bemühte ich die falschen Bilder oder langweiligste Klischees.

»Wenn es so einfach wäre, dann wäre ich dringeblieben, im Kreisverkehr«, sagte sie.

»Du hast recht.«

Aber aus diesem Thema wollte ich aussteigen. »Wo ist eigentlich Piet, Oma?«

»Holt neue Gäste vom Hafen.«

»Auch Kunden?«

»Mach' ich nicht mehr.«

»Wie, keine Wattwanderungen, die rennen dir doch die Bude ein.«

»Ich hör' damit auf.«

»Warum das denn, Gewissensbisse?«

»Blödsinn, meine Erfolgsbilanz ist makellos. Und wer bei mir keine Kinder bekommt, der soll eben vielleicht auch keine kriegen.«

»Auch 'ne Sicht.«

»Kind, das ist keine Sicht, das ist die Wahrheit. Punkt, aus.«

»Okay, von mir aus, dann hast du ja jetzt wieder mehr Zeit fürs Möwennest.«

»Ja.«

»Cool.«

»Aber nicht mehr lange. Piet und ich wollen verreisen.«

Oma Insa teilte mir das mit, als wäre es so selbstverständlich wie das morgendliche Zähneputzen.

»Super, habt ihr euch verdient«, bemühte ich mich so betont unbeeindruckt wie möglich zu sagen.

»Richtig, das haben wir uns verdient.«

»Und, wo wollt ihr hin?«

»Patagonien.«

»Was?« Jetzt klang ich nicht mehr unbeeindruckt, sondern wie jemand, der gerade erfahren hat, dass sein Gegenüber einen Amoklauf oder ähnlich Bescheuertes plant.

»Patagonien, weißt du, wo das ist?«

»Südamerika. Da gibt es Flamingos.«

»Die gibt es auch im Zoo in Emden.«

»Aber da gibt es keine Anden. Kennst du die Anden?«

»Oma.«

»Wieso, selbstverständlich ist das nicht. Was sie euch heutzutage alles in der Schule beibringen, ist auch nicht immer der Weisheit letzter Schluss.«

»Von den Anden haben sie uns erzählt.«

»Gut. Wir haben schon gebucht. Und einen Reiseführer hab' ich auch gekauft. Bestellt, bei einem Versand. Damit es keiner mitkriegt.«

Sie hatten sich gründlich vorbereitet, still und heimlich. Vielleicht hätten sie am Präsentationstiming etwas arbeiten können, aber warum eigentlich? Wenn man so alt ist wie Oma Insa und Piet, ist das richtige Timing auch immer ein riskantes Spiel mit dem Schicksal. Wenn nicht jetzt, wann dann. Es war eine Belohnung für das lange Schweigen und diese ganze Undercoverfamilienzugehörigkeit. Vielleicht war es auch eine Flucht. Was auch immer, bei genauer Betrachtung hatten Piet und Oma Insa sich alles verdient, mindestens Patagonien mit Flamingos und den Anden.

»Ich freu' mich für euch, echt, kommt jetzt nur vielleicht ein bisschen überraschend.«

»Ja, ist wohl so. Du kommst doch klar, oder?«

»Logisch.«

»Und deine Mama wird auch nicht ewig im Krankenhaus bleiben.«

»Nee.«

»Was ist eigentlich mit deinem Vater, warum kommt er nicht zurück ins Möwennest? Wegen mir muss er sich nicht schämen.«

Bislang hatte Oma Insa die Rückkehr meines Vaters auf Nördrum mit keiner Silbe erwähnt, obwohl sie bestimmt oft genug darauf angesprochen worden war, auf den Mann in der alten Dorfschule, der jetzt ein Buch schreibt, statt auf der Oboe zu spielen.

»Er schämt sich nicht, ich glaub', er hat Angst«, antwortete ich.

»Vor mir?«

»Vor den Geschichten.«

»Was für Geschichten?«

»Mama, Wilko, der Unfall, das halt.«

»Kind, ich bin zu alt für solche Mätzchen. Und bald packe ich unsere Koffer. Sag ihm, er soll seinen Hintern gefälligst ins Möwennest bewegen, sonst hol' ich ihn persönlich! Du bist seine Tochter, er ist dein Vater. Sein Platz ist hier und nicht in der alten Dorfschule, sag ihm das und einen schönen Gruß.«

Sie lachte und legte das kleine, unversehrte Petersilienblatt, das einen der Rühreiteller noch zierte, vorsichtig zur Seite.

»Guck mal, Gesa, nix dran, die Menschen haben keinen Respekt mehr, vor nichts, und schon gar nicht vor dem Essen.«

»Hast du Tante Nele schon gesehen?«

»Nee, warum?«

»Nur so.«

»Du fragst doch nicht ohne Grund. Die muss doch in der Praxis sein.«

»Bestimmt.«

»Was willst du denn von ihr?«

»Nichts.«

Ich wollte nur wissen, ob Oma Insa etwas über Tante Neles Zustand wusste, offensichtlich nicht, das hätte ich ihr angesehen. Dass ich sie durch meine Nachfrage erst auf den Trichter brachte, hätte mir sofort klar sein müssen. Meine Oma war ein grau gewordener Seismograph auf zwei Beinen, was bestimmte Dinge zwischen Himmel und Erde betraf. Wer lange mit Geheimnissen leben muss, wird wahrscheinlich wachsamer als andere.

»Gesa? Was ist mit Tante Nele?«

»Nichts, was soll sein?«

»Gesa?«

Ich konnte es ihr nicht sagen.

Sie kratzte ein ebenfalls noch gut erhaltenes Petersilienblatt von einem Teller, ohne es zur Seite zu legen, dann zog sie ihre alte blau karierte Schürze aus.

»Kannst du den Rest machen, ich such' sie.«

Oma Insa verschwand, und ich sah, wie sie für ihr Alter noch ziemlich flott durch den Garten flitzte, mit direktem Kurs auf Tante Neles Praxis.

Ich hätte die Teller mit den Essensresten gerne vor die Wand geschmissen, aber Jean-Pierre, der, zurück in seinem Revier, wie immer auf der Suche nach Essbarem oder menschlichem Kontakt war, hinderte mich daran.

»Kannst du mir mal sagen, warum mir nur noch Scheiße passiert? Es sollte doch ein Geheimnis sein, kann man denn hier nichts für sich behalten?«

Jean-Pierre watschelte unbekümmert durch die Küche.

»Danke Jean-Pierre, vielen Dank für das Gespräch, hat mir sehr geholfen.«

Da er sich weder für mich interessierte, noch etwas Gescheites zum Fressen gefunden hatte, watschelte er wieder nach draußen.

Als ich sicher war, dass niemand mehr in meiner Reichweite war, tat ich das einzig Richtige und warf einen verklebten Frühstücksteller mitten auf den Küchenboden. Es tat gut, endlich mal was in die Brüche gehen zu sehen, was nicht unmittelbar etwas mit mir zu tun hatte.

»Wo ist Oma?«, fragte Piet, dessen Eintreten ich irgendwie übersehen haben musste.

»Bei Tante Nele«, beeilte ich mich zu sagen, während ich nach einem Kehrblech suchte, das bei uns grundsätzlich nie dort lag, wo es hingehörte.

»Warum schmeißt du mit Tellern, Gesa?«

Ich zuckte mit den Schultern, aber er schien mich zu verstehen.

»Kenn ich, teurer Spaß, aber ab und an kann man es sich leisten, was?«

»Ja, ab und an.«

»Wenn Oma zurückkommt, sag' ihr, dass sie noch 'ne Bescheinigung von der Krankenkasse braucht.«

»Für Patagonien?«

»Sie hat es dir gesagt?« Piet war sichtlich überrascht.

»Mmh, gerade.«

»Ja, für Patagonien. Was die alles haben wollen. Hat sie es nur dir gesagt?«

»Keine Ahnung, ich denk' schon.«

»Sagst du es weiter?«

»Ist es ein Geheimnis?«

»Eigentlich ja, sie meinte, wir sollten es nicht an die große Glocke hängen, wegen der Leute.«

»Ich sag's keinem.«

»Da gibt es Flamingos.«

Piet strahlte dabei wie ein kleines Kind.

»Ich weiß. Und die Anden.«

»Die sowieso, ich mach' Fotos, die zeig' ich dir dann.«

»Super.«

»Wir waren noch nie zusammen im Urlaub, und dann gleich so was, ist das nicht verrückt?«

»Wenn man ein bisschen drüber nachdenkt, nicht.«

»Früher, da wollte sie noch nicht mal, dass ich mit der Fähre zum Festland fahre, aus lauter Angst, dass was passiert, und jetzt fliegen wir. Ich bin noch nie geflogen. Soll ja gar nicht so gefährlich sein, wenn man nicht abstürzt. Ob wir da wohl nebeneinander sitzen, bestimmt, oder?«

»Natürlich, das buchen die automatisch.«

»Ich lass' sie aber am Fenster sitzen, die guckt so gerne raus. Was die alles sehen wird, das Meer, die Wolken. Hat sie sich verdient, mein Mädchen.«

Zum ersten Mal hörte ich ihn meine Oma *sein Mädchen* nennen.

59

Wie klein ein Mensch doch sein kann, der an Schläuche und Elektroden angeschlossen ist und in einem viel zu großen Bett zu versinken droht, dachte ich, als ich meine Oma im Inselkrankenhaus besuchte. Nichts schien proportional richtig, nur ihre großen Ohren rechtfertigten das gigantische Kissen und die weiß gestärkte Bettdecke, die auch einen Riesen verschluckt hätte.

Tante Nele saß neben mir, und als sie sah, wie ich in das Intensivzimmer schlich, war kein Vorwurf in ihrem Blick. Obwohl sie wusste, wer meine Oma zu ihr geschickt hatte, um die Neuigkeit zu erfahren.

»Sie schläft«, erklärte sie mir mit ruhiger Stimme.

»Was ist passiert?«

»Das Herz.«

»Wird sie …–«

»Ich weiß es nicht.«

Tante Nele machte einen gefassten Eindruck, so als säße am Bett nur eine Ärztin, die nebenbei auch noch eine Tochter war. Es war offensichtlich, dass Tante Nele sich schwer zusammenreißen musste, um diese professionelle Sachlichkeit zu spielen. Ich konnte das nicht.

»Scheiße. Ich hab' sie nur gefragt, wo du bist, und dann ist sie losgestürmt, als hätte sie was geahnt.«

»Is' gut, alles gut, früher oder später hätte ich es ihr auch selber sagen müssen.«

»Erst Mama und jetzt auch noch …– was ich auch mach', irgendwann landen alle im Krankenhaus.«

»Sie hat sich nur zu sehr gefreut.«

»Aber wenn ich nicht ...«

»Gesa? Alles gut, wirklich.«

Nichts war gut, im Gegenteil – es schien alles immer schlimmer zu werden.

»Hat sie sich wirklich gefreut?«

»Und wie. Ist ja auch eigentlich ihr Job, als Wattfee.«

»Und sie hat sich keine Sorgen gemacht, weil du doch ...«

»Weil ich vielleicht schon zu alt bin?«

»Ja.«

Tante Nele nickte verständnisvoll, meine Frage war berechtigt, bei aller Freude.

»Ich habe ihr gesagt, dass sie sich keine Sorgen machen muss. Das Risiko ist heutzutage nicht mehr ganz so groß. Und ich weiß, wovon ich rede, ich habe es studiert. Ich glaube, das hat sie beruhigt.«

Ich schaute auf Oma.

»Weiß nicht, bist du sicher?«

»Ja. War wahrscheinlich nur die erste Aufregung.«

»Aber sie wird sich doch wieder erholen?«

Statt mir zu antworten, fuhr sie mit einem anderen Thema fort.

»Ich bin nicht einmal mit meiner Mutter ins Watt gegangen und dann so was, ein bisschen war sie empört, aber dann hat sie gelacht und gemeint, dass sie als alte Wattfee auch außerhalb des Watts erfolgreich wäre, früher oder später, in meinem Fall halt etwas viel später.«

Ich lachte bei der Vorstellung, wie meine Oma sich die Fakten so zurechtbog, bis sie für sie passend waren. Typisch.

»Und dann hat sie gesagt, dass sie nun aufhören muss mit der Wattfee.«

»Warum?«

»Sie hatte Angst, zu erfolgreich zu sein, jetzt wo es auch an Land funktioniert.«

Jetzt lachten wir beide, und ich hoffte, dass die Wattfee es mitbekam.

Ich griff nach Oma Insas Hand, die eiskalt war und ganz weiß. »Sie will mit Piet nach Patagonien, irre, oder?«

»Wie kommst du denn darauf, Gesa?«

»Sie hat es mir erzählt, bevor sie zu dir gelaufen ist.«

»Nach Patagonien?«

Bevor ich weitere Details nennen konnte, begann Tante Nele zu erzählen.

»Als deine Mutter und ich noch klein waren, hat sie uns ganz oft von Patagonien erzählt. Sie hat gesagt, da wäre es wie auf Nördrum, nur schöner, größer und wärmer. Vor allem wärmer. Und dass da Blumen wachsen, die es auf der ganzen Welt nicht gibt, und Tiere, so viele, dass man sich nicht sattsehen kann. Und dass man die ganzen Ferien braucht, nur um da hinzufliegen. Sechs Wochen, hat sie gesagt, nur der Hinflug. Wir haben es geglaubt und gedacht, Patagonien, das muss das Paradies sein. So weit weg, weil es so schön ist, damit nicht jeder hin kann, um es wieder kaputtzumachen.«

Sie lachte und streichelte Oma Insas Hand.

»Später, als wir erfahren haben, dass man keine sechs Wochen braucht, um dahinzufliegen, da hat sie gesagt, das liegt daran, dass die Flugzeuge jetzt den direkten Weg fliegen dürfen. Wir haben ihr nicht widersprochen. Und jetzt will sie da hin. Verrückt. Nach Patagonien.«

»Piet und sie haben schon die Flüge gebucht.«

»Ich hätte es eigentlich wissen müssen. Sie hat immer gesagt, man muss die Dinge tun, bevor sie vorbei sind. Und jetzt liegt sie da.«

Als das rechte der beiden großen Ohren ein bisschen zuckte, wusste ich, dass Oma Insa nicht mehr schlief. Es war keine Nervenreaktion, sondern etwas, das sie ganz bewusst tat. Ohrenzucken war eine Spezialität von ihr, die sie nur sehr selten anderen zeigte.

»Sie ist wach«, erklärte ich.

»Stimmt«, bestätigte Oma Insa.

»Mama, alles klar? Hörst du mich?«, wollte Tante Nele von ihr wissen.

»Geht.« Ihre Stimme war brüchig und viel leiser als sonst. »Gesa?«

»Ja?«

»Weiß Piet schon Bescheid?«

»Ja«, log ich und dachte ein weiteres Mal daran, wie gut gemeint eine Lüge sein kann, wenn man Schiss hat, jemanden zu verlieren.

»Er hat mir gesagt, dass du noch eine Bescheinigung von der Krankenkasse brauchst.«

»Ach, die hab' ich doch längst, der Piet, macht sich immer Sorgen, dass man nicht alles hat.«

»Versuch wieder zu schlafen, Mama«, bat Tante Nele.

»Ich bin nicht müde. Hat sie dir von Patagonien erzählt, die Gesa?«

»Ja, hat sie.«

»Und?«

»Schön, wurde ja Zeit, dass du mal hinkommst.«

»Ja … das wurde Zeit. Bist du mir böse?«

»Warum?«

»Weil ich nicht mit euch da hinfahre, sondern mit Piet.«

»Ach, nein, warum sollen wir dir böse sein.«

»Sag deiner Schwester nichts davon, Nele, noch nicht, sie macht sich Sorgen.«

»Gut.«

»Wegen des Fluges.«

»Ich sag' ihr nichts.«

»Ich auch nicht«, ergänzte ich.

»Wir fliegen ja direkt, die kürzeste Strecke.«

»Ich weiß, Mama.«

»Du musst jetzt viel Obst essen, Nele.«

»Mach' ich.«

»Und du, Gesa, pass drauf auf«, flüsterte sie, »musst den Gästen ja nicht alles in den Obstsalat schnippeln, kannst auch mal was aus der Dose ...«

»Mach' ich, Oma.«

In der letzten Augustnacht starb auch meine Oma. Ich glaube, sie ist in dem Gefühl eingeschlafen, alles richtig gemacht zu haben. Sie hatte etwas zu Ende gebracht, und das kleine dunkle Kapitel ihres Lebens, das sie so lange mit sich herumtragen musste, bis es nicht mehr ging, hatte sie auch ins Reine gebracht. Mutig, tapfer und mit so viel Liebe, dass es für uns alle reichen musste. Und ich war, so bescheuert es klingen mag, unfassbar stolz auf diese Frau, die ich um eines beneidete wie nichts anderes: Sie hat am Schluss gewusst, wohin die Reise geht, und sie hatte den Koffer gepackt.

Für mich war Oma Insa jetzt in Patagonien – sie hatte nur einen anderen Weg genommen.

60

Die halbe Insel erwies meiner Oma die letzte Ehre und dazu noch ein paar Menschen von der anderen Seite des Meeres. Menschen, die ich nicht kannte. Einige davon mit Kinderwagen und aufrichtiger Trauer. Meine Mutter war nicht dabei, die Ärzte meinten, dass es noch zu früh für weitere Schicksalsschläge sei. Dafür stand mein Vater am Grab neben mir. Und direkt hinter Jean-Pierre, den von uns niemand mehr alleine lassen wollte, stand Wilko. Piet war um Jahre gealtert, und als er statt Blumen die beiden Flugtickets in das Erdloch warf, hatte ich große Schwierigkeiten, ihn zu halten.

Seit diesem Tag hat er nicht mehr gesprochen, und er tut es noch heute nicht. Nur wenn ein Flugzeug über Nördrum fliegt, gibt er ein leises Seufzen von sich. Armer Kerl, ganz echt.

Als ich Malte eine Woche nach der Beerdigung zur Fähre brachte, war für mich die größte Trauer bereits vorbei. Sie hatte einer schönen Erinnerung Platz gemacht, einem warmen Gefühl, das sich halten würde. Irgendwann kann man einfach nicht mehr trauern. Man schämt sich für das erste Lachen, obwohl man weiß, dass es zum Leben gehört und dass es weitergeht. Immer weiter. So oder so.

»Vielleicht nicht gerade der beste Moment, um Schluss zu machen, oder?«, fragte mich Malte.

»Weiß nicht, gibt's den?«

»Ich glaub' nicht, und eigentlich haben wir ja schon länger Schluss.«

»Wie das klingt. Schluss. Wie im Film. Abspann, Schluss. Ende. Doof, oder?«

»Schon. Aber wie soll man es sonst nennen?«

»Keine Ahnung, ist auch egal.«

Wir nahmen uns noch einmal in den Arm. Ehrlich und freundschaftlich. Und es war gut zu spüren, dass es wirklich nicht mehr war. Kein Kribbeln, keine Schmetterlinge, nichts. Alles okay, alles wieder unter Kontrolle, Gefühlszustand normal.

»Tut mir übrigens echt leid wegen allem. Ist 'ne Menge passiert.«

»Ja, stimmt.«

»Besonders wegen deiner Oma, nette Frau, ich fand' die richtig klasse.«

»Das war sie.«

»Die Wattfee. Was für 'ne Nummer.«

»Für sie war das keine Nummer, die hat echt dran geglaubt, irgendwie. Und du, was hast du jetzt so vor?«

»Keine Ahnung, vielleicht schreibe ich das andere Buch.«

»Ah ja, die seltsamen Todesfälle. Verkaufen sich bestimmt gut, wenn du noch mal 'ne Expertin brauchst?«

»'tschuldige.«

»Schon okay, ich habe damit kein Problem mehr, ich krieg' ja langsam Routine. Das hier mit Nördrum war wahrscheinlich keine ganz so gute Idee, oder?«

»Nee, das war nix. Ich hatte 'ne komplett falsche Vorstellung von dem Job hier. Freie Kost und Logis, einen ganzen Sommer am Meer, plus Taschengeld, schon cool.«

»Plus mich!«

»Plus dich, ja, aber das stand nicht in der Ausschreibung. Aber am Ende, um ehrlich zu sein, aufregend ist was anderes.«

»Meine Meinung. Nördrum ist alles, nur nicht aufregend. Ich glaube, es gibt auf der ganzen Welt keinen Ort, der aufregend ist, an dem man Kurtaxe bezahlen muss.«

»Wahrscheinlich.«

Der Mann an der Fähre rasselte betont laut mit der Kette am Gangwaygitter. Die Pünktlichkeit unserer Fähre ist so legendär wie die gesalzenen Preise an Bord.

»Du musst los.«

»Mach's gut, Gesa.«

»Eine Frage.« Ich weiß nicht, warum ich ausgerechnet jetzt auf diese Frage kam, aber sie schoss mir durch den Kopf, und ich musste sie stellen.

»Weißt du zufällig, ob es eine Parallele gibt zwischen Heinrich von Kleist und Hitler?«

»Warum willst du das wissen?«

»Weißt du's?«

»Keine Ahnung, haben beide Selbstmord gemacht, mehr wüsste ich nicht. Komisch wenn zwei so grundverschiedene Menschen sich ausgerechnet in diesem einen Punkt gleichen.«

»Weiß nicht, so komisch ist es gar nicht, am Ende zählt nicht mehr die Geschichte vor dem Tod, sondern nur noch das Ende.«

»Sehe ich anders.«

»Von mir aus.«

Während Malte mir vom Oberdeck der auslaufenden Fähre zuwinkte, bis er am Ende der Hafenmole aus meiner Sichtweite verschwand, sah ich am Steg aus den Augenwinkeln meinen Bruder Wilko. Er schaute mich an und er sah tot aus, richtig tot, zum ersten Mal, seit es passiert war. Und er sagte kein Wort. Seine Geschichte war am Ende angelangt. Unwiderruflich, daran gab es keinen Zweifel.

Aber es war nicht so, dass es mich umhaute, im Gegenteil, ich hatte endlich das Gefühl von einem richtigen Ende. Ich kramte Wilkos Foto aus meiner Tasche und warf es in das Hafenbecken, weil ich das Gefühl hatte, dass es dazugehörte, mich auch davon zu trennen.

Ich habe meinen Bruder danach nie wieder gesehen.

61

Die ersten Blätter fielen von den wenigen Bäumen auf Nördrum. Bald würden es immer mehr werden, und an das Grün der Insel erinnerten dann nur noch die Postkartenmotive in den Auslagen der Souvenirgeschäfte.

»Du hast ihn gesehen?«, fragte mein Vater, und er fragte es nicht mit diesem skeptischen Unterton, so als hätte ich ihm gerade irgendein Kiffererlebnis gestanden, in dem es um Visionen und ähnlich Unglaubwürdiges ging.

Mein Vater war wieder zurück ins Möwennest gezogen, etwa zur gleichen Zeit, als die letzten Gäste sich mit dem Sommer verabschiedeten.

»Ja, ziemlich lange.«

»Hast du ihn nur gesehen, oder hat er auch mit dir gesprochen?«

»Ja, hat er. Wir haben uns richtig unterhalten, ganz normal, sogar mehr als vor …«

»Über was?«

»Dies und das. Obwohl, nein, das klingt, als hätten wir ein Kaffeekränzchen gehabt, waren ziemlich heftige Gespräche … manchmal.«

»Und jetzt siehst du ihn nicht mehr?«

»Du glaubst mir?«

»Natürlich glaube ich dir.«

»Na ja, ich weiß nicht, 'ne Tochter, die mit ihrem toten Bruder spricht, ist nicht gerade der Klassiker.«

»Na und?«

»Ich hätte es dir nicht geglaubt.«

»Und was ist jetzt, siehst du ihn noch oder nicht?«

»Nee, schon lange nicht mehr. Ich glaube, er hat mir alles gesagt, was ich wissen musste.«

»Hat er dir auch von unserem letzten Gespräch erzählt, Gesa?«

»Ist das jetzt noch wichtig?«

»Für mich schon.«

»Machst du dir noch Vorwürfe?«

»Manchmal. Ich habe gewusst, was mit ihm los ist, aber ich habe zu wenig getan, um ihm zu helfen.«

»Hätte er sich helfen lassen?«

»Jeder lässt sich helfen, ist manchmal nur schwierig, den richtigen Weg zu finden.«

»Vielleicht hat Wilko für sich den richtigen Weg gefunden.«

»Nein, das mit Sicherheit nicht. Soll ich dir sagen, was er zu mir gesagt hat, als er gesprungen ist?«

»Das hast du schon.«

»Nein, das habe ich nicht. Er hat nicht gesagt, dass es der schönste Tag in seinem Leben ist …«

»Ich weiß … es *war* sein schönster Tag, stimmt's?«

»Ja, genau das hat er gesagt. Dein Bruder hatte eine panische Angst davor, dieses Glück nicht mehr toppen zu können oder es zu wiederholen. Deshalb …«

»Ja, deshalb.«

Mein Vater hat mich nie wieder nach meinen Gesprächen mit Wilko gefragt, vielleicht hatte er Angst davor, etwas zu erfahren, das er nicht wusste. Er hatte den Tod von Wilko mit seinem Kinderbuch verarbeitet, das bald erscheinen soll.

Das Möwennest von den Altlasten einer Vollpension mit Katalogversprechungen zu befreien, ist ein Akt, der verdammt viel Kraft kostet.

Die Maler hatten sich bereits die Zimmer vorgenommen, die nicht mehr belegt waren. Zuerst hatten sie nur geschluckt, als sie von meinen Renovierungsplänen hörten. Etwas anderes als weiße Tapeten, an denen höchstens ein Möwenmuster das Einerlei aufpeppen durfte, kannten sie nicht. Meine Farbwünsche waren knallig und einzigartig auf Nördrum. Die Bodenbeläge erschienen den Lieferanten so radikal, dass auf Nördrum die ersten Gerüchte über meine vermeintliche Drogensucht die Runde machten. Aber ich war nicht drogensüchtig, ich war voller Leben, als wären die Geister der anderen in mir, um mit mir gemeinsam zu marschieren. Stark wie zwei, singt Lindenberg, in meinem Song waren es drei.

Unseren Garten hatte ich von einer reinen Liegestuhlaufstellfläche in eine wild bewachsene Abenteuerlandschaft verwandelt, mit kleinen Feuerinseln und einer skurrilen Sammlung bunter Stühle, die sich gegenseitig in ihrer Schrillheit zu überbieten versuchten. Meine ersten kleinen Skulpturen, die wild verteilt im Garten standen, widersprachen jeder Ordnung, dafür ließen sie die Gedanken der Betrachter fliegen. Von einer Buddelschiffbastelidylle war keine Spur mehr. Je mehr Nördrumer der Meinung waren, dass sich so etwas nicht gehört, desto mehr fühlte ich mich bestätigt. Das alte Möwennest war für die Insulaner die pure Anarchie und sein Anblick für mich wie ein gewaltiger Schluck Red Bull am frühen Morgen.

Dieser Ort sollte kein Platz des Dösens, Nölens und der organisierten Sonnencremeanwendung mehr sein, sondern ein Zentrum der Kunst. Jung, bezahlbar, kreativ und einzigartig.

Ich hatte meine Mutter mehrfach in der Klinik besucht und ihr von meinen Plänen erzählt, die immer reifer wurden und konkrete Gestalt annahmen. Sie hatte nichts dagegen, als ich sie bat, aus dem Möwennest eine Künstlerpension machen zu dürfen. Und die ersten Antworten auf eine Annonce in einem Szenemagazin waren vielversprechend. Mein Vater hatte mich von Anfang an dabei unterstützt, und so wie die beiden bei unseren Besuchen miteinander sprachen, schien ihre Beziehung auch wieder eine Zukunft zu haben. Es scheint was dran zu sein, dass Scheiß verbindet. Als wir irgendwann zu dritt einen Spaziergang um die Klinik herum machten, hatte ich seit langer Zeit wieder das Gefühl, nicht nur einen Vater und eine Mutter zu haben, sondern Eltern.

Die Aussicht, auf Nördrum bleiben zu müssen, hatte ihren Schrecken verloren. Ich konnte es mir einfach nicht mehr vorstellen, diesen wunderschönen Ort zu verlassen, an dem ich alles erlebt und erlitten habe, was man sich denken kann. Die komplette Breitseite, das volle Programm, aber so was von. Jetzt fühlte ich einfach die Verpflichtung in mir, das alles hier mit neuem Leben erfüllen zu müssen. Für die Wattfee, für meine Mutter, für Wilko und für mich.

Tante Nele und Onkel Onno hatten Nördrum verlassen, sie wollten die Zeit bis zur Ankunft ihres Schatzes auf dem Festland verbringen, nicht nur wegen der deutlich qualifizierteren medizinischen Versorgung, sondern weil mein Onkel der Meinung war, dass es auf Nördrum nichts mehr zu entdecken gab. Weder für ihn, noch für Tante Nele. Außerdem wollten die beiden endlich etwas gemeinsam unternehmen, ohne Grenzen, ohne Wasser und ohne Fähren. Ihr Nachholbedürfnis war groß genug, und sie hatten jetzt auch wieder jede Menge gemeinsamer Zeit.

Auch wenn Piet nicht mehr spricht, hat er mehr zu erzählen als manch anderer. Er unterhält sich nun über die Musik mit uns. Wahrscheinlich bleibt er der lausigste Gitarrenspieler der Welt, aber was kann man schon von einem älteren Herrn erwarten, der sich per Videokurs einem Instrument zu nähern versucht. Egal wie er spielt, er spielt mit Leidenschaft. Songs, die niemand kennt, mit einer so fröhlichen Traurigkeit geschrammelt, dass ihre Einzigartigkeit sofort spürbar ist.

Seit letzter Woche arbeitet auch Erik bei uns, als Mann für alles. Wobei alles wirklich alles bedeutet. Vom organisierten Chaos bis zum winterfesten Streichen der Außentüren. Ich bin mir nicht sicher, ob er wirklich begreift, dass er nun nicht mit mir verheiratet ist, aber das spielt ja auch keine Rolle. Er darf mich gerne seine Frau nennen, wenn er in seinem grellgrünen Overall mit unserem neuen Logo die frischen Gäste vom Hafen abholt. Ich schwöre, auf lange Sicht wird Erik auch der einzige Mann sein, der mich seine Frau nennen darf. Habe ich erwähnt, dass ich es ihm versprochen habe? Egal.

Die große Fahne, die seit gestern auf unserem Haus weht, habe ich selber entworfen und bei einem Segelstoffmacher in Flensburg bestellt, jetzt flattert sie im frischen Westwind. Ich stelle mir vor, was meine Mutter sagen wird, am Tag ihrer Rückkehr. Ihr Lächeln sehe ich schon vor meinem geistigen Auge und ich sehe auch, dass es ihr wieder gutgehen wird, weil sie endlich weiß, dass das Leben nicht plötzlich stehen bleibt, nur weil man nicht mehr mitkommt. Sie wird jetzt mitkommen, mit uns und einer neuen Idee und mit einer Energie, die alle mitziehen wird, auch die, die noch ein bisschen schwach sind.

Auf die Fahne ist übrigens eine große Ente gemalt, und darunter steht in geschwungenen knallroten Lettern

JEAN-PIERRES MÖWENNEST

An guten Tagen begleitet Jean-Pierre in seiner blauen Kinderbadewanne auf dem Bollerwagen Erik zum Hafen. Aber nur, wenn er Lust hat, denn eigentlich sind Enten wirklich sehr reviertreu.

… eine Sache noch: Ich habe es selber nicht geglaubt, aber am Tag, als dieser irre Typ mit den unverschämt blauen Augen in unsere Pension kam und mir statt der üblichen Vorauszahlung ein paar seiner Ölskizzen anbot, da wusste ich, dass wieder etwas passieren würde.

Ich will nicht zuviel erzählen, das wäre eine völlig neue Geschichte, aber eine Sache muss ich erwähnen: Am ersten Abend, als wir in den Dünen waren, genau an der Stelle, wo ich so viele besondere Momente erlebt hatte, da haben wir uns in den Sand geschmissen, fast schwindelig vor Glück, wir haben die Ohren auf den Boden gelegt, und da habe ich es gehört, zum ersten Mal in meinem Leben, das Lachen der Sandflöhe – kein Scheiß, echt!

Eine allerletzte Anmerkung: Mein Lektor Volker Jarck ist ein positiv Besessener, den man wenigstens hier, ganz unter uns, mal loben muss.

M.G.

Joshilyn Jackson

Ein Wunder ist nichts dagegen

Roman

Aus dem Amerikanischen

von Birgit Schmitz

Deutsche Erstausgabe

Band 18337

Kein Sex, keine Lügen und kein Zurück

Vor ihrem Studium in Chicago hat Arlene Fleet Gott drei Dinge versprochen: Sie wird keinen Sex mehr haben, sie wird nicht mehr lügen, und sie wird niemals mehr in ihre Heimatstadt in Alabama zurückkehren. Alles, was sie im Gegenzug dafür erwartet, ist ein Wunder: dass die Leiche von Jim Beverly nie gefunden wird. Jetzt, zehn Jahre später, hat Gott den Deal gebrochen.

Ein wunderbar frischer Debütroman, eine tragikomische Geschichte von Freundschaft, Liebe und Betrug.

»Pflichtlektüre.«

New York Post

Fischer Taschenbuch Verlag

fi 18337 / 1

Cathy Lamb
Spiel mir das Lied vom Glück
Roman
Aus dem Amerikanischen
von Andrea Fischer
Band 17249

Julia hat es gerade noch geschafft: Kurz vor ihrer Hochzeit wird ihr klar, was ihr Zukünftiger für ein Schwein ist. Am Morgen der Feier ergreift sie die Flucht und macht sich auf den Weg zu ihrer Tante Lydia in Oregon. Im Kreise der Familie gilt diese als verrückt – für Julia ein Beweis dafür, dass sie die einzig Vernünftige der Sippe ist. Tante Lydias Haus ist ungewöhnlich: Im Vorgarten stehen acht bepflanzte Toilettenschüsseln und vier riesige Tonschweine mit den Namen von Männern, die Lydia irgendwie verärgert haben. Am köstlichsten jedoch findet julia den Schokoladenkuchen ihrer Tante – bis sie Dean Garrett kennenlernt, Anwalt und Farmer, »die« Verkörperung des Marlboro-Mannes und unbeschreiblich anziehend. Wäre da nur nicht Julias Panik vor den Männern. Denn schließlich sind alle Männer Schweine. Alle Männer?

Sharon Griffiths
Zeitreisen für Anfänger
Roman
Aus dem Englischen
von Karin König
ISBN 978-3-502-10208-3

Rosie Harford fällt in Ohnmacht und befindet sich beim Aufwachen plötzlich in einer anderen Welt. Alles wirkt etwas grau, freudlos und wie aus den fünfziger Jahren. Offenbar ist sie unfreiwillige Kandidatin einer TV-Reality-Show …

Was Rosie für Kulisse hält, entpuppt sich jedoch bald als echt: leben und arbeiten ohne Computer, Handy, Internet. Und dann begegnet ihr auch noch ihr Freund, der jetzt allerdings mit ihrer besten Freundin verheiratet ist und bereits drei Kinder hat. Allmählich begreift Rosie, dass sie Will wirklich liebt – leider kann sie ihn nur wiederhaben, wenn sie es schafft, in die Gegenwart zurückzukommen.

»Ein richtiges Sommerbuch voller Schwung und Humor, mit einer unterhaltsamen Handlung und einer köstlichen Liebesgeschichte.« *NDR*